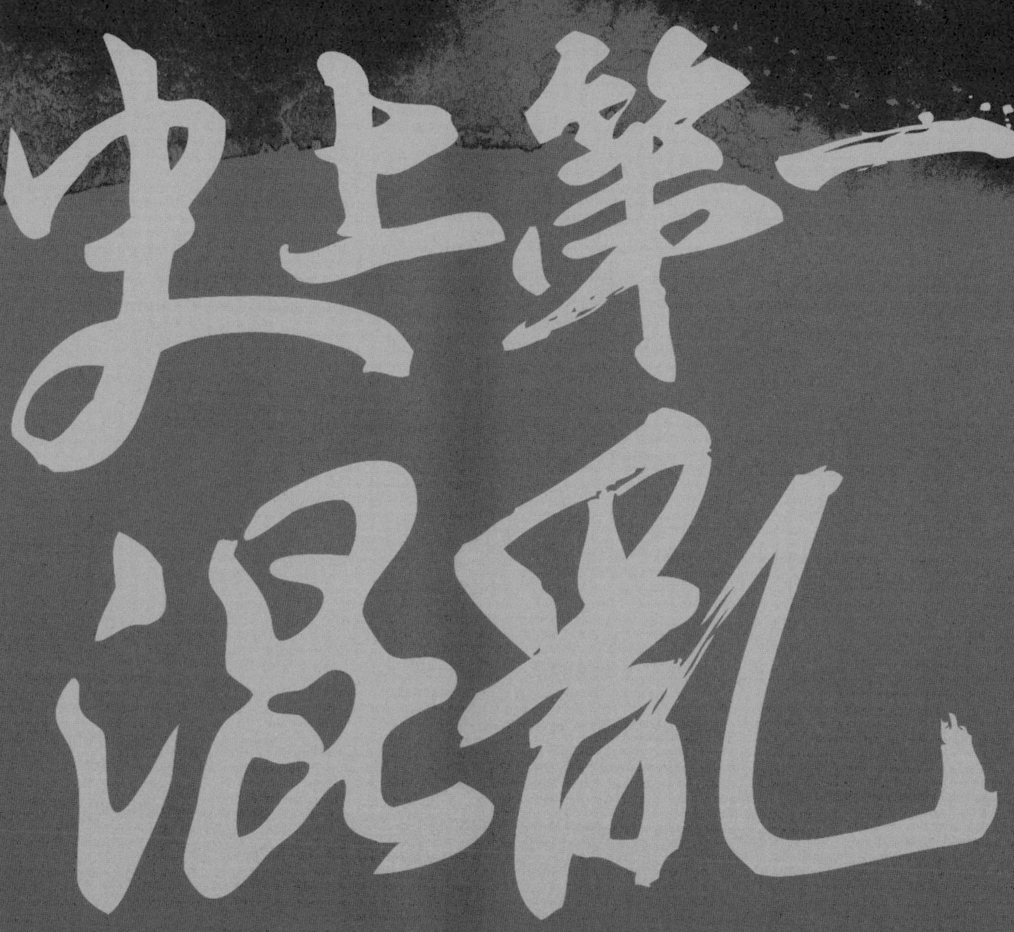

卷六 世紀暖男

張小花——著

目錄

Contents

第一章

關聖帝君

這大漢眉如臥蟬面似重棗，三縷墨髯飄灑胸前，

雖然年紀不輕了，但帶著千般的威風萬種的殺氣，

我呆若木雞，再也動不了半分，腦子裡也是一片空白，

片刻之後這才不由自主地拜伏身子戰戰兢兢道：

「關二……二爺？」

「那人幹什麼的？」

「道上的人都叫他雷老四。」

「混黑社會的？」

「呵呵，看來你真的是久沒在道上走了，雷老四可不單純是混黑社會的，要不能從我手裡借出那麼多錢嗎？」

等等，雷老四，這名字很耳熟，好像在哪裡聽過。對了，就在我剛接手酒吧的時候，原來那個姓柳的經理跟我叫板的時候說過，除了雷老四他誰也不怕，那麼也就是說，這雷老四起碼在混混界是有頭有臉的人物。我也清楚，幹老郝這一行的不可能不跟亂七八糟的人打交道，所以他跟雷老四有金錢往來一點也不奇怪。

我問：「那雷老四是怎麼個意思，是不想還，還是有別的原因？」

「不知道，晚上九點，我約了他在『大富貴』歌舞廳見面，你要能去，就代表我去見見他，看他到底是什麼意思。這事很棘手，你要不方便我絕不勉強。」

「交給我吧。」話說到這份上，不去也不行啊，老郝做了半天鋪墊，我還能說啥?!最主要的，這件事一完，我和老郝也就兩清了，他嘴上沒說，應該也是這個意思。

老郝見我答應了，爽快地說：「事後你拿一成走，五十萬歸你。」

「這個絕對不行，我小強不能幹這種傷心爛肺的事情。」

這錢我是真不能拿，拿了性質就變了，再說──我現在也不缺這五十萬，其實要不是數目如此巨大，我都有心拿自己的錢給老郝貼上了。

「那以後再說，我得提醒你一點，『大富貴』是雷老四的地方，你去了能談就談，談不攏我再想別的辦法，不要起糾葛。」

「老大，你和雷老四……」我得先把狀況弄清楚，是朋友之間救急，還是建築在利益關係上，別到時候說了不該說的話。

「我跟他一面之緣，沒什麼交情，上回也是抹不開面子才借他的錢，誰想這人這麼健忘，我們還沒熟到五百萬連招呼也不打就沒影兒的份上。」

「明白了，你手上有借條嗎？」

「沒有，雷老四要跟你要借條，你直接回來就完了，我想他不至於這麼不上道，他們這種人借錢不還沒什麼，他要連這碼事都不承認，我也就沒什麼可說的了。」

「行，我知道該怎麼做了。」

掛了電話，我又琢磨了一會兒，我覺得我很有必要多瞭解一下雷老四這個人，我首先想到了老虎，這層面的人他應該都熟。

「強哥！」老虎爽利地叫了我一聲，這段時間我們經常聯繫。

「虎哥！」我也回敬他一聲，「跟你打聽個人，雷老四你認識嗎？」

「你打聽他幹什麼？」老虎語氣不怎麼痛快了。

「沒什麼，生意上的事，隨便問問。」

老虎道：「雖然我在道上也有朋友，可我們是兩類人，我畢竟還算是正經做生意的，雷老四這個人我照過幾面，沒深交，早年是靠打打殺殺混起來的，這幾年做了實業，可屁股底下還有屎擦不乾淨，我跟你說，你沒事別招惹他，這老小子心狠手辣，是個不按規矩來的人。」

「黑社會呀？」

「對了，就是黑社會！」

……現在事情明瞭了，老郝是要我找黑社會收帳去，而欠帳那位爺，是個絕對不能惹的主兒——老虎財大氣粗，手上功夫又硬，遇到雷老四都得盤著，這我就不得不掂量掂量了。

當然，答應別人的事，去還是一定要去的，我只是在盤算該怎麼去。

要帳這種活，我看別人幹過，必須是七分硬三分軟，你要陪著笑臉好話好說還不如不去，人家一看你這樣，有心給你也得改主意。可是我現在硬不起來呀，千不該萬不該把好漢們都打發走了，連四大天王都沒留下一個！正可謂人到用時方恨少，恰似一江春水向東流……

我不得不把主意打到五人組身上來，可是好像也行不通，萬人敵項羽對我的事向來缺乏興趣，再說我還真不敢用他，項羽最近心情很糟，有草菅人命的傾向。

二傻倒是沒問題，讓去哪就去哪，可他是一個殺手，貴在視死如歸的精神，要論打架，惟恐他孤掌難鳴，上次跟小六幹仗就差點掉鏈子，這回對方可是黑社會！

我坐在沙發上發愁，花木蘭見我這樣問：「你怎麼了？」

我把事情跟她一說，花木蘭道：「要不我再裝成男的替你去？」

我連忙擺手：「算了吧，我又不是你爹。」

我想了又想，最後眼一閉心一橫決定：好好跟人家說。黑社會也是爹生媽養的，我曉之以理、動之以情未必就說服不了他們——說不服也沒辦法，誰讓咱各路諸侯都遠在新加坡呢。

這時電話又響了，這回是手機，我接起來不耐煩地說：「喂！」我現在心情很不好，明知道是一場吃癟的談判，還必須得去，擱誰身上也不好受啊。

孫思欣一聽我口氣不善，小心地說：「強哥，你二大爺又領人來了。」

「他又帶了個什麼子來？」問完隨即我也啞然失笑，孫思欣能知道什麼？我問：「帶人來那個老傢伙還在嗎？」

孫思欣道：「已經走了，那強哥你看……」

我說：「我現在過去。」

我看了看時間還早，把這新來的客戶送到學校再去見雷老四也不耽誤事。現在我對這位新客戶的身分一點也提不起興趣，總之不是琴棋書畫就是這子那子，他們帶來多少豐富的歷史文化遺產我並不關心，關鍵的是他們一點忙也幫不上。

我一路快車來到酒吧，衝到前臺問孫思欣：「人呢？」孫思欣指了指樓上，現在酒吧已經準備上客了，所以他把人安排到了樓上包間裡。

我拍拍他肩膀，表示對他的辦事能力很滿意，快步上樓進了一號包間。

一見門我就大吃了一驚，只見我這位新客戶背對著門坐著，寬闊的後背像堵小山相仿，桌上放著一罈酒，此人正慢條斯理地啜飲，從後面看去，他的頭髮已有些花白，年紀應該在五旬開外。

此人聽見有人進來也不回頭，依舊穩如泰山，端起酒碗慢慢放到嘴邊，舉動間，胳膊上的肌肉像顆排球似的滾來滾去，我還真想不出歷史上哪位文人墨客有這麼魁梧的身材。

我見這老爺子架子滿大，只好繞到他前面，借著昏暗的燈光一看，這大漢眉如臥蟬面似重棗，三縷墨髯飄灑胸前，雖然年紀不輕，但帶著千般的威風，萬種的殺氣……

我呆若木雞，腳跟戳在地上再也動不了半分，腦子裡也是一片空白，片刻之後，這才不由自主地拜伏身子戰戰兢兢道：「關……二爺？」

關二爺看了我一眼，笑道：「呵呵，不敢當。」嘴上這麼說著，他可沒扶我的意思，我只得自己直起腰，陪著小心說：「二爺，您怎麼來了？」

說到這個，二爺也頗為不滿，道：「按順序早就該我了，也不知怎麼的，被那麼多後輩酸儒插了前。」

二爺一通抱怨，頓時讓我感覺親和了許多，我端起罈子給關羽滿上，問：「二爺，吃了嗎？」

關羽：「……沒呢。」

「酒這東西，空肚子少喝，咱先找飯吧，您想吃什麼？」

「……隨便吧。」關羽大概還沒跟人這麼聊過，顯得有點不知所措。

「哦對，您是聖人，不在乎吃喝，那您今兒晚上是想看《春秋》還是《孫子兵法》？」

關羽擺擺手道：「都看一輩子了還看？有《三國演義》嗎？」

我：「……」

關羽手拈鬚髯道：「在地府老聽說，就是沒看過，把我寫成什麼樣了？」

「羅貫中估計快來了，等他來了你親自跟他聊。」

關羽站起身伸個懶腰道：「咱吃什麼去？」

我為難地說：「今天咱要不先簡單吃點，一會兒我還有事。」

關羽無所謂道：「行啊。」

我想了想不妥，這可是關二爺！索性說：「不管了，讓他們等著去吧，給二爺接風是大事。」正好我也不想去吃癟。

誰料這句馬屁卻沒拍對地方，關羽臉一沉道：「應人之事怎可失約，你只管去。」

我使勁一拍腦袋：二爺憑什麼受人尊敬？論打，他打不過呂布，智謀勝不過諸葛亮，因為忠義！看來我今天這頓癟還吃定了。

我連連低頭認錯：「是是，二爺說得對，那咱……」

我又使勁一拍腦袋，簡直恨不得踹自己兩腳：有關二爺在，誰敢給我吃癟？放著活二爺我再自己跑去裝孫子，那我還算人嗎！

「二爺，要不您和我一起去，反正就是一個宴會。」

對於去哪，幹什麼，關羽根本無所謂，就點了點頭。

接著我們閒聊了一會，在聊天的過程中，我可能是有點手舞足蹈，我覺得諸葛亮也不過如此吧，運籌帷幄之中，決勝千里之外，談笑間，雷老四灰飛煙滅——我忽然想起一個很要緊的事情，忙問關羽：「二爺，你看我長得是不是很像趙雲趙子龍？」我總覺得自己上輩子是趙雲來著。

關羽搖頭道：「不像，我看你倒有幾分像龐統。」

「神機妙算？」龐統也行，臥龍鳳雛，那也是有一號的。

「賊眉鼠眼！」關羽丟過來這麼一句話後，就再不理我了。

我看時間差不多了，站起身道：「二爺，走吧。」

走之前，我給關羽稍微化了一下妝，頭上給他戴了頂帽子，然後把衣領豎起來擋住鬍鬚，否則這特徵太明顯了。

「大富貴」歌舞廳在一條不太熱鬧的街上，門面破舊，富字上半邊已經不會亮了，夜色裡看去就成了「大田貴」，但是這裡每天客流量非常穩定——基本上都是雷老四的手下，這裡也沒有什麼黃賭毒，其實就是一個黑社會聚會的地方。

我開車拉著二爺一路狂奔，因為我怕他半路改變主意，等到了地方就好辦了。

在「大富貴」門口，我跟一個一看就是龍套甲的手下說：「雷老大來了嗎？」

馬仔斜著眼睛瞟了我一眼，問：「你誰呀？」

「郝老闆派我……」

不等我把話說完，馬仔就在頭前帶路，惡聲惡氣地說：「跟上！」

一進門，頓時有十幾個手下圍了上來，一個個在我身上毫無顧忌地掃來掃去，我以為他們要搜身呢，結果也沒動靜，搜我也不怕，板磚都讓我扔門口了，跟關二爺赴宴，動起手來我拎塊板磚多掉價呀。

頭前那個傢伙把我領到一片空地上，然後側開身子道：「道上規矩，先拜關二爺！」

太意外了，這麼古老的門規還保留著，我抬頭看了一眼前面的泥胎關公，做得要比一般真人還高一頭，一手捋髯，一手拄著青龍偃月刀，也是眉如臥蠶面賽重棗──跟我身後那位雙胞胎似的。

我一愣的工夫，那個馬仔在我背上重重推了一把，喝道：「快點，敢對二爺不敬！」

他嘴上雖然這麼說，可我察言觀色，發現包括旁邊那些人臉上都幸災樂禍，一副看戲模式，我就明白這哪是什麼門規啊，這是要給我來個下馬威！

我可顧不上別的了，這是個拍馬屁的好機會啊──我表情肅穆，緩緩來到泥二爺面前，恭恭敬敬鞠了三個躬，用剛好只能讓後面那位聽見的聲音喃喃道：「二爺，今天可就全靠你了！」

在和古代我那些客戶的交往上，我總犯同樣的錯誤，那就是老把他們當成傻子、弱智、什麼也不懂的白癡，總覺得他們不如我聰明，就因為他們的年代沒有汽車，不用電話，上不了網，事實證明這是非常嚴重的錯誤。

時代的文明和個人素質並沒有太大的關係，諸葛亮要是從小在現代社會長大，到我這個年紀起碼也得是中科院院士，所以把歷史人物拿出來和現代人進行縱向比較雖然是不科學的，但是一旦這種情況真的出現，作為現代人代表的我居然兵敗如山倒，一點也沒長臉。

我剛把那句欲蓋彌彰的話說完，就聽見關羽在我身後「嘿」的笑了一聲，這說明他已經識破了我借刀殺人的詭計，老爺子戎馬一生不說，談判桌上照樣縱橫捭闔，什麼情況只要用眼一瞄立刻了然於胸，他大概已經看出所謂的赴宴，是酒無好酒宴無好宴，二爺現在要轉頭就走，我可就抓瞎了。

但二爺就是二爺，在關鍵時刻並沒有拋棄我，冷笑一聲之後，衝自己的泥像擺了擺手算是打了招呼，然後就默不作聲地跟在我身後。

雷老四的人見我們百依百順，還以為我們已經慫了，神情頓時輕鬆起來，邊相互間打屁聊天邊在前頭帶路，連看也不再看我們一眼，簡直就把我們當成了甕中之鱉。

再往裡走我吃了一驚，見偌大的場子裡桌椅凌亂，滿臉橫肉的漢子們橫七豎八地坐著，大概有五十多號，舞臺上鐳射燈亂閃，但是也沒人表演，看得出這地方平時就不是開門做生意的，今天好像更特意做了安排，這五十人就相當於刀斧手，只不過埋伏在我們眼皮子底下了。

我心裡有點吃不準了，這場面我還是第一次見，以前談事就算心裡有鬼，表面至少還要裝裝客氣，今兒這是直接亮開陣勢喳呼上了。

我往身後偷瞄了一眼，樂了，二爺看樣是生氣了，本來嘛，你嚇唬關二爺那還能有好？看來對方越蠻不講理，就越對我有好處，我真巴不得他們在門口貼上「穿越人士與狗」不得入內的條子，那就更好了。

幾個馬仔把我領在一張空桌旁邊說：「坐下等著吧。」

我側開身子恭敬地小聲說：「二爺您請。」

誰知二爺倒是不在乎，衝我微微搖了下頭，低聲說：「你坐。」

我只得坐下，發現周圍的馬仔們都像看白癡一樣看著我，道上混，講究的是派頭，給自己「小弟」讓座的，他們估計還是頭一回見。

桌上空空如也，連杯茶也沒給上，雷老四也不見人影，就把我和二爺這麼晾了半天，過了一刻鐘才從後面走出來一個四十歲上下年紀的老混混，一出場就頻頻四下招呼，顯得意氣風發，他來到我們跟前大剌剌地坐下，問：「你們有事嗎？」

明知故問，顯然是想繼續試探我的底線，他可能以為擺下這麼大的陣仗現在該是立收其效的時候了，我這時候要說沒事拍屁股就走，那他們就遂意了。

可咱身後站著關二爺，底氣足啊，我開門見山地說：「我來收筆舊帳，我們老闆姓郝，雷老大不是欠他五百萬嗎？」

老混混一伸手：「借條我看看。」

我愕然，最擔心的事情還是發生了，這老傢伙二話不說直接賴帳啊。

老混混見我不說話了，把手收回去，皮笑肉不笑道：「沒借條我該怎麼辦，把錢給你，我也沒法跟我老大交代不是？」

我詫異道：「你不是雷老四啊？」

老混混臉一沉：「你這個級別的配見我們老大嗎？」

壞了，熱鬧了半天不是正主！這就有點不好辦了，我只好說：「你怕不好交代不要緊，打個電話給你們雷老闆問清楚不就行了，他要說沒這事，咱們做小的也不用在這繼續扯了。」

老混混估計是沒想到我還有這手，愣了一下，最後索性攤手說：「那跟你說句明白話吧，這事我有所耳聞，既然小兄弟你來了，我也不能讓你白跑——去，給這小兄弟提幾瓶好酒壓壓驚。」

老混混一揮手，過來幾個手下往桌上擺了幾瓶酒，幾乎把我氣冒煙了——你說送人情有送啤酒的嗎？這是欺負人啊，這比乾脆撕破臉還惡毒。

我偷偷往後看了一眼，只見關二爺這時反而不急不躁，背著手，笑模笑樣地看著，大概是覺得這事挺有意思，看不出老爺子玩心還挺重的。

我面無表情地看著桌子上的幾瓶酒，老混混用那種哄小孩子的口氣說：「小強是吧？我聽說過你，包包裡永遠藏著塊板磚，呵呵，道上也是聞名的，歡迎你以後常來玩。」說著一推椅子就要走。

別說我現在也算有身分的人了，就算我還是以前那個小強也不能就這樣了了，這是拿人沒當人吶。他揭我老底的意思很明白：你就是一個街頭小痞子，沒資格跟我們攙和，趕緊滾蛋！

其實他要說幾句軟話，我也拿他沒辦法，道上人吃軟不吃硬，伸手不打笑臉人，我來的目的就是把話說清楚，老郝肯定也沒抱希望我一下就把五百萬拿回來，把他的意思傳達到了，我的任務也就完成了，可是現在就不一樣了，我要就這麼走了，估計不用等出門，關二爺就得先跟我翻臉，以後再傳到好漢們耳朵裡，我還怎麼混？這是逼著我往絕路上走啊。

我輕輕敲了敲桌子：「坐下！我讓你走了嗎？」

剛離開椅子的老混混自己把自己絆了一跤：「你……你說什麼？」

他可能以為自己出現幻聽了，在他的主場有人竟敢這麼跟他說話，連旁邊看戲的手下們都驚得瞠目結舌。

我冷冷道：「欠債還錢，天經地義——」說到這，我一改冷峻風格，扭臉笑嘻嘻地跟關羽說：「是吧二爺？」

本以為忠肝義膽的關公肯定得大點其頭，沒想到二爺居然頗有扭捏之色，尷尬道：「這……嘿嘿。」

被我喊回來的老混混一屁股坐在椅子上，好像不知道該拿我怎麼辦了，過了好半天才惡狠狠道：「錢我們借了，但就不還你，怎麼著吧？」

看見沒，人家黑社會就是不一樣，賴帳也是建築在承認借了錢的基礎上的。

到了這時候我也不客氣了，一擺酒瓶子：「那讓你們雷老大來跟我說！」

這下可把老混混真的驚了，他結結巴巴道：「你小子等不上死了？」

我見關羽在悄悄衝我豎大拇指呢，就索性繼續拍桌子：「要麼還錢，要麼讓雷老四來見我，要不今兒我還不走了！」

談繃了要開打，這就又回到了老混混駕輕就熟的模式，老傢伙鎮靜許多，三角眼一瞪，冷笑道：「只怕你想走也走不了了！」說罷一作手勢，兩邊五十多號人都站起來了。

那個剛才讓我拜關羽像的馬仔居然最先向二爺發起了攻擊，我手急眼快，一把撈住他的拳頭，說：「敢對二爺不敬！」說著，拎起個酒瓶子就給這小子開了瓢。

這一下全場譁然，馬仔們潮水一樣向我們圍攻了過來，我的殷勤伺候看來搏到了二爺的好感，武聖人嘆了一口氣，一腳踹飛倆個。我隨手又抄起瓶子，給衝最前的手下開了瓢。

這時二爺已經抓起一個馬仔當單刀使了半天了，最後還是覺得不順手，緊趕幾步來到那泥胎關羽前，從它手裡抽走了那把青龍偃月刀——其實就是一加長鋼管，頭上焊了塊鐵片子。

我在一邊叫道：「二爺，別弄出人命來。」

二爺掄開大刀左劈右剁，遇者披靡，我看得手舞足蹈，然後腰眼上就結結實實挨了一腳，不等我回頭看，迎面一個瓶底子飛了過來，我一偏頭，只聽後面慘叫了一聲。

在吃了左邊重重的一拳後，我意識到自己又犯了一個不可挽回的錯誤：五十個人打兩個人，理論上就是廿五個人打一個……雖然看樣子二爺一個對付這些人綽綽有餘，但你不可能對衝我來的那廿五個人說：有種你們別找我。

事實上是：本來應該關羽對付的那廿五個人一看這位把大刀耍得水潑不入，也都一起朝我來了。千算萬算沒算著這一著！人性啊！黑社會也欺軟怕硬！

我板磚還在門口呢，我手上的兩個瓶子打得就剩兩個把兒了，再想拿，方圓幾十步裡的酒瓶都被對方收羅走了，我左躲右閃還是吃了好幾下，遠端攻擊之後，十來個人一起衝上來與我展開近身格鬥——也可以說十幾個人開始揍我。

天可憐見，自打我做了預備役神仙以來，很長時間沒挨過這樣的打了，不幸中的萬幸是：咱在很久以前就練就了一身過硬的軍事素質，我厲喝一聲：「嗨！」然後抱頭一蹲，愛怎麼打怎麼打吧！現在我所能做的就是等二爺來救了。

我眼前一陣陣發花，隱約能聽見關羽在遠處清喝幾聲，看樣子等他殺過來我也穿越了。就在我感到絕望的時候，從我懷裡掉出一包東西來，這時我的臉已經快貼住地了，所以第一時間發現了它，那是一包餅乾。

餅乾！我這個月的工資，可以附著別人的力量，我怎麼把它給忘了！

我雙手護著腦袋，把身子弓起來蓋住餅乾，小心地識別著，幸好它們的順序還沒亂，我記得我把它們送出去的時候就排了號，第一片是項羽，第二片是荊軻，第三片是趙白臉，第四片花榮那個已經用了，第五片是……方鎮江！那是他去新加坡之前，我把子母餅乾中的那片給了他。

就是它了！有了這寶貝，我已經不怎麼慌了，我把其他餅乾收好，款款把最後一片放進嘴裡嚼著，然後暴喝一聲，不顧一切地站了起來！

你們絕對猜不到發生了什麼事，我不得不承認我也沒猜到：我剛一站起來就又被打倒了——因為餅乾還沒下肚，我還在嘴裡嚼著呢就站起來了，活該挨打。

就在我倒下的同時，我感覺到了力量！

火辣辣的感覺瞬間爆滿全身，有點發脹，像身體裡有另外一個人要往外衝似的，另外，我的五官也有些異樣的感覺，身周十步之內的動靜盡在掌握中，也就是傳說中的眼觀六路、耳聽八方，我的身體在剎那間被改造成了武松。

這時我的身子還在往下墜，我等不及再重新爬起來，就突兀地停在空中，然後就像下面有個人撐了我一把似的猛地直起身，好整以暇地閃過迎面的一拳，然後只用了一巴掌就把我對面的一個馬仔扇出三米開外，圍著我的人都愣住了。

我可一下也沒閒著，我知道我時間不多，只有十分鐘，必須在這段時間內幹倒廿五個人，我掄開巴掌伸展雙臂，像芭蕾舞演員那樣轉了一圈，只聽「劈啪」作響，圍著我的人都被扇飛了。

我手也疼得要命，敢情有了武松的功夫，可身體還是自己的。我忙把手收在胸前揉著，開始用腳，眨眼間我就幹倒七八個，興奮得像隻鬥雞一樣在原地來回跳著，嘴裡叫道：「來呀，來呀！」

關羽用刀柄挑倒倆人，看了我一眼，意外地說：「小強好功夫呀！」

我跳著說：「小心你後面！」

關羽看也不看，用大刀片把偷襲他那人的鼻子拍平，笑道：「就是有點不老實，把我誆出來幫你打架。」

我不好意思地嘿嘿一笑，關羽道：「後邊……」

我早就覺察到後面有個小子偷偷摸上來了，聽他離我只有不到三四步了，忽然轉身一個側踹，這小子手裡還捏著個啤酒瓶子，被我一腳踹碎，扎了一肚皮玻璃碎片，我蹦達著，用大拇指抹鼻子，一邊嗚哇亂叫。

經我這麼一發威，頓時有人喊起來：「拿傢伙！」幾個人快步跑到後邊去抄武器。

拿傢伙？拿傢伙咱也不怕啊，武松好像是使雙刀的吧，我一腳把張椅子踩爛，抄著兩個木腿子等他們，雖然是黑社會，但他們拿出來的傢伙無非是棒球棍和砍刀，我握著兩根木棒指東打西，擋者披靡，暫態就給幾個人掛了彩。

我覺著不過癮，想起武松既然出身少林，肯定練過鐵頭功，於是撥開劈面砍來的兩刀，把頭伸在一個砸來的酒瓶子上，「啪」的一聲酒瓶子碎了，砸我那小子忽然直勾勾瞅著我不動地方了，我衝他露齒一笑，給予當頭痛擊。

砸趴下那小子，我發現所有人都停止了戰鬥，包括關羽，他們都呆呆地看著我，我不禁仰天長笑：「哈——哎喲！」

這時我才發現，酒瓶子是破了，我的頭也破了——這會兒我才悲哀地意識到：功夫是武松的，可腦袋是自己的！

我滿腔怒火無處發洩，加緊收割雷老四的部下，可想而知，在關羽和武松的努力下，五十來個打手很快就被我們都打躺下了，老混混最慘，我也強迫他練鐵頭功來著——他比我流的血可多多了。

最後不等我說話，關羽趕上一步踩住老混混的胸脯喝道：「說，那五百萬還要不要了？」

老混混：「……不要了。」

我一蹦三丈高——看來武松輕功也不錯，大喊：「二爺，錯啦，是他欠咱們的！」

二爺訕訕地退到一旁，這回換我把腳踩在老混混胸脯上：「說，那錢還不還？」

「我……我打個電話。」

「給你半小時！」

半小時內，雷老四應該糾集不了比現在規模更大的隊伍，怎麼說我也是替別人收帳，不能把自己搭進去，為了保險起見，我又對老混混使了一個讀心術，這老小子現在心亂如麻，確實想不出什麼鬼點子，我這才讓他打。

老混混把這裡的情況簡單說了一下，他沒說他們五十多號人被我們倆人挑倒了，不過以雷老四的精明，從他的口氣裡應該能聽出一些資訊，電話打過不到二十分鐘，雷老四派了一個人，帶了張支票來，除此之外沒說一句話，我也明白，我跟雷老四這梁子算結下了，包括老郝，為了五百萬鬧出這麼大動靜，也不知對他來說是福是禍。

臨走時，關羽把青龍偃月刀又插回泥像手裡，有點擔心地跟我說：「你說他們要知道是我幹的，不會虐待我的牌位吧？」

我：「……」

出了歌舞廳，我很正式地給關羽鞠了一躬，忐忑道：「二爺……」

「叫二哥吧，翼德和子龍他們都這麼叫。」

我一聽二爺好像沒有怪罪我的意思，頓時嬉皮笑臉說：「二哥，真是對不住了，接風酒喝成單刀會了。」

關羽寬厚地一擺手：「你也是忠人之事。」

我們上了車，路過一個街攤的時候我說：「二哥還沒吃飯呢，今兒晚了，咱們先湊合一頓吧，一會兒我送你去學校。」

二爺坐下吃了幾支羊肉串，忽然撫杯長嘆了一聲，我問：「二哥有心事？」

關羽默然無語了半晌，道：「也不知我那大哥和三弟現在身在何處？」

我小心問：「大爺和三爺……能來嗎？」

關羽黯然地搖了搖頭：「判官破例告訴我，我大哥投生在北朝，而我三弟去了一個叫隋朝的地方。」

我遺憾地攤了攤手，這就真沒辦法了，這倆人要是在現代，還能看情況陰何天竇的藥，但那麼大老遠，我可穿不過去。

想到何天竇，我悚然一驚，關羽來了，這老爺子前生心高氣傲，在三國範圍內幾乎是全面樹敵，這下可給了何天竇可趁之機，什麼華雄啊，顏良啊，還有那倒楣的五關六將，隨便找來幾個，那就又是一場惡鬥。

我給關羽倒了一杯酒，隨時觀察著他的臉色道：「二哥，我說句沒心沒肺的話你可別生氣。」

關羽看著我。

我說：「既然大爺和三爺各奔各路了，你又何必一個人跑下來受這一年的煎熬，孤苦伶仃的。」

關羽沒有生氣，慢慢點著頭，看來很同意我說的話，等我說完了，老爺子淡淡笑道：「能多想他們一年也是好的。」

我眼睛一濕，幾乎掉下淚來，什麼叫義氣？為朋友兩肋插刀那是小義，在絕境中守著兩位如花似玉的美女無動於衷是中義，遠隔千山萬水，甚至明知永不能相見，依然癡心不改，這才是高義。

喝了一瓶啤酒，吃了十幾串烤肉，我百無聊賴地拿起桌上不知誰丟下的半張破報紙，一則奇聞趣談吸引了我，上面說河南一個農民聲稱能回憶起自己上輩子的事情來，據他自己說，他上輩子是三國時一員武將，名叫周倉，曾為關羽牽馬抬刀數十年……

我不禁嘖嘖道：「這有意思了。」

關羽問：「什麼事？」

我把報紙放到他面前：「這有個人說給你服務了幾十年。」

關羽拿過報紙，看了文字報導旁那人模糊的照片一眼，隨即放下報紙，問：「周倉？」

我說：「是呀，他說他是周倉，有意思，說誰不好，非說自己是個馬弁，你看我，趙雲……」

關羽淡淡道：「不要這麼說周倉，我跟他也是兄弟一樣的。」二爺把一串烤肉塞進嘴裡，問：「人在哪？」

「河南，具體哪沒說。」

關羽點點頭，撕了張紙擦著嘴，我說：「二哥吃飽了？」

「哦，吃飽了。」

「那咱走吧。」我把錢給了，拿出車鑰匙來到車旁，關羽卻沒有上車的意思，微笑著衝我拱了拱手：「小強，咱們就此別過吧。」

「什……什麼？」

關羽道：「我得走了。」

我見他沒有開玩笑的意思，頓時急道：「二哥，不，二爺，我哪得罪您了您就說，可別跟我一般見識啊。」

關羽笑著擺了擺手：「不是……」

我這才看見他手裡捏著那半張報紙，結巴道：「您這是……要去河南？」

關羽點頭。

「這麼說……那人真是周倉？」

關羽把報紙拿在眼前，用手摩挲著那張模糊的照片，喃喃道：「多半是他，想不到他還記得我，上輩子光顧打仗，忽略了身邊這位老朋友，現在我可有的是工夫跟他聊了。」

我腦子一片空白，愣了半天這才說：「二哥，咱這到河南千里迢迢，您連赤兔馬也沒了，怎麼去呀？」

關羽道：「我會問。」

「……您打算走著去呀？等您走到，一年時間也過去了，再說您到了那兒，知道怎麼找周倉嗎？這樣吧，您容我兩天，等我把手頭的事忙完了我帶著您去，咱坐飛機。」

關羽搔了搔花白的頭髮道：「飛機？」

「是，也就個把小時……呃，時辰的事兒。」

關羽眼睛一亮：「真的？你現在有工夫嗎？」

我甩著手說：「現在您就別想了，就算我有工夫，你沒有身分證也不行——身分證懂嗎？相當於出入關的腰牌！」我實在不知道該怎麼跟他解釋了。

關羽想了想道：「有別的辦法嗎？」

我說：「那就只能坐火車了，這可就慢多了，大概得一兩天。」

關羽把手放在我肩膀上道：「那小強你幫我個忙，我坐火車走。」

我抓狂道：「你怎麼想起一齣是一齣啊，以你現在這個樣子怎麼走？你認識站牌嗎，兩天都等不及嗎？」

關羽很堅決地說：「要麼你幫我，要麼我自己走。」說著，他伸手拉住一個過路的就問人家，「勞駕，去河南往哪邊走？」那人白了他一眼走了。

我跳著腳叫道：「你這個老頭怎麼這麼倔呢？」

關羽呵呵一笑：「老夫倔了一輩子，又何止是今天？」

我豎起一根指頭：「一天，你就等我一天行麼？」

關羽又拉住一個過路的：「勞駕……」

我嘆了一口氣，自己先上了車，把副駕駛的門給他打開，關羽笑著上了車，問：「去哪兒？」

我沉著臉道：「火車站！」

一路上我悶頭開車不說話，敢給關二爺臉色看的，我大概還是千古第一人，一方面我確實對這老頭有點不滿，另一方面，其實我是在利用這段時間想辦法，讓第一天到這什麼也不懂的客戶遠跋河南這顯然是行不通的，我第一次希望到了車站沒票。

關羽見我不說話，笑道：「我知道你肯定在心裡罵我呢，說這老頭其實一點也不義氣，故意給你出難題。」

我陰著臉說：「哪敢啊，可是話說回來，你為什麼就一天也不能等呢？」

誰想關二爺嘆了口氣道：「你也說了，我孤苦伶仃的，其實一個人活著全是為了身邊這幾個人，你想一想，如果把你放在一個錦衣玉食的地方，但身邊沒一個親人沒一個朋友，你願意嗎？」

我摸著下巴想了想，不得不承認二爺很有當哲學家的潛力，可問題是河南那個農民八成不瘋即傻，能解決問題嗎？

關羽又道：「其實最主要的原因，是我欠周倉的！」

我「啊」了一聲，難道關羽和周倉之間還有勞資糾紛？

關羽道：「我說了，上輩子光顧著打仗，忽略了身邊這位老夥計，他跟著我出生入死幾十年，我連話都沒好好跟他說過幾句，在我心裡，一直拿他當兄弟的，可直到死，這句話都沒機會對他說，旁人提起周倉，都說那是我的奴才，可我不是這麼想的，即使這樣他仍然惦記著我，這是恩德吶！」

我也嘆了一口氣，我現在改變主意了，我知道，要不把老頭送到周倉跟前，他是絕不會甘休的。

到了車站一問，離現在最近的一趟車是十二點，而且沒座位，我找了一個自動提款機取了一萬塊錢，然後把票和錢都塞到二爺手裡，簡單跟他說明了一下貨幣面額的狀況，然後把我的電話號碼也寫給他，囑咐說：「萬一你順利到了河南，先學會用電話，跟我說一聲；還有，河南那地方辦證的肯定不少，先辦個身分證……」

關羽笑道：「行了，老夫雖然不是諸葛軍師，可也不傻。」

我重新打量著他，好像沒什麼不對勁的了，但終究是不放心，最後一跺腳：「我還是跟你一起去吧。」說著就要下車買票。

關羽一把按住我說：「別動，再這樣二哥生氣了。」

「那你記住給我打電話，還有，錢在我們這是好東西……」

關羽插口道：「錢在我們那也是好東西。」

「……所以掛印封金那一套省著點，千萬別太仗義疏財了；再有，出了站有女人拉，你別跟著走，那都不免費。」

關羽：「……」

又過一會兒，我看了看錶說：「走吧，我送你進站。」

火車站裡人頭攢動，我把二爺領到候車室，他要坐的那輛火車在第三候車室，我們到了前面已經排了幾百號，我讓二爺在原地等我，趕緊出去買了一堆吃的喝的還有零食。

等我再回來，進站口已經開始剪票了，關羽隨著人流已經離我老遠，我只能捏著站臺票用眼睛跟著他。

等進了剪票口，我才把東西交到老爺子手裡，關羽提著那一大包東西衝我揮了揮：「行了，你走吧。」說著就要下月臺。

我一把拉住他：「二哥，你不能這麼走！」

關羽呵呵一笑：「送君千里終須一別，賢弟就送到這吧。」

我叫道：「你坐錯車了……」去河南的車是第二通道，關羽在第一個樓梯口就要往下走。

後來我是親眼見他上了車才走，關羽站在窗戶前一個勁的衝我招手，我扯著嗓子喊：「一會車開了，補張臥鋪……」

就這樣我送別了關二爺，幸好有我跟著，要不老頭就下了廣州了。出了火車站，我心裡空落落的，跟二爺雖然相處時間不長，但老頭的厚德高義確實令人折服，遺憾的是二爺只在我這待了幾個小時，幫我打了一架，飯也沒顧上請他就走了，這頗讓我心酸，如果不是今天晚上的事有點特殊，我一定把他送到河南，因為我要現在走了，會讓雷老四以為我是跑路了，說不定又要引出什麼別的麻煩來。

我回了當鋪，別人都已經睡了，只有項羽坐在床上看書，他一見我頭破血流的狼狽樣，噗嗤一聲笑了出來：「又跟人打架去啦？」

我拿冰敷了一會然後睡覺，這一覺睡到了第二天日上三竿，起來頓時感覺到全身上下的肌肉都像拿刀片畫的一樣疼，大腿內側也火辣辣的，我出了一會神才想起昨天我好像除了鐵頭功還練高抬腿來著，看來不少地方都拉傷了。

我一瘸一拐像個牽線木偶一樣刷完牙，就癱到樓下的椅子裡再也不想動了。

大概十點半的時候，從外面一推門進來一個跟我差不多年紀的後生，大圓臉，皮膚挺白，有點中年發福的跡象，個子可不低，大概快到一米九了。

我把身子往正坐了坐，裝模作樣地說：「能幫您什麼嗎？」

這大個胖子邊關上門，邊客氣地問：「你是小強嗎？」

「是……我。」我一邊答應著一邊看這胖子，發現他有點眼熟，再看幾眼，知道肯定見過，但就是想不起在哪見的了。

這胖子也是差不多的表情，一個指頭指著我，滿臉隔靴搔癢的樣子，就是想不起我是誰來。

我站起身把手伸過去，有點尷尬地說：「咱是不是見過？」

胖子握住我的手，猶疑道：「我也覺得。」

我使勁抓著頭，最後問：「你小時候家是哪的？」

胖子道：「東門大街……」

「我也是啊！」我使勁端詳胖子，忽然一拍大腿：「二胖！你是二胖吧？」

幾乎就在我脫口叫出他名字的同時，二胖也意外地喊了起來：「小強！」

我們哈哈大笑，搿住手腕互相打量，我給他腆起的肚子上使勁來了一下，罵道：「你後來搬了家就再沒見過，也不說找我們玩。」

二胖笑了笑，有點不自在地說：「我搬走那年都快高考了，沒時間，等再回去你們也全搬了。」

我拿出菸來給他一根：「小時候咱倆淨掐架。」

二胖就著我的手把菸點著，笑道：「可不是麼。」

我倆坐在沙發上，互相看著彼此，忽然一時找不到話題了，光是傻笑。

最後還是二胖先打破沉默，說：「我還以為是哪個小強呢，原來是你呀。」

我也問：「哎對了，你找我幹什麼？」

二胖聽我一問，臉色忽然變了變，道：「我找你也是受人之託。」

「誰呀？」我渾不在意地問。

二胖沒有回答我，頓了頓才又說：「關羽呢？」

我一時沒反應過勁兒來，茫然道：「你說什麼？」

「我問你關羽呢，他昨天不是來了嗎？」

我幾乎把自己舌頭咬掉，結巴道：「你怎麼知道？」

二胖忽然有些不好意思地說：「我……是呂布。」

第二章

王牌對王牌

何天竇道：「那我不管，反正我好不容易找著呂布了，你總得讓我贏一場，再說項羽那小子闖到我家裡砸我暗室的仇，我還沒報呢。」

我狠狠罵道：「有種你出來，咱們王牌對王牌，我非拿板磚掀你臉！」

二胖是呂布？我從小跟呂布掐架掐大的？或者換一個說法：呂布就這德行？我忍不住挖苦他：「你哪長得像呂布？」我捏了捏他肚子上的贅肉，「呂布就這樣？」

二胖使勁往回吸肚皮，低著頭說：「上輩子不是這樣。」

我隨口道：「你要是呂布我就是……」可是想了半天也說不出個所以然來，俗語道：人中呂布馬中赤兔，我總不能說我是赤兔吧？

我斜眼看著他說：「何天竇讓你來的吧？」

「你都知道啦？」

「廢話！你找關二哥幹什麼？」

二胖攤了攤肩膀：「你說呢，反正不是和他敘舊，他哪去了？」

我說：「昨天來沒一會兒就走了，去外地了。」

二胖道：「真的？」

「那你以為關二爺會怕你嗎，他要在這早撲出來了。」我納悶道：「再說，你雖然跟二爺幹過仗，可你們之間好像也沒多大仇吧？你要找也應該找曹操啊，找劉備也說的過去，你找二爺不是驢唇不對馬嘴嗎？」

二胖道：「你就告訴我他什麼時候能回來吧？」

我往沙發裡一仰，一副死豬不怕開水燙的樣子說：「反正關二爺不在了，我也聯繫不上他，你愛怎麼的就怎麼的吧。」

二胖錯愕道：「這麼多年沒見，你小子怎麼還這樣啊？」他掏出手機，「那我給我老闆打個電話，問問他是什麼意思。」

不一會電話通了，二胖說了幾句忽然把電話遞過來：「他要跟你說。」

我接過電話哼哼著說：「喂，老何啊？」

何天竇嘿然：「關羽呢？」

我說：「你不是會算嗎，你算呀。」

「我這可不是算的，昨天你們兩個人在『大富貴』挑趴下五十多號人，現在早已經傳得沸沸揚揚，除了關雲長，誰有這本事？」

我說：「有本事的人多了去了，你怎麼知道一定是他？」

「嘿嘿，別以為我不知道你那裡這段時間來了些什麼人，能頂著這麼大壓力下來的武將，也就只有關羽了。」

「呵，福爾摩斯沒少看啊，那你再推理推理二爺去哪兒了，正好我還有點想他了。」

「……」何天竇頓了頓說：「他不在也好，其實我挺佩服雲長為人的，也不願意讓他難堪，這樣吧，關羽不在，項羽不是在嗎？」

我叫道：「你有準譜沒準譜啊，他們倆有什麼仇？」

何天竇道：「那我不管，反正我好不容易找著呂布了，你總得讓我贏一場，再說項羽那小子闖到我家裡砸我暗室的仇，我還沒報呢。」

我狠狠罵道：「有種你出來，咱們王牌對王牌，我非拿板磚掀你臉！」

何天竇笑道：「你算個屁王牌，王牌有使板磚的嗎？不跟你說了，你把電話給呂布。」

我只得把電話還給二胖，他又跟何天竇嘀咕了一會才收了線，問我：「項羽在嗎？」

「出去還沒回來。」

二胖坐在沙發角上說：「那我等等他。」

我無語，這情形有點像被人逼債上門，跑也跑不了，趕也趕不走，我和二胖大眼瞪小眼，氣氛再次陷入尷尬。本來是多年好友相見，把手言歡，可說沒兩句卻發現彼此屬於敵對陣營，很戲劇化，很橋段，很絕代雙嬌。

最後，終於還是我忍不住問：「你現在在哪混呢？」畢竟眼前是一個從小一起長大、活生生的胖子，我潛意識裡總是很難把他跟呂布聯繫起來。

「……我開了個摩托車修理鋪。」二胖好像一時無法適應這樣的談話。

「你不是……」

二胖好像知道我要問什麼，難為情地說：「高考壓力太大沒考上，後來也就這樣了。」

我湊到他跟前，神秘地說：「哎，問你個事。」

「怎麼？」

「貂禪真的漂亮嗎？」

「呃……漂亮。」二胖已經有點失語了。

我忽然退後一步盯著他說：「那姓何的不會是拿貂禪要脅你找我打仗的吧？我說你小子上輩子吃那娘們的虧還沒吃夠啊？」

二胖哭笑不得道：「別說這個了，我去年已經結婚了，讓我那口子聽見還不得跟我打架？」

我失笑道：「呂布也怕老婆？你打不過她？」

二胖淡然道：「孩子都兩歲了，還打什麼打？」

「……你不是說你去年才結婚嗎？哪來個兩歲的孩子？」

「第一胎要不打都三歲了。」

我再次無語，索性問：「你為什麼幫那姓何的？」

二胖擺了擺手：「這個你就別問了。」

「為了那一百萬的彩頭？」

二胖目光灼灼地看著我說：「你認為呂布是那種能用錢就輕易買通的人嗎？」

我不禁退後了一步，不得不說這小子一瞪眼，威勢確實挺足的，三國猛將如雲，能當第一打手那可不是吹來的。但我還是說：「你以為你是什麼好鳥，有奶就是娘的叛徒！」

二胖握了握拳頭道：「咱倆怎麼說也是從小長大的朋友，你說我可以，但不許說呂布，否則別怪我對你不客氣！」

媽的，跟我來這套，他有什麼好說的，一個修摩托車的胖子，再說，他不就是呂布嗎？

貧賤不能移，威武不能屈，我小強是那種那麼容易就被嚇唬住的人嗎？我打開保險櫃，從裡面拿出一盒東西，義正詞嚴地跟他說：「吃餅乾嗎？」

「……」胖子又無語了，棋差一著滿盤皆輸，對付胖子我可有近十年的豐富經驗，就算他是呂布，擠兌起來照樣輕車熟路！

就在這時項羽回來了，他把車鑰匙往桌上一扔，說：「油我加滿了啊。」

二胖見了這聲勢驚人的大個兒，情不自禁地問：「項羽？」

項羽看看他，道：「你是？」

二胖急忙介紹自己：「幸會幸會，我呂布呂奉先。」

我眼看二胖就要把餅乾塞到嘴裡了又放下，懊惱得一個勁頓足捶胸，隨口說：「這是三國第一猛將。」我希望這句馬屁能把胖子拍舒服了，好使他就範。

項羽聽說是一員武將，朝二胖點了點頭表示客氣，然後就要上樓，二胖急忙丟下餅乾高聲道：「項羽，我要和你打一場。」

項羽回過頭，納悶地打量著二胖，隨即看向我，我一指二胖：「這是何天竇的人。」

項羽重新瞟了二胖幾眼，道：「我跟何天竇已無瓜葛，想打架你找別人吧。」

二胖見項羽又要走，提著嗓子叫道：「喂，我可是呂布！」

項羽頭也不回地哼了一聲：「呂布是什麼東西？」

我打了個響指，說到我心坎裡去了。

二胖看項羽再走幾步就要上臺階，忙伸出一隻手勾在項羽肩膀上，項羽也不回頭，抓頭他的手往前一帶想給他來個過肩摔，二胖沉腰凝氣，只聽喀吧一聲，地磚碎了兩塊。

我這個心疼呀，一拍桌子怒喝一聲：「你倆外邊打去！」

兩個人停了手，一起看我，我把東西收拾收拾，鎮定地說：「那要不我外邊去？」

二胖跟項羽掰著腕子道：「你不跟我打可以，難道你連虞姬也不想見了嗎？」

項羽猛地放開手：「你說什麼？」

「我們老闆說了，只要你贏了我，他一定幫你找回虞姬。」

我忙說：「虞姬我們已經找著了。」

二胖盯著項羽眼睛說：「你自己看著辦吧，我提醒你一句，你們找到的所謂虞姬究竟是不是本人那就難說了，可我們老闆保證的是：一定幫你找到那個真正的虞姬。」

項羽臉色一變：「你什麼意思？」

「沒什麼意思，找人方面，我們老闆好像比較專業。」

項羽毅然道：「你要怎麼打？」

我叫道：「羽哥，不能答應啊！」

二胖道：「當然是騎在馬上打，你我這樣的人，難道要像步兵那樣在地上揪扯？」

我插口道：「可我們沒馬呀！」

二胖看了我一眼道：「小強，我們老闆說了，他又給你錢又替你賣酒，可不是幫你發家致富的。」二胖在紙上寫了一個號碼遞給項羽，「什麼時候買到馬，聯繫我！」

二胖走後，我問項羽：「你怎麼又答應他了呢，你不是不想找虞姬了嗎？」

項羽定定地看著我說：「你說……張冰會不會不是虞姬，我們一開始就找錯了？」

我無辜地說：「我可是讓你確認了好幾次，是你說她從長相到習慣甚至是步子都跟虞姬一樣的。」

項羽喃喃道：「我說放棄是害怕失望，如果真能找到阿虞，我為什麼不找？不管怎麼說，我一定要先打贏這一仗。」說著他拽著我就往外跑，我大喊道：「你抽什麼風呢？」

「跟我找馬去！」

上了車，我揉著胳膊說：「你好好想想在馬上打仗還需要什麼，咱們一次置辦齊了。」

「除了馬，再給我打一條一百三十斤的鐵槍就行。」

「盔甲呢，木蘭姐那套你能穿不？」問也白問，花木蘭那套穿在項羽身上，估計和緊身內衣差不多。

項羽道：「盔甲不需要，捉對廝殺又不用防箭，也不用讓你的人看著你的盔甲辨認主將的動向——最主要的，那胖子傷不了我！」

我說：「你可別大意，那胖子在你之後的幾百年裡確實算得上頭一號的猛將，我十三歲以前跟他交手都沒有過勝績。」

這最後一句話說得太多餘了，項羽哈哈大笑道：「此等宵小，我懼他何來？」

……二胖是宵小，那我是什麼？娘的！

我撓著頭說：「鐵槍好弄，咱育才的學生家長裡就有鐵匠，可馬上哪弄去？要說好馬，英國、德國、土耳其馬都不錯，可是等買回來，不用半年也得三個月，再說這手續我也沒辦過啊，也不知道關稅怎麼收的。」

項羽陰著臉道：「光說廢話，離咱們最近，有馬的地方在哪？」

我一攤手：「那就得說是公園了，可是……」

項羽拍著車座道：「快走！」

公園的跑馬場我並不陌生，所不同的是小時候這裡只能照相，而現在還能騎著馬兜圈了，雖然那圈還不足三十米。

空地上只有兩匹馬，旁邊擺著相機的支架，那個看場子的老頭依稀就是小時候給我照過相的那位大叔，更為稀奇的是：那兩匹馬也好像是我九歲那年騎過的那兩匹……

我走過去說：「大爺，馬能騎嗎？」

老頭見來了客人，馬上興奮起來：「能騎能騎，當然能騎，我這可是正宗蒙古馬，跑起來像風一樣。」

我懷疑他說的是真的，因為我聽說過蒙古馬體型瘦小但貴在有長力，再看那兩匹馬，瘦得跟狗一樣了。

我說：「那你這馬租不租啊？」

老頭看著我說：「你給多少錢？」

我說：「兩匹馬，一天給你一千。」

老頭眉開眼笑：「租！」

項羽抱著膀子打量著那兩匹馬，猶豫道：「真能騎嗎？」

老頭在他背上推了一把：「你騎一圈不就知道了？」然後跟我說，「騎一圈二十啊！」

項羽走到其中一匹跟前，一邁腿就上了馬背，壓得那馬一忽悠，這還不算什麼，搞笑的是，項羽騎在馬上不踩鐙，兩腳就在似搭不搭之間，真跟騎了條大狗似的。

項羽朝我苦笑道：「這能成嗎？」

老頭為了賺錢，快步走到馬後頭，衝項羽喊：「坐好了啊。」然後在馬屁股上一拍，那馬就晃晃悠悠地開始在場地裡溜達，別說跑，走得都勉強，要不是項羽用腳幫牠支著，估計腰都斷了。

我連忙衝項羽喊：「羽哥下來吧！那馬比你歲數都大，尊尊老吧。」我認出來了：真是我騎過的那匹。

項羽跳下馬，牽著走回來，疼惜地摸著馬頭說：「這馬早該養老了。」

老頭道：「牠養老我怎麼辦？我養老還靠牠呢。」

項羽把兩百塊錢塞到老頭手裡說：「把場子拆了以後就拍照吧，你這馬再跑非死不可。」

我說：「那匹不用試了吧？」

項羽掃了另一匹馬一眼，搖頭道：「那匹看著比這匹小不了多少。」

老頭道：「這匹就是那匹生的。」……

回到車裡，我和項羽都垂頭喪氣的，我說：「咱要不去別的公園看看，說不定有口齒輕的馬呢。」

項羽低著頭道：「不用了，這樣的馬就算口齒再輕也打不了仗。」

我說：「那怎麼辦呢？看來只能是從國外買了，一輛好點的車都得一百萬，好馬沒個四五百萬怕是買不下來，這可惡的何老頭，給老子算的真仔細啊！」

我這麼說，是因為酒廠幫我推銷五星杜松酒迄今為止剛好賺回幾百萬。

項羽道：「馬的血統好是一方面，還得是受過訓練的，否則也不能叫戰馬。」

這一點我也想到了，一匹好馬，牠得血統優良，經受嚴格的訓練，馬和車一樣，在某些情況下是完全沒法比的，你想買一輛車，兩萬和兩千萬都能買到，而且它們看上去沒什麼不一樣，都是一個方向盤四個輪子，可箇中滋味就只有自己知道了。

馬是最有靈性的動物，是人類最早豢養的家畜之一，但在現代城市裡養一匹馬幾乎是不可想像的，具體的例子就是：一個千萬富翁，他可以花一百萬買一輛車，但一個只有一千萬財產的人絕不敢輕易買一匹馬。所以，擁有一匹自己的馬如果不是巨富級別的想也別想。

所以不管國內還是國外，只要是一匹善於奔跑的馬肯定價格不菲，四五百萬不一定夠，因為牠們只要參加一場比賽贏了都遠不止這個數。

等等，巨富，比賽……我頓時想起了那匹帶給我好運的馬：瘸腿兔子，牠不是已經被金少炎買回來正在金家別墅嗎？

我興奮得使勁拍項羽肩膀：「羽哥，我給你找了匹好馬，瘸腿兔子！」

項羽納悶地說：「兔子？能騎嗎？兔子精？」

我不理他，直接一個長途撥到金少炎電話上，那邊接起來以後一片紛雜，看來正在片場，金少炎的聲音：「強哥嗎？」

我大喊：「查房！立刻拿出你和師師不在一張床上的證據！」

金少炎笑道：「別鬧了強哥，你聽聽這動靜！」

我也笑了：「你小子真沒得逞？」

金少炎苦巴巴地說：「我真沒想到師師這麼拼命，為了趕戲，一天睡眠不足四小時，你說我還有別的心思嗎？」

我收了笑：「跟你說正事，那匹叫屢什麼屢什麼的馬，真的被你買回來了？」

「你說屢敗屢戰？是啊，就在我家呢，你問這幹什麼？」

「我借著使使。」

「……使使？」我非常不專業的用語引起了金少炎的警惕：「你不是想讓牠拉磨去吧？誰又跑你那去了，神農？」

我粗略地把最近的事跟他說了說，最後道：「是羽哥，他現在需要一匹能跑的馬。給借不給？」

金少炎笑道：「還問我幹嘛，直接牽去不就得了？家裡就老太太在，你又不是不認識，老人家念叨你比念叨我還多呢，也不知誰是他親孫子。」

我說：「行了，你繼續忙吧——宋徽宗還沒露臉吶？」

「師師不讓露，她這樣拍也太抽象派了，我真擔心……」

我不等他說完就掛了電話，發動車子，項羽問：「去哪？」

「找兔子精！」

我一路飛奔往金家別墅跑，項羽說：「聽你話裡意思，好像是給我找了一匹馬？」

我說：「賽馬場上爆過冷，撒起來跑那絕對快！」

項羽淡然道：「你真是外行，能跑的並不一定是好馬，一匹馬如果只會往前跑，離戰馬的標準還差得遠呢。」

我說：「誰說只會往前跑，還會蹦呢！」我點了根菸，回憶往事道：「說也奇怪，這匹馬明明能跑那麼快，可不知道為什麼只贏了那一場比賽，最後差點被賣到馬戲團去。」

「一定是騎師不得力，人和馬是需要溝通的，如果連這一點也做不到，那馬的潛力根本發掘不出來，可惜人們只會評價一匹馬跑得是快是慢，卻很少去注意騎師是不是得法。」說到這，項羽有點黯然道：「世上多有孫臏那樣的用馬之人，卻少有伯樂那樣的識馬之人，也不知是人的悲哀還是馬的悲哀。」

我發現項羽對馬比對人好，包括剛才在公園對那兩匹老馬的痛惜，要是一個老頭被人騎著，他肯定不管。

我說：「那你的意思是賽馬不中用？」

項羽道：「去看看吧，希望不大，要是別的還能將就，可這馬要不得力，十分本事就只能使出三分來。」

他這麼一說，我心也沉了下去，那瘸腿兔子是匹道地的賽馬，應該從沒學過轉圜交錯的戰術，在馬戲團待了幾天，也不知道學沒學會鑽火圈，可這有用嗎？林沖他們以前騎著拍戲的馬表演過節目，也是湊合著用的，而這回項羽的對手那可是呂布啊。

大約半小時，我們來到了金家別墅門前，我一按喇叭，門上的監視器就吱扭亂轉，我忙把頭探出去，大門立刻緩緩移開，我把車直接開到樓前，金老太已經收到消息，搖著蒲扇迎了出來，嚷道：「小強你個王八小子，這麼久才來看我。」

我笑著從車裡下來，先給老太太點根菸，說：「我怕您放狗咬我。」

老太太拍打著我衝我眨眨眼，小聲在我耳邊說：「還是經過事兒的小金子順眼。」看來金少炎回歸的事情她也知道了。

我指著項羽跟她介紹說：「這是我朋友。」然後小聲道：「什麼事都不用瞞他，自己人。」

老太太也被我接頭暗號似的做派逗樂了，看了一眼項羽嘆道：「呵，這大個子，比姚明不低吧？」項羽也笑了。

老太太大聲說：「今兒來了就別走了，正好我那柿子下架了，讓你們嘗嘗拿大糞澆出來的菜。」

我和項羽：「……」

我把金老太讓在小涼棚裡，說：「老太太，今天我來是有事求你來了。」

金老太瞪我一眼道：「我就知道沒事你也不來，你個王八小子！又有誰想拍電影了，就這大個子？想演誰呀？」

「我們不拍戲，小金前段日子買回匹馬來，在您這兒吧？」

誰知老太太一聽這話，頓時小心起來：「你們要借呀？」

「是啊。」

「是要騎啊？」

「可不是騎麼，怎麼了老太太，捨不得呀？」

金老太咂摸著嘴道：「別說還真捨不得，平時也沒個人陪我，就我跟小黑說說話，拿牠當我親孫子一樣——你倆誰騎，大個子啊？你別給我把小黑壓壞嘍！」瘸腿兔子又有新名字了。

項羽呵呵笑道：「我也就是看看，多半不順意，不過就算我不騎也能幫您相相馬，幫著改改毛病什麼的。」

金老太聽他這麼說，這才吩咐傭人：「去，把我的小黑領出來給他們看看。」

傭人走後，我們三個就坐在涼棚下有一句沒一句地聊著，金老太打量著項羽問：「大個子，你叫什麼名字啊——」

我忙說：「您叫他小羽就行。」

「哦，你會騎馬？」

項羽微微一笑：「我四歲就會騎馬了。」

正說著，那傭人已經把瘸腿兔子牽來了，這馬現在可享福了，身上沒有馬鞍，籠頭也不戴，那傭人是用一條長長的毛巾小心地圍著牠的脖子把牠牽出來的，近距離看，我才發現這瘸腿兔子身形異常高大，一身純黑的皮毛溜光水滑，馬鬃也被修剪得很威風整齊，遠遠走來一步三扭，能滴出油來的皮毛微微顫動，真有點神駿的意思。

可是再走近了就會發現，這馬大概已經過慣了無所事事的日子，步調顯得有些懶洋洋的，眼神也有點玩世不恭了，像個被慣壞了的小少爺。

我們正看著，忽然就聽身邊轟隆一聲響，項羽猛地拔身而起，把涼棚裡的桌椅茶壺什麼的碰翻了一地，我抬頭想問他話，卻見他眼睛直直地盯著瘸腿兔子，手腳都微微顫抖著。與此同時，瘸腿兔子也驚覺地立住了腳步，牠大概已經覺察到了什麼，然後略微偏了偏頭就看見了項羽……

我驚奇地發現，這畜生的眼神居然也會變！牠先是無辜地眨了眨眼睛，然後又微微低了低頭，好像有點驚喜又有點委屈，還帶著一點敬畏，牠稍微地往後退了退，又往前挪了幾小步，像是想往前湊又有點不敢。

項羽忽然厲喝一聲：「騅！」

我嚇了一跳：「追誰？」

瘸腿兔子聽他這麼一喊，頓時滿天歡喜地跺著小碎步向我們這邊跑來，也不管三七二十一，一頭撞到棚子裡來，把馬頭擱在項羽肩膀上，與他耳鬢廝磨極其親熱。

金老太這時有點發傻，我更是目瞪口呆，老半天才問：「……你倆認識啊？」

項羽親暱地在瘸腿兔子脖頸子上拍著，也不跟我們說話，忽然翻身上馬，指著眼前遼闊的草地急促地喊了一聲：「駕！」瘸腿兔子兩個前蹄一抬，後腿一彈，轉眼間就射出去有三四米。金老太在後邊著急地喊：「喂——大個子，馬鞍還沒裝呢！」

項羽就那麼跨在光馬背上躥了出去，他一手扶在馬的肋骨上，另一隻手托住馬背，在看似顛簸的馬上居然平穩如常，像長在馬背上一樣。

瘸腿兔子乍見主人，欣喜之下，開始跑得還有點起伏，可是在轉過半圈之後越來越穩，兩條前腿一跺，後腿一蹬，就直直的躍開數米，最後頻率越來越快，在草地上頓蹄山響，飛馳如箭，每每經過我們眼前時，就像一條黑閃電般一劃而過，華麗而雄美，馬上的項羽也已隱在了一陣風中……

金老太好半天才從驚詫中恢復過來，她又看了一會，這才端起茶杯放到嘴邊，慢慢說：「我從來沒見小黑跑這麼快。」

我勉強笑道：「是嗎，呵呵。」牠贏比賽那次跟這次比起來，真是小巫見大巫。

金老太淡淡道：「看來我的小黑是保不住了。」

「嘿……就騎幾天，完了就給您送回來。」

金老太喝著茶，慢條斯理說：「別以為我不懂馬，好馬就跟好女人一樣，跟了你就不會再選別人。」

項羽又騎了十來圈，來到我們近前雙腿一夾，瘸腿兔子嗚嗚暴叫，氣如長虹，牠的眼睛裡飛揚著無盡的喜悅和神采，項羽跳下馬來，攬著瘸腿兔子的脖子仰天長嘯，那畜生眼裡居然也淚光盈盈的。

一人一馬親熱了好一會兒我才說：「行啦，老太太已經打算把兔子精送給你了。」

項羽急忙正襟站好，衝金老太深施一禮道：「多謝老人家，項某深感大德。」

我在他耳邊低聲問：「是烏騅？」項羽篤定地點頭。

瘸腿兔子頑皮地把腦袋從項羽肩膀旁邊探出來向我們看著，金老太見此情此景，微微笑道：「只怕這是物歸原主吧——大個子，你以前是不是就認識小黑？」

項羽只得點點頭道：「牠的名字叫騅。」

金老太嘆道：「我還找人給牠做過一套精雕的馬鞍，不過一直也沒用，一併送給你吧，對了，你有養馬的地方嗎？」

我看了看項羽，說：「育才就可以，要地方有地方，要草地有草地。」

「那你們怎麼走？」金老太不放心地問。

項羽把那套全新的馬鞍放在馬背上，緊好馬肚帶，說：「我騎著去。」

我抓狂道：「你有駕照嗎，被交警攔了怎麼辦？」

金老太道：「就說是拍戲用的，再不行給我打電話。」說著，老太太來到瘸腿兔子跟前，愛惜地摸著牠的臉頰。

項羽拍了拍瘸腿兔子的馬背：「騅，快謝謝奶奶。」

瘸腿兔子靈性十足，似乎也意識到了分別在即，留戀地舔著金老太的手，依依不捨。

我跟項羽說：「能不能換個名字叫？一個字叫著也太精簡了！」我摸著烏騅的馬鼻說：「以前你叫屢敗屢戰，終究是不吉利，我給你起個名字叫瘸腿兔子，現在你腿不瘸了，就叫你兔子怎麼樣？」

瘸腿兔子鄙夷地看了我一眼，把頭轉向別處，我忙跟牠打商量：「那要不叫小瘸瘸？小兔兔？」瘸腿兔子打個響鼻，低頭吃草。

項羽感激地看著金老太說：「以後就叫牠小黑吧。」瘸腿兔子居然優雅地點了點頭，這畜生，真成精了！

在去育才的路上，項羽真的就那麼騎著瘸腿兔子跑，我開著車帶路，好在從別墅區到學校這段路夠寬，而且沒什麼車，兩邊也全是野地，要不非引起圍觀不可。

我把車維持在四五十邁的速度上，兔子居然輕輕鬆鬆地就能跟上，而且還有閒暇跟我哈氣，動不動就瞥我一眼，打個響鼻什麼的，因為我一直管牠叫兔子，看來牠非常介意。

在沒人的地方，我把車窗搖下來，對跟我齊驅並駕的項羽說：「羽哥，你說兔子怎麼還認識你？我記得我的客戶裡沒有一匹馬呀。」

項羽滿足地說：「不知道，只要小黑能陪著我就夠了，說實話，我想牠比想阿虞也差不了多少。」

我心說是啊，都被你騎過嘛，這兔子也夠倒楣的，上輩子是馬，這輩子還當馬不說，而且被同一個人騎。

這時，前面一個路口紅燈亮了，我急忙減速，一邊喊：「兔子，慢點跑！」到了路口，項羽輕輕一帶韁繩，兔子立刻停穩了，比我方便多了，可是我發現項羽不自覺地右手老在馬背上劃拉，我笑道：「羽哥，都自動變速了還惦記著打檔呢？」

項羽這才意識到自己的小動作，臉上大紅，道：「都怪你小子，當初教我開車就教我開車，說什麼騎馬，搞得我現在一停下來就老想拉手剎車。」

等過了路口又往前跑了一段，我問：「用不用休息休息？你那畢竟是真正的馬力。」

項羽傲然道：「這才跑了多遠？你那車是加油的，沒油了，一米也走不動，我這馬就算餓著肚子，照樣還能跑幾百里路。」

我說：「真的不用歇歇嗎？」

項羽道：「不用，我看小黑狀態有點不如從前，就是欠跑。」

「現在找著兔子了，馬也就解決了，你那槍有什麼具體要求？」

「夠沉就行！」

這個難不倒我，秦末的鍛造技術能做到的事，能難住咱跨世紀的一代嗎？雖然當時項羽的槍是請專人精心打造的，但我估計現在鐵匠手邊的下角料品質都比他那會兒的好。

到了育才，我和項羽親自去爻村的鐵匠家裡拜訪，鐵匠的孩子已經被育才接收，而且正在和湯隆學藝，開始我一直認為湯隆這麼做有點誤人子弟：你說在科技橫行的現代社會裡學一手鐵匠活有什麼用？可是我發現我錯得厲害，這世界上還是有鐵匠的，而且他們現在的名字是：鑄造大師。

他們大多服務於軍工廠和汽車製造業，一個在業內有名的鑄刀師，親手做出來的刀一般都能炒到幾萬塊，如果是特殊日子或者是首款樣品那就更沒價了；還有，世界上的幾款名車也一直拿「全手工」來作噱頭和賣點，除了座椅和皮飾品，他們當然也需要鐵匠。

經歷了瘋狂的大工業時代，人們又重新開始迷信「手工」，尤其是有錢人，相信只有親手做出來的東西，才更有靈性，也更值得炫耀，所以說當鐵匠也是前途無量的。

鐵匠當然認識我，對我殷勤地不得了，二話不說就要拉著我們吃飯，我端著鐵匠遞過來的茶水開門見山地說：「我想找你打桿槍。」

鐵匠頓時一苦臉：「要打也行，可你有子彈嗎？」

我一愣，才明白他誤會了，滿頭黑線道：「我說的是過去用的槍——」說著用手比劃著，「前面帶尖那種。」

鐵匠頓時輕鬆起來：「那種槍啊！」

「能打嗎？」

「小菜一碟，現做個模子就行。」

我說：「這槍得沉，一百三十斤。」

「重量不是問題，就是桿兒得加粗——這麼重的傢伙誰用啊？」

項羽道：「我！」他拿茶杯給鐵匠看，「有這麼粗就行，最好活兒細點。」

鐵匠拍著胸脯道：「包在我身上，咱可是祖上傳下來的手藝！」

我笑道：「完事我送你幾件『精忠報國』的校服。」

鐵匠連忙擺手：「心領了，讓人以為我洗心革面就不好了。」

我笑：「什麼時候能拿？」

鐵匠摸著下巴說：「要是一般人，怎麼也得個把月，可蕭老師的事不能耽誤，三天吧。」

項羽滿意地點點頭，他知道這作業量馬不停蹄地趕也得三天。

我把兩千塊錢放在桌上對鐵匠說：「不管夠不夠，就麻煩你了。」

鐵匠大驚失色：「怎能收老師的錢呢，再說這也太多了。」

我堅決地把錢留下，說：「總不能材料錢也讓你貼。」出了鐵匠家，項羽說：「這三天時間裡，我得和小黑多在一起，多培養培養默契。」

我說：「順便把打檔的毛病改了。」這要是跟呂布動起手來，撥轉馬頭的時候，一手拿槍一手再去打檔，非讓人家戳下來不可。

這時我電話響，一看是從酒吧打來的，我說：「看來又來新人了，你跟著一起去看看？」

項羽道：「我就不去了，遛遛馬，一會兒你回來的時候再來接我。」

到了酒吧，孫思欣都習以為常了，不等我問，伸手往裡一指。

這回來的人裡又有倆老頭，還有一個身材魁梧的漢子，看年紀也不輕了，劉老六在一邊陪著。

我急忙上前行禮，我知道最近這幾撥人都是高級知識分子，在乎這個，所以見面得先留下個好印象。

劉老六一指我說：「幾位，這就是小強。」

座中一個老頭和顏悅色地向我回了一禮，另一個老頭不知道在想什麼，比他慢了半拍，那個魁梧的男人，兩鬢也有點花白了，大概五十多歲上下年紀，不過按現在來說還只能算是中年人，他一隻手放在桌子上點著，只朝我點了點頭。

我陪著笑問第一個老頭：「您怎麼稱呼？」

這老頭修養非常好，看得出是那種跟誰都客氣但自有風骨的大儒，笑呵呵地說：「鄙人姓顏，字清臣。」

劉老六跟我說：「就是顏真卿。」然後跟顏真卿說：「顏老，這就是一白丁，以後甭跟他說字。」

我微微有點意外道：「顏真卿？柳公權已經到了好幾天了。」沒想到這麼快就能把「顏筋柳骨」湊齊了，這兩人齊名，說不定很熟呢。

沒想到顏真卿茫然道：「柳公權，誰呀？」

劉老六鄙視了我一眼才跟我說：「兩人差著幾十年呢。」

跟上回一樣，一聽顏真卿的名字，另一個老頭站起來恭恭敬敬給他行了個禮，很拘謹地說：「想不到顏魯公在此，晚輩失禮了。」

他看著比顏真卿還大，說明此人成名年代應該更往後了，我傷腦筋地說：「到了這地方只按年紀不按朝代，以後你們可以兄弟相稱——請問您貴姓？」

這後一個老頭卻只顧跟顏真卿攀談，看來也是個狂熱的書法愛好者，聽我一問，只隨口說了句「張擇端」。

《清明上河圖》！連我這白丁都知道。

我發了一會呆，見張大神不怎麼理我，這老頭雖然畫畫得不錯，可我發現他有些木訥，遠不如顏真卿那麼通融隨和。我只得把頭轉向最後一個半大老頭。

這人身材高大，皮膚紅黑，一頭長髮披散在肩上，眸子裡炯炯有神，只是間或閃出來的光芒顯得有些過於淩厲還有點狡黠。要是按上次那樣，一個寫字的，一個畫畫的，剩下那個就該是個大夫，可我看這老頭半點不像孫思邈，更不像是李時珍，再看他在桌上亂點的那隻手，恍然道：多半是個彈琴的。

我彎著腰問他：「那您高姓大名啊？」

這人在桌子上彈著進攻的鼓點，看了我一眼說：「吳三桂。」

聽了這個名字，我倒吸一口冷氣，下意識地問：「吳三桂？是陳圓圓那個吳三桂？」

吳三桂面有不愉之色，沉聲道：「是吳三桂的陳圓圓！」

這老漢奸！居然這麼狂！真想打他！我把劉老六拉在一邊說：「他來幹什麼？」

劉老六剝著一顆開心果說：「他總歸也是名人，你不能要求都來一點污點也沒有的，再說，一點污點也沒有，那就不是人了。」

「那你也不能淨往我這送漢奸啊，再說吳三桂仇人多多呀！」

劉老六把開心果扔進嘴裡：「所以說這是上面對你的考驗嘛，我幫著你弄五百萬的時候怎麼沒見你抱怨？」

我抗議道：「當初說的是只接待客戶，要按合同來，梁山好漢我接待了，四大天王不歸我管我也管了，現在又來一個吳三桂，何天竇要把李自成從哪個旮旯掏出來我該怎麼辦？你們這是單方面違約，應該給我加報酬。」

劉老六慢悠悠地說：「那不用等何天竇了，我先把陳近南從上面帶下來，這按規矩你得管吧？」

我：「……」

劉老六見我啞了，拍著我的肩膀語重心長地說：「時間緊任務急，發發牢騷很正常，但不可以消極怠工嘛。其實我可沒少幫你，陳近南還真就有，只是我把他安排在明年才來，這你擔子不就輕了？所以說，組織不但信任你，而且也一直在保證你工作的順利開展……」

我說：「聽你這口氣是索要回扣呢，要不你把複製了趙白臉的這片餅乾拿去吃？」

末了我想起個事來，跟劉老六說，「哎對了，問你個正事……」

劉老六打斷我說：「還不到領工資的時候呢！」

「不是這個！」

「我借你的錢下個月還你。」

「……也不是這個！」

「哦？那你問吧。」

我抑制住強烈想把他掐死的欲望說：「一匹馬還記得牠上輩子的主人，這是為什麼？」

劉老六很自然地說：「那很正常啊，馬、牛還有貓狗都是通靈的動物，也就是人們說的陰氣重，雖然不是全都能想起自己前身是什麼，可是和別的動物比起來，牠們幾世記憶不滅的機率非常大，人們都說老馬識途，可為什麼有的小馬也認識路？為什麼有的貓狗一直很溫順，但是卻突然會暴起攻擊某個人？」

我悚然道：「因為牠們和那些人上輩子有仇？」

劉老六點頭道：「嗯，當然——也可能是因為有病。」

我：「……」

第三章

畫聖鬥畫

吳道子笑道：「不如你我三人同時各作一畫，然後請各位品評如何？」

王羲之他們一聽這三大畫聖要鬥畫，這可是千百年難逢的盛事，

和顏真卿柳公權拍手叫好。

閻立本道：「我們就以一炷香的時間為限可好？」那二位點頭。

我又問劉老六：「那人呢，人出現這種情況的機率高不高？」

劉老六道：「也不是沒有，但少的邪乎，基本上是幾億分之一，而且——這樣的人一般都是因為過於偏執，不肯忘掉以前的事情，他們在喝了孟婆湯以後，奮力和藥性抗爭，這樣的話，肯定會在一定程度上損傷腦子，降生以後能長大的很少，就算長大也是不瘋就傻，所以，能成功遺留上輩子記憶的，可以說幾乎沒有。」

那那個自稱周倉的傢伙豈不是也懸？

我拉住劉老六說：「那問最後一個問題。」

劉老六胸有成竹道：「儘管問，天上地下，還沒有你六爺爺不知道的事。」

「你借我的錢，下個月真能還嗎？」

劉老六的腳下頓時顯出踉蹌來，老騙子就勢裝醉，逃之夭夭。

我看看顏真卿和張擇端，恭敬地說：「您二位請跟我來。」然後再看看吳三桂，他好像發現我對他不感興趣，冷冷地看著我，我只得勉強道：「你也跟著走吧。」吳三桂哼了一聲，站起身隨著我們出來。

顏真卿這時已經知道張擇端是搞美術的，隨即客氣地衝吳三桂拱手道：「這位仁兄還未請教？」

吳三桂淡淡道：「吳某不過是一介武夫，為了一個女人不惜讓數萬將士拋頭顱灑熱血，最後依舊是兩面三刀，為人所不齒！」說著狠狠瞪我一眼。

顏真卿聽得滿頭霧水，只得敷衍道：「呵呵，惟英雄方能本色，吳兄好氣魄。」

這時張擇端跟我說：「小強身為仙庭代言，必是書詩雙絕，不知有什麼大作傳世，也好讓我等瞻觀學習？」

我尷尬道：「這話怎麼說的，我就是一白丁……」

張擇端還想再問，顏真卿已經看出我有點不自在了，急忙打圓場道：「小強賢弟真是謙虛，日後再行領教。」

上了車，我回頭跟張擇端說：「張老，您那幅《清明上河圖》傳到後來好像已經有點不全了，您是不是利用這段時間再來一幅？」

張擇端毅然搖頭道：「同人不同畫，那是畫師的基本操守。」他望著車外的車水馬龍癡癡呆呆道：「此間繁華就可入畫。」

我嚇了一跳，忙說：「您別把靈感浪費了，想去人多的地方，一會兒我帶您去富太路，或者晚上咱去酒吧一條街……」

張擇端根本沒聽我在說什麼，只是一個勁地望著外面發呆，顏真卿道：「不要打擾他，繪畫講究渾然天成，契機一點。」

張擇端衝顏真卿微微一笑表示感謝，又進入發呆模式。

到了校門口，顏真卿忽然大喝一聲：「且住！」

我猛一踩剎車，吳三桂臉色大變，下意識地去腰間拔刀，一邊警惕地四下掃視，沉聲問：「有埋伏？」

張擇端也從沉思中驚醒，揉著額頭問：「怎麼了？」

顏真卿把腦袋探出窗外，看著天上我們學校的校旗陶醉道：「這是何人所為？真真稱得上書畫雙絕，嗯，一行字居然用了兩種筆體，前三字是模仿書聖王右軍的，後三字卻不知是哪位聖手的，卻也自成一體……」

張擇端把頭從另一邊窗戶上伸出去，接著說：「難的是那畫也形神並茂，張狂如吳（道子），情態似閻（立本），妙哉！」

我五體投地，說：「兩位都說對了，我們這旗是四位大神共同合作的，前三個字就是王羲之寫的，後三個字是柳公權改的，至於那畫……」

「哎喲，王右軍真在這裡？」不等我把話說完，穩重通達的顏真卿立刻叫了起來。

我們剛一下車，迎面過來一個老頭，我馬上指給他們看：「那是茶聖陸羽。」

不等打過招呼，我又指著另一個戴著老花眼鏡夾著筆記本，剛和孩子們一起下課的老頭說：「那位是神醫扁鵲，另一個神醫華佗在校醫室呢。」扁鵲現在和低年級的學生們一起學習拼音和寫字。

路過大禮堂的時候，我們見到了吳道子，老頭戴著報紙疊成的帽子正站在梯子上給我畫穹頂，閻立本在牆那站著畫孔門七十二賢，我覺得大家都是同行，很有必要介紹他們和張擇端認識認識。

閻立本朝我們招手道：「等一會兒啊，我把顏回畫完，就幾筆了。」

顏真卿嘆為觀止：「你這兒真是群賢薈萃啊。」

我拉著他說：「走，我給你找王羲之去。」

到了階梯教室，王羲之和柳公權正在忙得不可開交，王羲之寫的是：「好好學習天天向上」，柳公權寫的是：「艱苦樸素活潑上進」。這些作品以後將在每個班都來一對。

不一會兒，吳道子和閻立本也到了，諸位大師相見別有一番熱鬧，這裡就張擇端最小，他跟大家一一見完禮，搓著手說：「各位兄長，咱們在此相聚很是不易，我倒想起個題目來。」看得出張大師很是興奮，一改剛才的木訥。

閻立本和吳道子齊道：「哦，賢弟請講。」

張擇端道：「我朝時，聖上徽宗帝曾出一題叫『踏花歸來馬蹄香』，以畫作展現當時情景，尤其是如何突出這一『香』字，二位兄長可有良策？」

吳道子笑道：「不如你我三人同時各作一畫，然後請各位品評如何？」

王羲之他們一聽這三大畫聖要鬥畫，這可是千百年難逢的盛事，和顏真卿柳公權拍手叫好，吳三桂不耐煩道：「你們弄，我去外面轉轉。」我也沒搭理他。

教室裡筆墨顏料都是現成的，三位畫壇大師各據一桌，閻立本道：「我們就以一炷香的時間為限可好？」那二位點頭。

可哪兒給他們找香去？最後我點了根菸倒放在桌子上說：「老爺子們，就湊合吧，以三根菸為限，時間差不多。」

於是，在煙氣繚繞中，三位大師揮毫潑墨，本來要是再有點音樂就更好了，可惜俞伯牙把琴摔了。王羲之他們雖然不精繪畫，可也有很深的藝術造詣，就圍著這三人看，滿臉如癡如醉。

這三位筆法各異，吳道子畫得最快，轉眼間一匹奔馳的駿馬就躍然紙上，馬上騎士弓著身，目視前方，動態十足，只是這個香字他如何表現，一時還看不出端倪。

閻立本則是慢條斯理地在紙上畫著小人，不過他這連馬也沒有；只有張擇端按步就章地畫了一匹正在踟躇的馬，可至於說香從何來，也沒個前兆。

兩根菸燃盡的時候，吳道子的紙上已經出現了鮮衣怒馬。閻立本畫了形形色色十幾個小人兒，還是沒有馬的影子；張擇端則是繼續豐滿他的人馬圖。可以說這三幅畫到這時候已經可以算是國畫裡的精品，筆法架構純熟精到，可是都還沒有突出這個「香」字。

我把最後一根菸擺在桌子上——幸虧說好是一炷香，幾位大師要打著慢工出細活的想法，非尼古丁中毒不可。

我急，王羲之他們好像也有點沉不住氣了，雖然還是背著手一副悠閒模樣，可明顯加快了腳步，在這幾個畫家前前後後端詳著。

到最後一根菸只剩不到三公分的時候，吳道子忽然直起腰擦了一把汗，我以為他要完工了，誰知他擦完汗立刻把眼珠子瞪大，又伏下身去，彷彿是進入最後的衝刺關頭。

只見他連甩手腕，在紙上那匹大馬後蹄後面描出一連串的墨點，墨水逐漸擴散，我看出來了，那代表的其實是許多的花瓣，這樣，他的這幅畫就成了一個騎士快馬揚鞭，蹬出一路的花瓣。雖然從騎士的衣著上看不出季節，但不言而喻，從這些花瓣上就能使人感覺到盎然的春意。這時吳道子才長出一口氣，看來這回是真正的收功了。

這時菸已經燎到最後一絲了，閻立本的紙上卻只有一群目瞪口呆的小人兒，我也跟著目瞪口呆了——看來在立意上閻老要輸。哪知這時閻立本忽然在遠景裡描了一匹已經即將消失在眼簾裡的馬，然後在這群小人兒頭上身旁點了幾點花骨朵。

再看這幅畫，境界馬上就不一樣了，那些花骨朵已經表明了時令，而且現在再看才能體會出來，那些小人臉上的表情其實是一種陶然於花香中的樣子，閻立本繪人神情一絕，果然名不虛傳。

而張擇端好像根本沒注意到時間，還在像個小學生一樣認真地一筆一劃地勾勒他的人和馬，那馬的步調甚是悠閒，人也沒什麼好說的，但是踏花和香完全看不出來，難道張大師除了《清明上河圖》就不會畫別的了？虧這題還是他想出來的。

可誰也沒想到，就在最後幾秒的時間裡，張擇端木著臉在那畫中馬揚起的一隻後蹄周圍一勾一抹，添了兩隻翩翩起舞的蝴蝶……

隨之，第三根菸完全熄滅了。

王羲之愣了半晌，這才忍不住讚道：「妙！」

因為張擇端是最後一個畫完的，吳道子和閻立本也站在他身邊，待看了他最後一筆，兩人齊聲道：「我輸了。」

在張擇端的畫上，一人一馬悠然地走在歸途中，兩隻蝴蝶繞著馬蹄上下翻飛，再配以詩文「踏花歸來馬蹄香」，令人睹畫知香，真是絕品！

吳道子和閻立本把張擇端這幅畫賞玩了半天，都道：「張老弟立意新穎佈局巧妙，比我們都高了不止一籌。」

張擇端臉一紅，說：「慚愧，這個立意其實是當初我的一位同僚想出來的，我今日只是依樣畫瓢給兩位兄長看看罷了。」

閻立本道：「即便如此，能看到這樣的畫作我們也知足了。」

吳道子拿過自己那幅來，看了一會自嘲道：「我這個，『踏花歸來』倒是有了，可惜只當得起『踏花歸來馬蹄快』，與香字卻無干。」

閻立本把他的作品攞過來，搖著頭說：「至於我這幅，香則香矣，卻看不出是踏花之故，失敗失敗。」

我見他非常沮喪，就說：「其實再加兩筆就看出來了。」

「哦？」閻立本眼睛一亮，把畫放在我跟前：「你說加在哪裡？」

我像抽雞爪似的攥著毛筆，在他那幅畫裡的馬屁股後面畫了三條波浪線，然後把筆一扔說：「這不就看出來了嗎？」

閻立本左端詳右端詳，問：「此乃何物？」

我指著那三條波浪線說：「這就是香氣啊。」

「能看見的……香氣？」

我說：「對啊，這就是超現實主義。」

「……超現實主義？」

「就是把本來看不見的東西用實物的形式表現出來，比如香氣呀，情緒呀，滿頭黑線呀……」

三位大師滿頭黑線地湊過來聽我高談闊論，雖然不是很明白，但還是表現出了一定的興趣。

閻立本笑道：「挺有意思的，看來小強也不簡單吶。」

張擇端道：「我就說麼，仙庭的代言人怎麼會沒有真本事呢，今天要論立意，我看倒是小強都勝我們一籌。」

我這個得意呀！

等我從階梯教室出來，發現項羽牽著兔子正在跟一個人聊天，我一看，不是別人，正是吳三桂！

這倆人有什麼好聊的？看樣子還挺開心呢。吳三桂用手摸著兔子的馬背，項羽手裡牽著轡繩，倆人眉開眼笑的，我走過去的時候又是一陣爽朗的大笑。

我問：「聊什麼呢？」

項羽笑意盎然道：「聊馬，聊打仗。」

吳三桂哼了聲：「還有女人。」

我嘿然：「共同話題挺多呀，羽哥，你再等我一會兒，我把這位吳老兄安排了咱們就走。」我打算把吳三桂安排在秦檜那屋，兩人肯定更有共同語言。

項羽道：「安排什麼，老吳跟咱一起回去。」

「啊？」我滿頭黑線，再看吳三桂笑瞇瞇的也不說什麼，顯然兩人是早商量好了。

項羽道：「反正劉邦那小子最近也不怎麼回來，老吳就睡他屋，實在不行咱們擠擠。」

我又不是陳圓圓，跟吳三桂擠什麼擠?!

這老傢伙見我為難，更有意跟我對著幹，搶先一步上了車，我問項羽：「兔子怎麼辦？」

項羽道：「我剛才跟徐得龍打過招呼了，小黑由他照顧。」

我只好發動車，兔子見項羽要走，撒開來跟著我們跑，跑了大概有一里，項羽拉開車窗，探出頭去大喊：「回去！」兔子這才悻悻地往回溜達。

我說：「你這馬養得跟狗似的。」

項羽點頭道：「沒錯。」然後說：「剛才我們聊了一會兒，老吳原來也是掌兵把子的，打仗很有一套，回去讓他跟花木蘭那小妮子切磋切磋。」

我用很低的聲音說：「你知道他是什麼樣的人嗎？就跟他稱兄道弟的。」

項羽無所謂道：「老吳的事都跟我說了，不就是為了陳圓圓跟那個姓李的傢伙翻臉了嗎？」項羽惋嘆：「我倒是很羨慕他，如果有這樣的機會，為了虞姬我也願意這麼做。」

我忍不住道：「那可是叛國！」

吳三桂冷冷道：「你所謂的國是指朱家還是李家？老夫都叛過！」

我無語了，這麼理直氣壯的叛徒，我還真第一次遇見，我說：「你跟李自成玩命，是因為他霸佔了你的小情人，可你後來再反清也是為了陳圓圓嗎？」

吳三桂哈哈笑道：「這點我就和項羽兄弟不同了，好男兒怎麼會在一個女人身上牽絆不清！為了陳圓圓是不假，那也只是為爭一口氣罷了，他李自成不仁，就別怪我不義！至於後來反清，那是因為玄燁那個小兔崽子極力削藩，要任由他那麼下去，我遲早淪為板上魚肉，與其讓他鈍刀子拉我，不如我奮起一搏，最後也落個轟轟烈烈。」

我顧不得別的，罵道：「你那是轟轟烈烈嗎？你那是遺臭萬年！」

吳三桂無所謂地道：「也行。」

我徹底無語了。

吳三桂在我身後道：「我承認我自私自大，奸詐狡猾，什麼忠烈節義對我來說全都是放屁，誰對我好，我也對你好，可誰要敢從我這拿走一寸，我非讓你一丈還回來不可！我確實是兩面三刀，那又怎樣？我至少沒有像岳飛和袁崇煥那樣窩囊死，我活著只為我自己，世人都唾罵我，可我覺得這樣很痛快。」

我不得不說，這回我遇到了一個大義凜然的漢奸。這種漢奸的具體特徵是：根本不承認自己是漢奸。他不像秦檜，秦檜知道自己就算泡在福馬林液裡也洗不清了，所以在面對指責的時候只能掩面而逃，可吳三桂不一樣，他一旦發現隊長不公，就跳出來直接跑到別的隊去了，最後甚至還自己組了一隊，所以捫心自問他根本不存在愧疚之情。

我很君子地挑撥項羽：「聽見沒，他剛才說你不是好男兒！」

……

回到家，除了劉邦和還沒回來的包子，其他人都在，花木蘭在和秦始皇閒聊，她需要從嬴胖子那瞭解一些基礎知識，而嬴胖子也很少見的沒玩遊戲，看來是玩膩了。

在另一個屋，二傻站在樓上用不知從哪撿的一片小鏡子對著太陽光往下面的暗牆上照去，趙白臉默不作聲地追逐著那片光斑，每每在快要按住的時候被二傻一轉手躲開，兩個傻子玩得不亦樂乎。

花木蘭和秦始皇見來了生面孔，都從屋裡走出來打招呼，我別有用心地介紹：「這是吳三桂。」誰知花木蘭和秦始皇毫無反應，熱情地和吳三桂握手，花木蘭還帶著老傢伙四處走動，教他認識新環境。

失誤了，在我潛意識裡，老覺得不管是誰都對秦檜、吳三桂之類的名字會很敏感，聽見以後準會往地上吐口口水，罵道：「呸，漢奸。」可是我忘了年代這碼事，在花木蘭和秦始皇那個年代，吳三桂的祖宗都還未必姓吳呢，看來想找個反吳同盟很難。

天擦黑的時候，包子回來了，我注意到她今天沒買菜，看見吳三桂只是點了點頭，臉色很不好地跟我說：「強子，你們今天隨便去外面吃點吧，我有點累了，去躺一會。」說著就進了臥室。

項羽看著包子的身影跟我說：「包子今天有點不對勁呀。」

我也看出來了，如果是平時，家裡來客人，包子絕不會這種表情，我說：「可能是病了。」我走到臥室門口，貼著門問：「包子，你怎麼了？」

「沒事，我躺一會就好了。」聲音挺洪亮的，不像是身體難受。

我跟項羽笑笑說：「肯定是又和客人吵架了。」

吳三桂沉著臉道：「是不是因為老夫……」

看不出老傢伙外表一副死豬不怕開水燙的架勢，內心還挺敏感的，我說：「得了吧，我們家包子未必知道你這麼一號人物呢。」

花木蘭攏了攏頭髮站起身說：「我去看看。」

花木蘭進去以後，吳三桂問我：「剛才那個女子是你……」

我說：「正室！」

項羽攬住我的肩膀稍稍使力，用那種很微妙的威脅口氣說：「而且小強也不打算納偏房了，是吧小強？」

我苦著臉說：「國家也不讓啊。」

吳三桂詫異道：「國家連這也管？」

又過了一會兒，花木蘭出來了，滿臉凝重跟我們說：「確實是跟客人吵架了。」

我頓時輕鬆道：「那沒事，最多明天早晨就好。」

花木蘭道：「對方是一大幫人，最後把包子他們飯館砸了。」

我隱隱感覺到事情有些不妙，忙問：「包子還說什麼了？」

「包子說那幫人看上去像混黑社會的，那個領頭的臨走還放下狠話，說他叫雷鳴，有誰不服可以去找他。」

我的臉色頓時變得鐵青，直直瞪著花木蘭說：「包子怎麼樣？」

「包子在拉架的時候被推了一把，肩膀上青了一塊。」

喀吧一聲，菸灰缸被我按塌了一個角，我雙眼飆血，「雷老四——」

人們還是第一次見我這個樣子，面面相覷，項羽知道這裡面肯定有隱情，按住我的肩膀問：「怎麼回事？」

我腮幫子發抖，話都說不出來，項羽點著一根菸塞到我嘴邊，說：「別著急，慢慢說。」

我抽了幾口菸，發現手抖得連水杯都捏不住了，我又緩了半天，這才把替郝老闆收帳得罪了雷老四的事跟他們說。

吳三桂聽了，問：「說到頭，這雷老四到底是什麼人？」

我說：「黑社會。」

吳三桂：「黑……社會？」

我索性說：「相當於你那時候的天地會。」

吳三桂恍然道：「哦，造反的呀，他們為什麼反，就因為國家不讓納偏房嗎？居然跟一個女人為難，這黑社會也不怎麼樣啊。」

我掏出電話打給老虎：「雷鳴就是雷老四？」

老虎從沒聽我這樣說過話，頓了頓才說：「那是他兒子……」

「怎麼能找到他？」

「……雷老四在本地有三家夜總會三家酒吧，雷鳴一般到了晚上就會到這些地方閒晃，再多我也不知道了，我跟雷家並沒深交。」

「虎哥，能告訴我這幾個地方的名字嗎？」

「那好，你記一下，我記得有次去玩，他們發了張名片上有。」

我拿起筆，記下六個名字，最後老虎說：「你是不是要找雷老四的麻煩？」

「我想先找雷鳴談談。」

老虎說：「有什麼需要我幫忙的儘管開口，雷家人做事不上道人們都知道，他們要敢太過分，就給他們點顏色瞧瞧！」

「謝了虎哥，兄弟承你情了。」老虎的這幾句話讓我頗為感動，我和他其實也就是泛泛之交，在這節骨眼他能說出這樣的話，那是真拿我當自己人了。

我放下電話，面無表情地跟項羽說：「雷鳴是雷老四的兒子。」

吳三桂道：「這就明白了，他是借包子給你個警告，也順便摸摸你的底。」

秦始皇說：「小強的底很淺，不過歪（那）姓雷滴摸錯地方咧。」

項羽問我：「你打算怎麼辦？」

我把菸狠命掐在菸灰缸裡：「還能怎麼辦，打啊！」

項羽和花木蘭都笑了，吳三桂叫道：「好，像我！」我使勁瞪了他一眼。

秦始皇說的一點也沒錯，我的底是很淺，胸無大志，平時吃點虧就吃點虧，沒辦法，咱是小人物麼，可是他們千不該萬不該欺負包子，我說過，我的信條就一個，不能動我的女人！這口氣我要忍了，我豈不是連吳三桂那個老漢奸也不如了嗎?!

五人組包括後來的花木蘭，飲食起居都是包子照顧的，內心裡包子就像他們的老媽一樣，此時也是同仇敵愾。

項羽問：「現在我們怎麼做？」

我把那六個地方在地圖裡都標出來，說：「咱們先找雷鳴。」

花木蘭端著地圖說：「先好好合計合計，要做就一次把事情做乾淨，讓他們以後不敢再犯。」

項羽問：「雷鳴在哪個地方？」

我說：「不知道，只能一個一個找。」

吳三桂道：「如果人手夠的話，對這六個地方一起合圍，不怕他跑到天上去。」

我嘆說：「本來是夠的，可現在都不在身邊。」

項羽道：「你想想育才裡面還有沒有能用的人？」

我搖頭：「除了徐得龍，都是些老夫子了——你說柳下蹠是不是能幫一把？」

項羽皺眉道：「別找那種人，看他就不爽。」

吳三桂拿著地圖研究了一會說：「這些地方各有多少守備？」

項羽失笑道：「這不是軍事據點，只是一些供人玩的地方，就算雷家勢力大，每個地方最多也不過幾十個看場子的吧。」

項羽畢竟待的時間長了，分析得頭頭是道。

吳三桂馬上說：「那還等什麼，就憑咱們這幾個人管夠了。」

項羽道：「我明白你的意思，可是就怕打草驚蛇，咱們砸他一個地方，如果抓不住這個小子，不就讓他跑了嗎？」

吳三桂笑道：「看來老弟那時候沒有幫派這種東西，如果打起仗來，這些人是不會只顧跑的，他們得跟軍人一樣聽上面調度。」

吳三桂拿起筆在那些標出來的地方上慢慢畫著小八叉，「如果這些都是你的據點，而它們正在被個個擊破，你會怎麼辦？」

項羽毅然道：「當然是集結優勢兵力，在最後一點等待決戰。」

花木蘭道：「那還要看敵人有多少人馬，如果明知抵敵不住，撤退還是必要的。」

吳三桂讚許地看了她一眼，繼續說：「如果只有我們幾個去，搞掉他一兩個地方之後，他們必定會集合在某一個地點商量怎麼對付我們，所以，就算我們一個一個吃下去，最後還是能抓住那個雷小子。」

只聽後面一人幽幽地道：「你們只要知道他在哪就好了，剩下的都交給我。」

我們回頭一看，見荊軻不知什麼時候站在了我們背後。

吳三桂道：「咱們這幾位裡，誰擅長近身搏殺，此回不同於大批人馬廝殺，只要幾個人就夠了。」

花木蘭笑道：「小妹毛遂自薦一個，雖然不見得能幫什麼忙，倒也不至於拖了大家後腿。」

吳三桂猶疑道：「你？」

項羽道：「還沒給你介紹，這位是花木蘭，聽小強說是當過將軍的。」

吳三桂略微有些意外，看著一頭大波浪的花木蘭道：「失敬失敬。」

荊軻眼睛定定地看著吳三桂道：「我也去！」末了介紹自己說，「我是荊軻！」

吳三桂被他盯得毛毛的，忙招呼道：「原來是千秋第一義士！」

嬴胖子不滿道：「餓（我）就不愛聽滴很！」

雖然他跟荊軻現在的關係非常鐵，但畢竟人們一誇荊軻，言外之意就是他很該死。吳三桂忙又跟秦始皇客氣。最後他把目光轉到我身上來，說：「小強呢，你身手應該也不差吧？」

我……？套用花木蘭的話：肯定幫不了什麼忙，多半還得拖大家後腿——

項羽笑道：「不用管他，他只負責帶路就行！」

我無語。

我見吳三桂儼然成了此次行動的指揮官，不平道：「你呢，別是光會說不會練吧？」

吳三桂哈哈一笑：「滿州兵勇不勇？老夫以一敵十不需片刻！」

我斜眼看他說：「不需片刻就被打趴了？」

吳三桂不理我的奚落，說：「老夫幫你，是因為覺得你有點像老夫當年『衝冠一怒為紅顏』，嘿嘿，那時候血氣方剛，正是好年華！」

項羽喃喃道：「『衝冠一怒為紅顏』，說得真好。」

花木蘭感慨無比，嘆道：「女人嫁給吳大哥這樣的男人，這輩子也該知足了。」

我們這一組人，包括項羽、我、花木蘭、荊軻，秦始皇也非要跟著湊熱鬧去，地圖由吳三桂拿著。雖然這次行動讓一個漢奸指揮使我感覺挺不爽的，不過保險係數確實是增加了不少。

我們裝作要下去吃飯的樣子，因為我知道包子肯定沒睡著，我敲了敲她的門說：「想吃什麼，給你帶點。」

包子說：「有餛飩給我帶一碗。」

很詭異，我們這就要殺氣騰騰地給她報仇去了，可是她居然想吃餛飩。看來包子並沒有受多大的心靈創傷，鑒於此，我覺得抓住雷鳴以後讓他道個歉就算了。

下了樓，吳三桂又拿出地圖說：「咱們從西往東挨個收拾，也好給他們時間讓他們準備。」我一看，最西面的是一家酒吧，雷老四的這六間場子地段都非常不錯，地毯式攻擊是個不錯的主意。

我們很快就到了地方，在門口，吳三桂道：「再分一下工，一會兒進去，我們四個負責打，小強盯人，姓雷的小子說不定就在裡面，別讓他跑了，始皇兄負責觀察官兵的動靜。」

進去以後，項羽看了看昏暗的室內光線，皺眉道：「得先清場，那小子要在，一會兒也得趁亂跑了。」

秦始皇爬上舞臺，把那個身材火辣的小妞一屁股扛飛，抓著麥克風說：「餓（我）們絲（是）來打仗滴，包（不要）再法（耍）咧！」

下面的人有多一半都聽不懂他說的什麼，還跟著音樂扭屁股呢，有的喊著讓秦始皇下去，有的還以為是酒吧安排的什麼新節目，開始起鬨，鼓掌。

荊軻一個箭步飛上去，搶過麥克風大喊：「殺人啦，不想死的都滾！」

底下人大嘩，酒吧裡這種情況經常發生，機靈的都搶先一步開始往門口跑，其餘的人緊隨其後，還有些喝了酒沒給錢的，也混在人群裡呼嚕呼嚕全跑了。

荊軻鄙夷地看了秦始皇一眼道：「下回說普通話。」

這時舞臺兩邊已經開始有看場子的人殺出來，服務生把盤子一扔，全都朝那邊摸了過去，黑社會開的買賣，服務生自然少不了客串打手。

荊軻佔據制高點，用拳頭把爬向舞臺的打手砸下去，秦始皇躲在他身後，偷空拿麥克風的桿兒戳人腦袋。項羽伸手抓起兩個從面前經過的馬仔，把他們丟進吧台裡，吳三桂則把一個服務生夾在胳肢窩裡一使勁，那小子眼睛一翻就過去了。花木蘭打得一套漂亮的軍體拳，托下巴，踢胯骨，現在她已經能很好地適應高跟鞋了。

這三個人一出手，旁人紛紛躺倒，先開始奔向二傻和胖子的十幾個人中，立刻有一半被吸引了過來，因為戰點是在我身邊爆發的，所以雖然我還沒有暴露，但還是有一個馬仔提著棍子直接奔向我而來。

如果是一般戰況，我也就掄著板磚湊湊熱鬧，現在有四大高手撐場面，我都懶得動彈。我無辜地衝棍子一聳肩：「我根本不認識他們！」

棍子懷疑地看了我一眼，最後扭頭找別人去了，等他剛轉過臉去。我就抄了個酒瓶子在他後腦勺上來了一下。

棍子在倒下去的那一刻幽怨地看著我，嘴巴好像還動了動，可能是在責問我為什麼騙他，那眼神，看得我都有點愧疚了。

可是在我偷襲別人的時候，沒想到也被別人偷襲了，一個看上去文質彬彬的服務生一把從後面抱住了我，想把我扳倒，我使勁掙扎著，他勁不如我大，眼看我就得逞了，從旁邊又衝出來一個，不由分說撿起地上的棍子劈頭蓋臉朝我砸了下來，這一下要挨上，可就真慘了。

這時，一條粗壯的胳膊擋在我眼前，「啪」的一聲，棍子碎了，是吳三桂！

砸我這小子一抬頭，只見一個人熊似的老頭衝他嘿嘿冷笑，頓時傻眼了，吳三桂抓住他的頭髮，一下把他的臉按進了桌子裡。

我踹倒偷襲我的服務生，衝吳三桂招招手：「謝了……三哥。」吳三桂哈哈一笑，又加入了戰團。

不得不說，老漢奸人雖然混蛋，不過一旦和你站在同一條戰線上還真挺捨己為人的。這大概也就是他為什麼左叛變右叛變，還有那麼多人跟他的原因。

我抽空往四下看了看，這會喝酒的人基本上已經跑光了，看場子的打手也倒下了一多半，剩下的也不敢再往前來，除此之外沒有別人了。

再過三分鐘，戰鬥完全結束，我拉起一個滿頭是血的服務生，厲聲問：「雷鳴呢？」

服務生驚恐道：「他……他從來不來我們這。」

「那他喜歡去哪？」

「雷少……一般都是在那幾家夜總會裡。」

吳三桂掏出地圖：「我看看下一家該去哪了，嗯，『富豪夜總會』，正好！」

項羽道：「如果這樣的話，那幾家酒吧我看就不用去了吧？」

被我們打躺下的人都目瞪口呆地看著我們，吳三桂瞪了他們一眼道：「看什麼看，快馬去通知你們雷少，讓他洗乾淨脖子等著我們，我們就這幾個人去找他。」

吳三桂見沒人動地方，一拍桌子喝道：「還不快去？」

我在他耳朵邊悄悄說：「其實打個電話就行了。」

花木蘭道：「咱們只管走，他們自然會替咱們辦的。」

出門上了車，項羽道：「看來想讓他們把人集合起來，咱們最少還得再砸他一家，要不然引不起他們的重視，速度要快，咱們直奔『富豪夜總會』！」

吳三桂道：「剛才我想了想，可惜不知道那姓雷的小子性情如何，如果是好勇鬥狠之徒就好辦了，他就一定會在『富豪』等著和咱們見面，如果要有些城府，多半會在別的地方商量對策。」

我抓著方向盤問：「那現在去哪兒？」

吳三桂道：「只能以不變應萬變，還是去『富豪』吧。」

我瞪他一眼：「淨說廢話！」

等我們到了「富豪夜總會」門口一看，這裡簡直已經成了混混的樂園，門口，馬路上以及街口，到處都是鬼鬼祟祟的小痞子，有穿花格衫的，有染七彩毛的，還有身上紋著各種圖案的，探頭探腦東張西望，看來雷家得了信兒以後真沒閒著，調來不少蝦兵蟹將，這才短短不到十分鐘的時間，大概方圓幾十里的小混混就都聚齊了。

吳三桂看了一眼道：「這雷家果然有點來頭。」

我有點犯嘀咕，看這架勢裡面人更多，而我們只有六個，我試探問道：「咱們是從外圍殺進去，還是先混到裡面再說？」

吳三桂道：「直接進去找雷鳴，拖的時間長了，怕官兵來干涉。」

這個應該不用擔心，作為黑社會，明知有人要來掃場子再去報警，雷老四以後還怎麼在道上混？那時候用不著我，街上的小混混就得造他的反。

我們一行人下了車，裝作來消遣的樣子背著手往裡走，我們走到門口，已經多出兩個把門的，跟平時的門迎不同，夜總會本來是旋轉門，這倆不站裡頭，卻叉著腰守在門外，一看就是倆打手。

項羽打頭走過去，滿臉橫肉的打手不但沒有開門，反而擋在了門前，態度倒還滿客氣，就是笑跟哭似的：「幾位是來玩的嗎？」

項羽胡亂嗯了一聲，繼續往裡走，橫肉二笑得跟橫肉一如出一轍：「幾位還是改個時間再來，今天咱們這有點不方便。」

我躲在吳三桂身後道：「你們這小姐今天集體來月經了？」

橫肉一難得地忍氣吞聲道：「嘿嘿，先生真會開玩笑，幾位還是改天來吧。」

吳三桂不耐煩道：「如果我們不是來玩的呢？」

橫肉二一個激靈道：「你們是……」

「找人。」項羽把兩隻手分別探到他和橫肉一的後腦勺上，兩手合拍，橫肉一二歪歪扭扭地萎頓到了地上。

這樣一來，我們身後的群痞大噪，項羽也不理會他們，率先一步走進門裡，我們緊跟著他，二傻殿後，等我們都進來，後面幾個混混也擠在旋轉門裡想衝進來，項羽抓住旋轉門的一個頁子甩開膀子使勁一掄，平時慢騰騰的旋轉門頓時像陀螺一樣轉了起來，那幾個混混像被困在瓶底的耗子一樣吱哇亂叫。

好幾次我眼睜睜看著他們和我臉對臉轉過去，可因為慣性就是出不來，又轉了幾圈，趁他們身子還在外面，項羽用手抓住旋轉門，那幾位立刻像吐沫星子一樣飛了出去，然後就開始晃晃悠悠喝醉酒一樣滿大街亂轉。

這下外面的人誰也不敢再往裡跑了，我和秦始皇守在門口，胖子開始學項羽的樣子搖旋轉門……

吳三桂他們朝大廳裡一打量，放眼都是中年人，雖然衣著上看不出什麼來，但一個個神情舉止狠辣幹練，看得出這才是打手集團中的精英分子。項羽嘿然一笑：「這才有點黑社會的意思了。」

這些人雖然見我們進來，但都沒有貿然動手，一個四十歲上下年紀的人站起來道：「朋友，有什麼事坐下來慢慢說，我們少東家到底怎麼得罪各位了，說句托大的話，我在老頭子面前還算能說得上話，如果是我們少東家的不對，我自然會轉告老頭子，到時候自有我們內部做出處理……」

我一看又是先禮後兵那一套，跳出來叫道：「少廢話，雷鳴呢？」說實話，我居然多少有點失落，搞了大半天，人家連對手是誰都不知道，這充分說明我還不夠分量啊。

對方開打的準備做得很充分，所以也就沒多少耐心，那中年頭子指著我鼻子說：「我看大家最好還是坐下來聊，我們並不想以多欺少……」

花木蘭皺著眉，截住他話頭道：「雷鳴呢？」

這人看了一眼花木蘭，立刻換了一副表情，賊兮兮地說：「我們少東家不在，他是不是……」

吳三桂大喝一聲：「不在還有什麼好說的，打！」他往前一衝，項羽他們也呈扇形攻了上去。

對方當了這麼多年黑社會，可能是第一次遇上比自己還不講理的，一下鬧了個措手不及，他們根本沒想到己方這麼多人的情況下，對方還敢主動挑事。一愣神的工夫，沙發那幾位還沒來得及站起來就挨了項羽的大巴掌，一時間人仰馬翻。

大概也就一杯茶的時間，這些人全躺下了。

吳三桂擦了一把汗，拿出地圖看了一會說：「下一個該去『錢樂多』夜總會了——這是什麼破名字？」

吳三桂把地圖收起來，指著那幫在地上的說：「你們最好讓雷鳴在『錢樂多』等著我們，要不然我們就一家一家砸下去，他今天不露面，我們明天繼續砸！」

項羽左右看看說：「咱們哪有那麼多工夫天天來，我看咱們走一家就放火燒一家才是正辦。」

到底是花木蘭心軟，說：「算了，燒了多可惜呀，下回我們再來多帶點人，把東西都搬走。」

雷老四的手下：「……」

我們走到門口的時候，嬴胖子還在那兢兢業業地搖旋轉門呢，其實就算他不搖也沒人進來了，裡面發生的事情外面看得清清楚楚，不想故意找死的，誰還往槍口上撞？

於是我們就在眾目睽睽之下，上了車揚長而去。

在車上，吳三桂立起衣服領子扇著風說：「打了這半天還真有點渴了，找個地方喝點水再走吧。」項羽和花木蘭也表示贊成。

我說：「好，下一個路口我買點水。」

二傻眼睛一瞬一瞬的，忽然說：「買什麼水，咱們的目標裡頭不是有酒吧嗎——我要喝軒尼詩！」

對於二傻的提議，別人都沒什麼意見，就我有點顧慮，我說：「人家不是還在『錢樂多』等咱們嗎？」讓人等著多不好——當然，我很快就發現原因了：除了我，這車上每個人是殺人如麻的主兒！

車開到一半，花木蘭忽然用拳頭頂著胃皺起了眉，我知道她是老毛病又犯了，加快油門到了目的地——雷老四的第二家酒吧。

看來這裡暫時還沒有受到我們的影響，依舊是風平浪靜的，服務生禮貌地問我們要什麼，我先給花木蘭要了一杯碧螺春，主要為了讓木蘭借著熱乎勁吃藥。

想到這是我第一次跟吳三桂喝酒，我特意點了兩瓶純伏特加，我先給吳三桂倒了一大杯，端起來跟老傢伙碰了一下：「那個……心領了，嘿嘿，喝酒。」

我多少有點尷尬，不知道該怎麼稱呼了，剛才他救我一命，那時我情不自禁喊了一聲三哥，可是現在那勁已經有點過去了。

吳三桂一口喝乾，笑道：「連哥也不叫了？」

我乾笑幾聲，說：「三哥……」

吳三桂自己給自己滿上，嘆道：「哎，你們瞧不起我我也認了，誰讓咱把事已經做出來了呢，可是小強我問你，你說我當時該怎麼辦？李自成那個王八蛋嘴上讓我投降，明目張膽地就霸佔我女人，迫害我老父親，我再趕著給他當奴才去？咱也不是沒有忠君思想，可我這好好忠著呢，老朱家自己把自己家的江山禍害塌了，我帶著兵往北京趕去救他，才走到半路，崇禎那小子就掛在歪脖樹上了，我當時第一想法還是不管怎麼樣不能讓清兵入關，我就又帶著兵回去鎮守山海關。

「那時我已經進退維谷了，我要是死忠，就帶兵跟李自成死磕，那清兵還是得入關，我想來想去，姓李的終究還是漢人，降李就降李吧，可他幹了什麼事你也知道了，我當時要和清軍戰死在山海關，別人也就說不出個什麼來了，可我這口氣怎麼辦？說到頭，你三哥我不怕死，可是只為了自己活著，活該讓人唾罵。」

說到這，吳三桂有點激動，喝了一大口酒。

我忙說：「以前的事不提了，現在再說這個就沒意思了。」他說的很在理，想想看，正準備投降呢，包子被人霸佔了，拿我當個人了嗎？這口氣怎麼咽？

第四章

黑道談判

會議主持是小個兒，他清了清嗓子首先介紹了古爺，

等他的手剛指到古爺身邊那個老頭要說話時，雷老四忽然站起來，

向最後進來那兩個中年人溫言道：

「兩位老闆不要怕，我請兩位來只是想讓你們幫個小忙。」

秦始皇這時已經把吳三桂身上發生的事前前後後差不多弄清了，他摸著酒杯道：「要餓社（我說），你當絲（時）就該另立門戶。」

吳三桂道：「可沒我容身的地方啊，當時窮人都擁護李自成，有錢人很大一部分都是明朝的殘餘勢力，我往當中一站，只能死得更快。」

秦始皇呵呵一笑：「歪（那）朱家有摸（沒）有後人？窮人怕不怕清兵？」

吳三桂愕然道：「什麼意思？」

項羽輕輕拍了拍桌子讚嘆道：「還是嬴哥想得周到，他的意思是讓你扶植一個朱家的後人，打著滅清的旗號把窮人也爭取過來，那最後的天下豈不就是你的了？」

嬌憨的花木蘭道：「不對呀，按那樣說，最後打了天下也是朱家的後人坐呀。」

她這句話一說出來，秦始皇、項羽、吳三桂都相對微笑，像看天真的小妹妹一樣看著她。其實不光他們這些帝王梟雄，連我都知道該怎麼辦，就在江山快打下來，自己已經擁有一大批死黨之後，誰能保證那位朱家的後人不得個稀奇古怪的病一夜暴亡呢？

這種事歷史上還少嗎？曹操挾天子以令諸侯，司馬昭之心路人皆知，一個成熟的政治家，自然該知道拿捏分寸適時地踢開那塊絆腳石。

吳三桂琢磨了一會，忽然道：「那陳圓圓怎麼辦？」吳三桂捅捅項羽，「項兄弟，如果你的虞姬被人掠走，你能不能忍住一時之氣再徐圖後進？」

項羽滯了一下，搖頭苦笑道：「如果以前有人問我要江山還是要阿虞，我一定斬釘截鐵地告訴他我要江山，可是經歷了生離死別，現在我不好說了。」末了項羽慨然道：「我和吳大哥都是意氣用事的莽夫，說什麼江山霸業，徒為人笑耳。」

秦始皇微微一笑，再不說這個話題了。

說到底，項大個兒心懷天下，但兒女情長，英雄氣短；老吳頭沒什麼野心，就是好逞一時之快，他總是被人被情境逼來逼去，卻從沒想自己主動做點什麼，還是人家胖子最成功，七國統一了，萬里長城修了，就是感情生活稍微枯燥了點……

我摟著二傻的肩膀說：「他們都是壞人，就咱倆是純潔的，來喝酒。」

二傻推開我，鄙視道：「你說話真幼稚！」

滿桌人都笑起來，項羽喊：「給這再來兩瓶伏特加！」

我看著眉頭漸漸舒開的花木蘭說：「姐，有時間我帶你去育才讓扁鵲和華佗看看，老這麼捂著，人家以為你是西施呢。」

花木蘭嫣然一笑：「西施捂的是心吧，再說，我有那麼漂亮嗎？」

我不屑道：「你比西施漂亮多了，真的。」然後我又問旁邊的人，「你們這裡誰見過西施？」人們都搖頭。

我說：「以後等她來了，你倆比比。」

說到育才，我腦子裡忽然出現了梁山好漢和四大天王他們，這麼長時間沒見他們還真有點想念，我拿出電話打給佟媛，現在是晚上十點多鐘，他們已經從比賽現場回到賓館吃夜宵呢。

佟媛接起電話，說：「噓，是小強。」她不說還好，一說那邊頓時亂翻了天，幾個粗聲大氣的聲音嚷嚷道：「我跟他說，我跟他說。」

最後電話到了方鎮江手裡，方鎮江大喊：「喂，小強！怎麼現在才想起給我們打電話？」

我笑道：「一幫沒良心的東西，還說呢，我要不打，你們早把我忘了吧？」

對面一時沉默，然後是一陣乒乒乓乓的聲音，看來又在搶電話，張清喘著粗氣道：「小強，你還沒死呢？」

我笑罵道：「呸呸，比賽怎麼樣，沒被人打得滿地找牙吧？」

張清囂張地說：「你沒看電視啊？」

「看電視幹什麼，你們已經被國際警方通緝啦？」

張清道：「嘿嘿，說出來嚇你一跳，比賽到現在，連塊銅牌都沒讓外國那幫孫子拿。」

張清旁邊傳來王寅的奚落聲：「還有臉說呢，你跟那俄羅斯人比賽的時候，一開始是不是讓人家嚇得動都動不了了？」周圍一片哄笑聲。

張清有點不好意思地說：「嘿，黃毛藍眼珠子的人，老子還真是第一次見，我還以為是妖精呢。」

我笑道：「其他人都好吧？」

「都挺好，就是鎮江昨天打決賽的時候出了點小意外，差點輸了。」

「怎麼了？」

「他說打著打著，像突然被人附身一樣抖了一下，力氣也不如平時大了，不過十分鐘以後就好了。」

我汗了一個，慚愧地說：「告訴鎮江，回來我請他吃餅乾壓驚——你們什麼時候比完？」

「快了，等我們回去給你個驚喜，你也挺好的吧？」

我忙說：「挺好的，學校又來了不少人，關二哥也來了，可惜去河南了。」我沒敢跟他們說我們正在踢人場子，依著土匪們的脾氣，知道有這熱鬧，一定撂下電話就往回趕。

之後我又和盧俊義還有方臘他們聊了幾句收了線。

吳三桂得知我是在和梁山好漢通話後非常神往，最後有點擔心地說：「你說他們要知道我的事以後，會不會瞧不起我？」

我拍著吳三桂肩膀說：「三哥，以後咱不說這事了，你的苦處我也瞭解了，其他的任由後世去評價吧。」

項羽道：「現在就已經是後世了。」

我看了一眼花木蘭道：「其實在座的除了我木蘭姐，哪個不是頭上頂花腳下踩屎，哪可能有那麼一致的評價？」

那天我們都喝了不少酒，以至於我們幾乎忘了是去幹什麼的了，甚至當服務生來找已經有點半醉的我結帳時我都沒想起來，我習慣性地掏出錢包，看了一眼帳單，不禁叫道：「什麼，三千八？」

我出了一身冷汗，酒也醒了一大半，沉聲跟項羽他們說：「各位，該幹活了啊！」最先反應過來的居然是荊軻，他輕車熟路地蹦上舞臺，大喊：「殺人啦……」而我則先不顧一切地搶過帳單，將之撕了個粉碎。

我們六個人心有靈犀，配合默契，清場的清場，主攻的主攻，一眨眼的工夫跑出來維持秩序的打手被扇倒好幾個。

一個領班模樣的人見情況不對頭，立刻出現，拉住我央求道：「打六折……打六折行嗎？」

我鬱悶地說：「你還不知道我們為什麼砸你場子嗎？」

一個剛被吳三桂打趴下的馬仔福至心靈，指著我們說：「『富豪』就是你們砸的？」

領班看來也聽說了我們的事，戰戰兢兢地問：「你們不是說下一個去『錢樂多』嗎，怎麼跑我們這來了？」

我臉一紅，忙說：「意外，意外，我們就是來喝點東西再走。」

領班把雙手交叉著舉到空中拼命揮舞：「別打啦！別打啦！」

這時候戰鬥本來已經接近尾聲，他這麼一喊，剩下寥寥無幾的打手都逃竄到了邊上，領班跟我陪個笑說：「既然這樣，我就不耽誤各位去『錢樂多』了，各位慢走。」

我們：「……」

不得不說人家這領班能屈能伸，見機極快。

說起酒吧，我這才想起來：我好像也經營著一家……我也不是以前那個小強了，我在這邊砸人家店砸得很高興，全然沒顧慮到自己也是有廟的和尚。

我急忙給孫思欣打電話，第一句話就是：「要是有人去咱們那搞事，你什麼也別說什麼也別幹，帶著咱們的人退出來就行了。」

孫思欣聽我這麼說，頓了一下之後馬上回覆：「我知道該怎麼做了。」

嘿，咱的經理也不比雷老四的差！

我們被人家酒吧的人客客氣氣送出來，驅車趕往「錢樂多」。

在車上，花木蘭道：「你們說對方不會以為咱們是怕了他，開始搞偷襲了吧？」

「我也在擔心這個，」我沉著臉說：「──你們剛才誰點脫衣舞了？」

眾人面面相覷，二傻嘿嘿笑了起來，我瞪了他一眼：「我說怎麼這麼貴呢！」

花木蘭道：「沒事，反正最後不是沒給錢嗎？」

我沒好氣地說：「是因為錢的事嗎──光顧著和你們說話，什麼時候跳的都不知道！」

……

「錢樂多」非常好找，地段也不錯，實際上「富豪」還有「錢樂多」我都聽說過，只是以前不知道這是雷老四的買賣而已，現在這裡已經是如臨大敵，雖然再沒有小混混來湊熱鬧，可是從大門口的蕭條和肅殺就能感覺到裡面已經佈置好了。

我們下車以後魚貫而入，櫃臺已經換上了清一色的男人，一個一看就不是招待出身的小個子男人假笑著對打頭走進來的我說：「先生您是唱歌，跳舞還是……」

看來對方雖然在等著我們，卻還沒歇業，現在派了個小頭目放在櫃臺來招待人。

這小個還沒說完，項羽就跟進來了，小個仰視了一眼項羽，從口袋裡掏出一張紙，看一眼我們，喃喃說：「大個兒、女人、老頭兒……還有個胖子呢？」

最後進門的秦始皇笑呵呵地說：「嘴兒（這）咧。」

我湊到小個跟前一看不禁樂了，只見他拿的紙上畫著六個肖像，跟古代的通緝令似的，難得的是畫畫這人對我們的神態把握得都很像，看來雷老四那邊也是人才濟濟啊。

小個對完頭像，收起紙衝我們笑道：「我們等各位很長時間了，請隨我來。」

我猶豫地看了項羽他們一眼，拉住小個問：「雷鳴呢？」

小個依舊笑咪咪地說：「請跟我來。」

項羽衝我微微點頭，表示不必擔心。對方現在換了一張牌，有點把我打懵了，如果現在就大呼小叫的開打，反顯得我們膽虛，這時只能靜觀其變。

小個把我們帶到一間敞亮的會議室裡，兩邊各是七八個穿著西裝的小弟，小個招呼我們：「請坐。」看樣子不像是要開打。

小個又叫人給我們上茶上菸，我實在沉不住氣了，說：「你把雷鳴叫出來吧，我們不會直接上手的。」

看樣子對方確實是想談了，而我們的目的也不是要把姓雷的小子怎麼樣，只是想讓他給包子道個歉，要說我的氣，已經在前幾場戰鬥中消得差不多了。

小個殷勤地把菸灰缸擺到我面前，陪著笑說：「那個……我還是得問問，雷少怎麼得罪各位了？」

我敲著桌子說：「這事兒別問我，你讓那小子自己想！」

小個嘿嘿一笑道：「幾位，我看咱們還是打開天窗說亮話吧，你們到底想要什麼，說出來——咱們道上走，多個朋友多條路，不是不可以商量。幾位臉生，可能是外地人又或者是別的路子上的朋友，要說呢，我們雷老闆在本地也算有一號，不可能真的拿六位沒辦法，他一而再再而三地忍讓也是出於愛才……」

這回我再也忍不住了，青著臉把菸灰缸使勁摔在對面的牆上，大喝一聲：「沒什麼好說了，打！」

惹毛我的是雷老四那副大人不記小人過的嘴臉，到最後連讓自己的兒子出來說句話也不肯，還擺譜兒嚇唬我，就算不為包子，我為自己都憋屈！

吳三桂他們懶洋洋站起來，捏著拳頭看牆邊那一排西裝小弟，西裝們卻絲毫沒有要動手的意思，你看看我我看看你，還乖乖站著，項羽只好抄起把椅子先把會議圓桌砸了。

小個見事情沒有按著自己想像的那樣發展，躲在一邊苦著臉打電話，然後把電話遞給我道：「我們雷少的——」

我接過來，一個年輕的聲音抓狂地喊：「老大，我想了一夜，真的不知道哪得罪了你啊！」

我冷冷道：「我老婆肩膀還青著呢！」

雷鳴身邊大概有人，就聽那小子迷茫地問：「我打女人了嗎？」有人聲斷斷續續地說：「咱們……白天……」

雷鳴又貼上電話：「是，我們白天砸了兩家店——可哪個是你老婆啊？」

不等我說話，雷鳴頓了一下問：「你那邊什麼聲音？」

我怪笑道：「我也在砸你的店呢——你最好在下一家夜總會等著我，要不然你們家買賣就別開了。」

雷鳴再也忍不住了，歇斯底里地咆哮道：「你來！老子要搞不死你就是你養的！」

我掛了電話打個響指道：「羽哥，走！」

項羽他們一起問我：「上哪啊？」

我說：「我新收了個乾兒子——」

看來雷鳴終於爆發了，我就說嘛，混黑道的哪能沒有脾氣，在「富豪」和「錢樂多」

遲遲不與我們決戰，看來還是因為那姓雷的小子對我們有點摸不著頭腦，其實我比他還迷茫——難道白天他們不是衝著包子去的？

不管怎麼說，最後的關頭終於到來了。

在車上，項羽和吳三桂都有點興奮，花木蘭則是拿著地圖在細心地研究地勢，最後她抬頭說：「這家『里士滿』夜總會非常適合決戰，鬧中取靜，地勢平坦，就算召集幾百人都不會引起人的注意。」

吳三桂道：「『里士滿』？這又是什麼調調，滿州人開的？」

我發現這其實是「richman」的音譯，有錢人的意思，「富豪」、「錢樂多」，現在再加個「里士滿」，這雷老四是滿腦子拜金主義呀。

在去「里士滿」的路上，我心裡不免惴惴，思前想後，我還是把車停在了「里士滿」的樓後面，歷史經驗教訓告訴我們：人最好還是給自己留條後路。

我說：「羽哥，你先下。」

項羽跳下車做著擴胸運動，鬥志昂揚，等別人都下去，我跟秦始皇說：「嬴哥，你就別下去了。」

秦始皇不滿道：「咋咧，看餓幫不上忙？」

我說：「不是那意思，這車我不熄火，你就是我們的堅強後盾，再說，你滅六國的時候不也是坐鎮後方嗎？」

秦始皇想了想，知道我不是想敷衍他，就點了點頭。

我下了車，莫名地就感覺到一股肅殺之意，路燈昏暗，四周靜悄悄的，我覺得氣氛非常詭異！

項羽滿臉期待之色，先走出小巷，當他站到街口的時候，猛地呆住了，望著前方愕然道：「我靠！」我心一提，能讓楚霸王變色的是什麼狀況？

緊隨其後的吳三桂快走幾步站在項羽身旁，也不禁愣了一下，訥訥道：「這……」

我心又是一提，小跑著衝出去，終於也被眼前的景象驚呆了——出現在我們面前的「里士滿」夜總會一片黑燈瞎火，連扇窗戶都沒開……他們居然關門了！雷鳴這王八蛋發了半天飆，結果就是這麼個場面，難怪叫雷鳴，真的一個雨點也沒有啊。

我現在終於知道剛才為什麼會感覺到詭異了：在夜總會這種地方，百米之內根本就不應該出現「月黑風高」的情景。

花木蘭和荊軻跑出來以後，也不知所措地往對面看著，我們算是徹底被雷到了，身為黑社會，怎麼能做出這樣令人髮指的事來？說好了要決鬥的嘛。

我們逗留了一會，花木蘭道：「現在怎麼辦，要不我們再回『錢樂多』或者是『富豪』去？」

項羽搖頭道：「那兩個地方人多半也走光了，再說，我們要殺回去就顯得小氣了。」

吳三桂道：「不錯，屠戮降城也沒什麼意思，對方為了我們棄城而逃，一定是為了保存實力，咱們只有等著他們再次出招——回去吧。」

就在我們剛要回頭的時候，突然，從對面的街上緩緩出現了一個身影，荊軻警覺道：「有人！」

那人把身子隱藏在一片黑暗中慢慢向這邊走來，看不清面目，不過看輪廓應該不算單薄，夜風輕輕撩起他幾縷頭髮，顯得此人煢煢孑立形單影隻，有一種說不出的寂寞之色。

項羽往風裡看了一眼，冷笑道：「難道他們就派了這麼一個人來阻擊我們？」

花木蘭凝神道：「不要大意，必是高手！」

吳三桂雖無懼色，也說道：「嗯，此人步伐果真有幾分帝王氣象。」

冷汗順著我的脖領子流了下來，再看此人衣襟下擺的地方，果然有一個劍柄長長地直指地下，而且劍柄的底部還有一個圓圓的呑口。

我戰勝恐懼往前走了一步，緩緩道：「你不該來。」

對面那人笑呵呵道：「餓（我）已經來咧——」

等這人走到路燈下我們集體崩潰：只見嬴胖子手裡拎著個修車的扳手，顛顛地走過來……

秦始皇把扳手扛在肩上，走過來說：「餓見你們這麼長絲（時）間摸油（沒有）回氣（去），來看一哈（下）。」

他倒不傻，還知道從另一條小路繞過去迂迴包抄，看把我嚇的！

我耷拉著腦袋說：「回氣！」

就這樣，我們六個人這次行動虎頭蛇尾無功而返。

在車上，吳三桂道：「這雷老四不是個爽利的人，八成還有什麼陰謀詭計等著咱們呢。」

花木蘭道：「咱們倒沒什麼，就怕他們再對包子下手。」

項羽沉聲道：「不錯，咱們這一鬧擺明了是為了包子，在戰略上，你越在乎的東西越會成為對方打擊的目標。」

他們說的我一驚一乍的，我邊開車邊跟二傻說：「軻子，這幾天你辛苦點，看著點包子。」

吳三桂道：「還看什麼看，讓她別幹了。」

我說：「現在解釋不清，等把這事平了再說，就算待家裡，你總不能不讓她出門吧？」

回了家，臥室的電視開著，床上一片狼籍，包子卻不見了！

我大喊：「包子！」

項羽一個箭步守住窗口，吳三桂把在門上，花木蘭和荊軻留在我身邊，包子從另一間臥室探出頭來說：「回來啦？」她看了一眼神經兮兮的我們問，「你們這是幹什麼呢？」

我這才鬆了口氣，說：「你沒事了？」

包子納悶地說：「我有什麼事，這是……」她白天在氣頭上大概都沒好好看吳三桂，這會兒問道。

「……這是老吳，以後叫三哥就行。」

「哦。」包子跟吳三桂打完招呼問我：「強子，你記不記得我那袋子相片放哪兒了？」

我想起我在放花木蘭的盔甲時好像隨手塞了一把，就說：「你看看那個抽屜。」

不一會包子拿著一袋相片邊翻著邊往外走，說：「也不知道我們老總犯什麼神經，讓明天每人交一張兩吋照片，還是親自打的電話。」

我笑道：「是不是要升你做大廳經理啊？」邊說著邊摟著包子的腰走進臥室，然後回頭朝客廳裡的人們眨了下眼，他們一個個心領神會的樣子，假裝各忙各的去了，花木蘭裝作到屋裡來找東西，出去的時候把門關上了。

我摟著還在翻照片的包子，輕聲問她：「白天他們打架你掛彩了？」

包子把不合她意的照片一張一張摔在床上，說：「別提了，現在還一肚子氣，那幾個小子見誰打誰，我們經理嘴都淌血了。」

我扒著她的肩膀說：「傷到哪了給我看看。」

包子翻開衣領：「吶。」

我一看在她肩窩裡有一片瘀青，我說：「推了一把能推成這樣？」

包子氣哼哼地說：「他們手裡拿著棍子呢。」

我又有點火起：「這幫小子確實該狠狠收拾，這事不能算完！」

包子知道我脾氣，可能怕我真去找人幹仗，說：「算了，又不是衝著我來的，聽說領頭那小子是黑社會，沒少砸人店呢。」

我按著她的肩膀柔聲說：「我幫你揉揉。」然後手就在她身上不停地遊走起來。

包子臉紅地看了門口一眼，打了一下我的手小聲說：「別亂摸——你給我買的餛飩呢？」

我：「……」

第二天，二傻和包子一走，我們幾個馬上湊在一起商量接下來的事宜。

按照原計劃，我們準備今晚繼續光顧雷老四的各大夜總會，雖然我們不知道對方在醞釀什麼陰謀，但去踢他場子對一個老江湖來說，就跟打他嘴巴一樣，絕對是個迅速有效的法子。

這事我們雙方現在已經都收不了手，沒有最後解決，誰都睡不踏實，總之要戰要和，我是豁出去了。

花木蘭抱著肩膀說：「他們不會今天也高掛免戰牌吧？」

我點了根菸：「我問問。」我通過查號臺，先查到「富豪」夜總會的號碼打過去，結果還沒等我說話，對面那人就冷冰冰地說：「對不起，我們內部裝修歇業三天。」

我呆了呆，花木蘭問：「怎麼了？」

「……現在就掛上免戰牌了。」

再給「錢樂多」打，這回人家更直接地告訴我：「我們這三天不開！」

我不知所措地放下電話，項羽看了一眼我的表情，然後懶洋洋地說：「等著吧，他們來找咱們總比咱們親自去省力氣。」

吳三桂和花木蘭到一邊研究對策去了，我出了一會神，忙給孫思欣打電話，得知「逆時光」迄今為止平安無事，而且生意要比平時還好——可不是嘛，別的酒吧的人都被我們打到「逆時光」去了。

一上午我只能忐忑地坐著，這種等著別人來報復你的感覺真是不好受，而且明知道對方一旦出手就是憋滿了氣使出來的大招。

正當我百無聊賴又狼狽蹲在椅子上的時候，我終於接到了雷老四的電話，對方開門見山地介紹完自己以後，有點哭笑不得地說：「我兒子想了一夜到底得罪了誰，我以為沒那麼簡單，想了一夜到底誰會這麼幹，找你真難吶，小強！」

我說：「那你最後是怎麼找著我的？」

雷老四的聲音稍微有點沙啞，非常有穿透力：「你好像不止是昨天砸我地盤，前天你砸我『大富貴』的時候就有人認出你了。」

我鬱悶道：「那你還這麼晚才知道是我？」

雷老四道：「欠債還錢，前天你砸我有充足理由，可昨天那幫人顯然是來找事的，怪我沒聯繫在一起。」

我說：「昨天砸你也有充足理由。」

「嗯，我聽說了，雷鳴真的打了你老婆？」

「真的！」

「那好，我請了幾位證人還有幾個道上的前輩，咱們就來說說這個事，你現在來『錢樂多』，我們等你！」

我放下電話說：「走吧，人家肯談了。」

花木蘭道：「談？鴻門宴吧？」然後她馬上搖著手跟項羽說，「對不起啊，不是說你。」

項羽道：「說真的，要不把劉邦找回來陪你去？」

我說：「算了吧，那我倆倒是誰先跑啊？」

吳三桂看來跟項羽打得一樣的主意，說：「反正我們是不能陪你到桌子上談，店是我們砸的，要是跟著，就有點示威的意思了，咱們不能把理輸在頭裡。」

我說：「先到那再說。」

到了「錢樂多」樓下，我回頭跟他們說：「這樣吧，你們在車上等我，我每隔十分鐘給羽哥發個簡訊，要超過這個時間你們就殺進去，兄弟的命可就交給哥哥們了——還有姐姐。」

秦始皇道：「快氣（去）吧，摸（沒）見過你這麼慫滴！」

「凡事預則立嘛！」下了車，我把那片和項羽分享過的餅乾放在上衣口袋最容易掏出來的位置，又跟他們確認了一下時間——知道我為什麼以十分鐘為限了吧？進去要是有危險，十分鐘之內我就是項羽，這可是我第一次跟真正的黑社會談判，加點小心沒錯。

小個兒還是昨天晚上那個小個兒，會議室也還是昨天那個會議室，也不知道是不是故意要我難堪，這一點上就使我又格外加了戒備。

可是等人一進來，我就知道今天這仗肯定是打不起來了——頭一個進來的居然是古爺，他後面跟著老虎。

老虎背對眾人向我做了個鬼臉，一副五體投地的樣子，顯然我只靠幾個人連砸雷老四幾個場子的事，在他看來那簡直就是豐功偉績。再後面又是幾個老頭，一個個做派十足，但能看出來其實是以古爺馬首是瞻。

一干老頭入完座，一個臉刮得青鬚鬚的壯漢走了進來，小個兒忙介紹：「這是我們雷老闆。」原來他就是雷老四，雷老四掃了我一眼，就去陪著古爺說話了。

這些人都坐好，又隔了一小會，門口又開始進人，先是一個年輕人，穿著很乾淨，但是從胸口手臂上掛的鏈子看，不是什麼正經人，臉跟雷老四長得差不多，眼角眉梢很刁悍，但是在雷老四面前頭也不敢抬，瞟了我一眼之後就乖乖貼牆坐下了，這人八成就是雷鳴。

在雷鳴身後還有兩個人，這倆人看舉止打扮不像是跑江湖的，倒像是安分的生意人，歲數也就四十來歲，表情可夠難看的，垂頭喪氣，偶爾抬頭看一下我們，又急忙低下腦袋。我看得一個勁納悶，也不知道雷老四葫蘆裡賣的什麼藥。

會議主持是小個兒，他清了清嗓子首先介紹了古爺，等他的手剛指到古爺身邊那個老頭要說話時，雷老四忽然站起來，打斷他的話頭，向最後進來那兩個中年人溫言道：「兩位老闆不要害怕，我請兩位來只是想讓你們幫個小忙，或者說，是要跟你們道個歉。」

那倆人顯然知道雷老四的出身，嚇得連連擺手：「不敢不敢，有事您吩咐。」

雷老四呵呵一笑，忽然猛地一拍桌子厲聲道：「站起來！」

我猝不及防之下一哆嗦就要往起站，老虎不動聲色地按了我一把，只見雷鳴低著頭慢慢站起來，我才知道不是喊我。我擦著汗，心說差點丟了人啊！

還有比我更丟人的呢，那倆老闆模樣的直接嚇得掉到椅子下面了。

雷老四欠了欠身子說道：「喲，不是說二位，抱歉。」說著像不經意似地往我這斜了一眼，我剛才那副狼狽樣他肯定是看見了。我心裡暗罵了一聲，看來這雷老四也未必有多少誠意。

雷鳴站起來以後，雷老四又換上一副偽善的嘴臉跟那兩個老闆說：「事情是這樣的，昨天我這個不成器的小子跑到二位店裡撒野，可能給兩位造成了一定的損失，而這位小強兄弟──」說著一指我，「他的夫人據說就在二位手下幹活，為了這個事，蕭兄弟領著人一夜連砸了我四家買賣。」

那兩個老闆驚恐地抬頭看了我一眼，滿臉都是又驚也佩的神色，然後又慌忙把頭低下了。

雷老四繼續道：「今天找幾位來，就是為了印證一下蕭兄弟的說法，我讓你們帶的員工照片都帶來了麼？」

我這時才明白，原來這倆老闆就是昨天的受害者，看樣子來這裡也是受了雷老四很大的脅迫，怪不得包子說她們老闆昨天大半夜親自打電話讓他們店裡所有人都交照片呢。

兩個人急忙各自從口袋裡掏出一個信封來放在桌子上，雷老四剛要伸手去拿，古爺慢條斯理地說：「老四啊，這事先不忙，我先問問小雷。」

雷老四假笑著說：「古爺您說。」

古爺從進來到現在一直看都沒看我一眼，這會依舊不理我，把頭轉向雷鳴，用茶蓋撩撥著茶葉說：「小雷，為什麼砸人家店呀？」

雷鳴站在那裡訥訥道：「我……也沒什麼，我昨天和幾個兄弟喝多了。」

古爺呵呵一笑，繼而跟雷老四說：「先不說別的，這點小雷就先不對了，你說呢？」

雷老四沉著臉道：「是是，怪我家教不嚴，回去我好好收拾這小子！」

古爺嗯了一聲，仍舊品著茶說：「現在再說你的事吧，讓小強認認，哪個是他那口子，要是沒有，那就說明是他找藉口挑你場子，那就是另一碼事了。」

雷老四陰著臉把第一個信封裡的照片都倒在桌上，朝我做個了請的手勢。

我也不知道那倆人哪個是包子的老闆，我把那些照片翻來翻去地看著，老虎也非常好奇，湊過腦袋來幫我一起翻。雷鳴那小子看來也很想知道能嫁給我這樣「強人」的女人長什麼樣，往前走了兩步，站在桌子前面看我找。

老虎把幾個長得很清秀的女人照片揀出來放在我面前，說：「哪個是嫂子？」

我把那些照片看了個遍，沒有包子，這就說明左面那個穿綠格衫的人不是包子鋪老闆。我拿起另一個信封嘩啦一下都倒出來，老虎在我耳邊低聲問：「嫂子真是給別人打工的？」

他可能以為我是隨便找了個藉口想跟雷老四為難，我怎麼也算小有成就的男人，老婆怎麼會在小飯館給人打工呢？

有這種想法的可能還不止他一個人，古爺旁邊那幾個老頭也是滿臉不信地看著我，就好像我在演滑稽劇一樣。

我很快就從第二個信封裡面挑出了包子的照片拍在桌上。老虎拿過那張照片看了一眼，帶著複雜的表情說：「……這人你認識？」

我可不認識麼，這照片還是我幫她找的呢。

雷老四聽說正主出現了，急忙從老虎手裡接過照片，只掃了一眼就趕緊把包子照片倒扣過去，捂著心臟問我：「沒開玩笑吧？」看來雷老四也被包子的長相給雷到了。

我大義凜然道：「開什麼玩笑，那就是我老婆！」

雷老四虛弱地扶著椅子，衝穿黃襯衫那個老闆招了招手：「你過來！」

包子她們老闆趕忙湊過來，雷老四小心地把照片朝下，搓到包子她們老闆鼻子前，問：「這是你們店的員工？」包子她們老闆點頭。

雷老四怨毒地瞪了他一眼，然後轉向我說：「那你說說這個……這個女子的名字。」

我連氣都沒喘一下，道：「項孢子，今年廿六歲，連鎖灌湯包子接待員——抱歉，她的三圍我雖然知道，可不方便告訴各位。」

包子她們老闆點頭：「對，一點也沒錯。」

雷老四一屁股癱坐在椅子裡，想說什麼可又說不出來，挺魁梧一條漢子現在蔫茄子一樣了，我覺得我可以理解他的感受——為了這麼一個女人，一夜損失四家買賣，憋屈呀！

雷鳴見真的找到事頭了，好奇地看了一眼照片，頓時苦著臉跟我說：「老大，你這不是難為我嗎，我哪能想到你老婆長這樣去？」

雷老四怒道：「閉嘴！限你今天下午以前跟人家道歉，兩個地方都要去，尤其是跟這位項小姐，聽見沒？」

雷鳴沮喪地點點頭。

綠格衫和包子她們老闆忙道：「不必了，不必了……」

雷老四一揮手：「不關你們的事情，回去好好做你們生意吧，以後這種事不會再發生了。」兩個老闆唯唯諾諾地退出去了。

雷老四扭臉問我：「我這麼做，你滿意嗎？」

現在事情終於才徹底弄明白，包子她們店確實是雷鳴砸的，可卻不是專門衝著包子去的，至於我帶著關二爺踢「大富貴」，雷老四早已把這筆帳算到郝老闆頭上了，畢竟那是他們BOSS級的恩怨。

也就是說雷鳴這小子犯渾，我一個人把買賣全扛上了肩。不過我一點也沒後悔，包子他們打了，店我也砸了，中間就算不隔這層誤會我也會那麼幹。

現在既然雷老四表態了，我說：「沒意見。」

雷老四點點頭，跟雷鳴說：「既然蕭兄弟沒意見，你也滾吧。」

古爺呵呵一笑：「事情這樣解決不是挺好嘛。」

我把手搭在包上說：「雷老闆大人有大量，我也不能不懂事，既然雷鳴兄弟已經認錯了，那昨天我造成的誤工費，那些朋友們的醫藥費就包在我身上，十萬夠嗎？」說著我往外掏支票。

雷老四擺了擺手道：「小強兄弟說哪裡話，這事本來是我們錯在先，有時間帶著昨天那幾位朋友咱們吃個飯，呵呵，六個人總共打垮我將近一百號人，都是好樣的！好了，咱們後會有期——古爺，各位，老四先走一步了。」

古爺朝他揮了揮手，扭臉跟我說：「小強，跟著你打比賽那群小子都好著吧，小混蛋們也不說去看看你古爺，是不是以為我死了？」

我忙說：「嘿嘿，是啊，他們出國比賽去了。」

雷老四走到門口忽然回頭問：「你們認識？」

古爺笑道：「老相識了。」

雷老四乾笑幾聲，走出門去。剩下的老頭們也紛紛作別古爺，各奔東西。

會議室只剩下我們三個人，我說：「古爺，虎哥，走，我請吃飯。」

古爺道：「算了，我這老棺材瓤子見不得那些油膩膩的東西，我說你小子行啊，帶著幾個人就把雷老四滅得一愣一愣的，你到底哪找來那麼些愣頭青啊？」

我笑道：「這回有時間一定看您去，好長時間沒聽您拉三弦兒了。」

古爺頭前走，老虎拍了拍我手說：「我也不去了，你小心點，雷老四這個人表面豪爽，大公無私，心可不寬！他不收你錢，那就是把這事兒給你放著呢。」

我使勁握了握老虎的手，今天這爺倆可沒少幫我，先是古爺話裡話外擠兌雷鳴，又在雷老四面前挑明我和他的關係，讓雷老四有所顧忌，再到老虎這幾句知心話，這可是天大的人情。

等送走爺倆，我走到車門剛要上去，忽然感覺一個人從旁邊拉我，我一看剛剛才見過：包子的老闆。

想不到我第一次跟包子的老闆見面竟是這麼個見法，我無語了幾秒之後才趕緊跟人家握手：「貴姓？」

「姓胡。」看樣子胡老闆也挺尷尬，握著我的手一個勁地搖：「怪我沒有深入瞭解員工，這家屬裡真是藏龍臥虎呀！」

我臉一紅，你說這叫包子以後還怎麼幹，在胡老闆心裡，我肯定也成了一個流氓頭子，他回去以後還敢叫包子當接待員嗎？

不等胡老闆說什麼，我直接說：「我瞭解你的難處，回去就把小項開除了吧，藉口找的好點就行，我絕不埋怨你，反正我也沒想讓她再幹多久。」

胡老闆聽我前半句話的時候一個勁說：「哪裡哪裡。」我說到最後一句時，他又趕忙說「瞭解瞭解」，末了，他用兩隻手握住我的手腕說：「蕭老弟，跟你商量個事。」

「我不是都答應讓你開除包子了嗎？」

「不是這個……我想把那間店轉讓給你。」

我失笑道：「這是為什麼呀？你不會是怕我領著人，連你的店也砸吧？」

正說到這，項羽把頭探出來問：「還砸誰？」胡老闆嚇得一哆嗦。我急忙讓項羽回去，跟胡老闆說：「其實我不是你想的那樣的人。」

胡老闆握著我的手一個勁地抖著說：「我……知道……那你說到底行不行？」

我看出他是真有難言之隱，問：「能說說為什麼嗎？」

胡老闆心有餘悸道：「剛才你也看見了，砸我店的可是雷老闆的公子。」

「嗨，這是我和他們之間的事，你只要把包子開除了就妥了，他們總不會瞄住你一個局外人不放。」

胡老闆驚恐地說：「不是呀……你是沒看見雷老闆剛才看我的眼神，他是恨上我了！」

我想了想，笑了，還真是，胡老闆臨走時，雷老四是狠狠瞪了他一眼，可能是有點氣他為什麼收包子這樣的員工，不過雷老四怎麼說也是道上的魁首，怎麼會真的和一個賣包子的小老闆計較，這胡老闆也太過緊張了。

我笑道：「那你想怎麼辦？」

胡老闆邊說邊掏皮包：「我想好了，只能把店轉給你，那地方也只有你這樣的人才能罩得住——別誤會啊，我不是說你是壞人。」

我說：「那你說個價吧。」我想了想也沒什麼不好，雷老四級別夠重，可雷鳴那小子指不定就真惦記上胡老闆了；再說跟包子結婚以後，她也得有個事幹，把她平時工作的地方送給她不是挺好麼？

胡老闆急切道：「都這時候了還什麼價不價的，隨便給倆錢兒就行。」說著邊掏出來一大摞收據、證件，房產證和各種交了錢的票據等等。

我粗略算了算，那間店本身值四十萬，裝修和硬體花了三十萬，其他就再沒什麼大錢了，連鎖店每年再交一份加盟費就可以了。

我邊清點票據邊說：「怎麼這些東西你都隨身攜帶啊？」

胡老闆苦著臉說：「雷老闆叫我來，我估摸著不會有什麼好事，就趁早都帶上了——」看看雷老四這口碑！

我開了張七十萬的支票給他說：「我就不跟你算折舊費了，這些證什麼的還是你拿著，找個時間咱們公證，順便把保險什麼的也都轉了。」

胡老闆看來也對這個價錢沒什麼意見，把房產證遞給我說：「那你先把這個拿去。」

我順手把證塞包裡，其實拿不拿的我無所謂，我又不怕他不認帳。不得不說這證在手裡感覺到底是不一樣：從現在開始，我就是包子的老闆了！

胡老闆剛要走，我又拉住他的手說：「有個事還得請你幫個忙，回去以後先什麼也別說行麼，這店還是你的店。」

胡老闆想了一會才明白我的意思，笑道：「行，就當我給你打工了。」

我打開車門，項羽已經坐到了駕駛座上，我把他趕到一旁，說：「你最近這段時間不要開車了，要不騎在兔子上又該改不回習慣了。」

「怎麼談的？」花木蘭問。

「沒事了。」

項羽見我笑笑的，問：「剛才那人是誰呀？」

「包子她們老闆，不過現在不是了。」我把房產證給他看，項羽看了一眼道：「多少錢盤下來的？」

「七十萬，我都沒跟他算折舊。」

項羽道：「一百多平的店才七十萬，不貴呀。」

我想了想，還真是，這店四十萬那是前幾年的價，現在光地盤就得一百萬左右了，我光想著沒跟人家算折舊，他也忘了跟我算房產增值的事，算來還占了個小便宜，我更樂呵了。

晚上包子回來美孜孜地說：「昨天砸我們店那小子，今天買了好幾個大花籃來跟我們道歉，還特意給我封了個紅包，聽說那小子的買賣昨天也被人砸了，他們都猜是我們老闆找人幹的，我們老闆有本事吧？」

我說：「你們老闆太有本事了，絕對是世界上最偉岸的男人！」

……

接下來的幾天裡，項羽天天去育才和兔子待在一起，我則又非常難得地空閒了幾天，目前最緊要的事好像也只有他和二胖的一戰了。

這天我睡了個足覺，晃著胳膊往樓下走，經過花木蘭和吳三桂的時候，見兩人又在地圖上研究兵法，項羽這幾天沒空，吳三桂就順勢接過了他的大旗，那地圖已經被這倆人給畫滿了，上面全是代表軍隊的圈圈點點和表示有過交戰的八叉，我們好好一座城市被他們給陷入了戰火紛飛的態勢。

我端了杯水站在邊上看了一眼問：「這回又搶哪兒呢？」

兩人誰也顧不上說話，花木蘭偷空往地圖上指了一下，我一口水差點噴出來，花木蘭指的是市政府。

我連聲道：「你們搶搶學校工廠也就算了，那地方不能搶！」

花木蘭邊兵圍政府大院邊說：「這個地方乃是兵家必爭之地。」

我一把把地圖捂住：「不行不行，不能搶公家機關。」

我指著地圖上包子她們家那片說：「你倆搶這兒，誰搶下有獎。」

我下樓沒待一會兒，從門口進來三個人，打頭的一身黑色休閒裝，戴著墨鏡看不清臉，身體很壯實，這人從一進來，就站在那面無表情地打量著我，好像不太友好，我心說壞了，老虎讓我提防雷老四，想不到這麼快就來了。

那人打量了我一會，忽然問：「還認識我嗎？」

我把板磚包擱在手邊，猛地覺得這人聲音很耳熟，我抬頭仔細端詳著他的臉，這人忽然嘴角露出一絲微笑，伸手摘下墨鏡：「蕭大哥！」

我騰地站起來：「魏鐵柱，柱子！」

魏鐵柱一笑，露出白白的牙齒，他快步走過來給了我一個熊抱，我捶了他兩下道：「死小子，嚇你強哥一跳。」

我回身打量了一下他身後那倆人，也都是壯實小夥子，魏鐵柱給我介紹：「這是跟我一起開公司的夥計。」魏鐵柱笑著指了指我：「這就是我一路上跟你們說的強哥。」兩個小夥子憨厚地招呼：「強哥。」

我聽徐得龍跟我說過，魏鐵柱現在跟人合夥開了一家保安公司，開始只有幾個人，其實就是在鐵路上給人看貨的，後來越來越正規，現在已經跟真正的大公司掛上鉤了。

雖然鐵柱現在也是有身分的人，可跟我在一起還是那個憨直的傻小子，摟著我一個勁地傻笑，我問他：「你怎麼回來了，其他人有消息嗎？」

魏鐵柱道：「你結婚我能不回來嗎，李靜水已經在路上了。」

我一拍腦袋：自己的事還得別人提醒，我光顧著接待客戶、想著項羽的決鬥了，跟包子的事一直就這麼停著，就算小家小戶也該張羅了，這眼看不到十天了。

我看了魏鐵柱一眼，把他拉在一邊低聲問：「你們岳元帥是不是也有下落了？」

魏鐵柱為難地看了我一眼，支吾道：「我還沒回育才直接就到你這了……」

我瞭解地拍了拍他肩膀說：「行了別說了，我問你們徐校尉吧。」

魏鐵柱問：「蕭大哥，嫂子呢？」

我說：「嫂子你現在見不上，她晚上才回來呢。」

「那我得先回育才報個到去。」

我說：「一起走吧，我順便辦點私事。」

吳三桂和花木蘭一聽我要去育才，也跟著下來了，秦始皇緊趕幾步：「等一哈餓（下我）。」

我笑道：「嬴哥，你不玩遊戲了？」

「增天法有撒（整天耍有啥）意思捏？」

我們剛走到門口，二傻見我又拉起了隊伍，急忙屁顛屁顛地跟上，一邊招呼趙白臉：「這次和我一起走。」

趙白臉聞言緊緊貼在荊軻身後，好像稍不留神就會跟丟了似的。

我喊道：「軻子，這回不是踢人場子。」

二傻才不管呢，拽住我的車門身子後仰，就等著我開呢，我又說：「那小趙就別去了。」我看加上魏鐵柱他們三個，這車坐不下。

哪知趙白臉只微微搖了搖頭，很堅定地說：「我得去。」

魏鐵柱看出我的顧慮，走過來說：「一起走吧，我們也開著車呢。」

他一說，我才看見在我的破麵包車旁邊停了一輛切諾基，我失笑道：「行啊你小子，誰開？」

魏鐵柱不好意思地笑了一下說：「都能開，我也有駕照。」

我們分成兩組各上各的車，我在前面開路，在路上，我給老爸老媽打電話，讓他們把準備宴請的親朋名字列出一個名單傳真到育才來。

我老爸一把搶過電話吼道：「早寫在紙上了，要指你辦事，黃花菜都涼了！」

第五章

名人高峰會

我坐在台下趁機喝了口水。

看著滿坑滿谷我的客戶們，一種滿足感油然而生，

皇帝和土匪一起稱兄道弟沒什麼，難的是讓秦始皇和荊軻坐在一起，

讓梁山好漢和方臘的四大天王同場開會，

更難的是：我還坐第一排……

到育才還有兩百米的時候，我就看見學校裡頭鑼鼓喧天鞭炮齊鳴的，我直納悶怎麼回事，看熱鬧的人和車一直堵到我們眼前，我只得下了車，從老鄉們中間擠進去，一路上認識我的人都說：「恭喜啊蕭主任。」

我越發迷惑，帶著鐵柱他們走進去一看，只見校園裡，一大幫人被另一大幫人圍著，外圍那群人手裡還拿著各式各樣長短的傢伙，再外面，有人手捧肩扛大大小小的武器，雙方呈對峙之勢——好漢們被記者圍上了。

最裡面一條漢子被圍得快要發毛了，一個勁喊：「一個一個說，你們一個一個說！」正是張清。

這時張清一扭臉也正好看見我，冷不丁衝我一指叫道：「你們採訪他，那是我們負責人，育才的頭兒。」

那幾十號記者一聽，頓時像見了血的鯊魚一樣向我奔了過來，以迅雷不及掩耳之勢包圍了我，他們把手裡長短不一的棍子戳在我嘴邊，紛紛問：「請問這次打下來，您對結果滿意嗎，有什麼感想？」

吳三桂見這麼多人殺過來，非常警戒，小聲說：「什麼打下來了，咱們砸人買賣的事他們都知道了？」花木蘭跟他背靠背說：「看樣子沒什麼敵意。」

贏胖子他們畢竟待的時間長了，對現代媒體這種視死如歸的採訪方式見慣不驚了。

我知道記者們是在問去新加坡比賽的事，可是我還真不知道該怎麼回答他們，因為看這個興奮勁應該還不止是拿了金牌那麼簡單，尤其是散打這種冷項目上引起這麼大關注，運動員集體吃禁藥還差不多。

我遠遠地朝張清看了一眼，希望能得到點有用的資訊，可是這些剛剛被解救出來的人根本顧不上理我，提著大包小包一股腦直奔宿舍，張清也只給我丟過來一個幸災樂禍的表情就逃之夭夭了。

面對著林立的麥克風，我只能清清嗓子，一本正經地說：

「今天這樣的結果，我們已經盡力了，請大家放心，我們一定不辜負各位的期望，贏得更好的成績！」

然後不管記者怎麼問，我翻來覆去都是一樣的話，不過記者們好像也沒什麼不滿，就是一個女記者在收拾麥克風的時候，小聲自言自語道：「還能有比這更好的成績麼？」

打發了記者，我立刻去找好漢們算帳。

進了宿舍樓，這群傢伙已經梳洗完畢，一個個精神煥發地甩著膀子出來溜達，都是那麼熟悉的臉，盧俊義、林沖、方臘、方鎮江、程豐收、段天狼……在一片喧囂熱鬧中，我們擁抱、握手、情不自禁下，我還差點親了扈三娘一口，被她用拳頭擰回來了。

我不知道該先跟誰說話，只好又一把抓住張清，罵道：「一回來就陰我一把，有你們這樣當哥哥的嗎？」

張清哈哈笑道：「不是好事麼，多好的露臉機會呀！」

「你們回來怎麼也不跟我說一聲呢？」

董平道：「不是要給你一個驚喜嘛，我們原來打算你結婚那天突然出現的，可是留在新加坡每天光對付些黃頭髮綠眼睛的主兒，看著怪慌的就回來了。」

我問：「說真的，你們這回成績怎麼樣？」

方鎮江笑道：「成績差了能有那麼多人跟著嗎，媛媛呢，快跟小強彙報一下。」

我和吳三桂異口同聲問：「媛媛是誰？」

佟媛不好意思地從房間裡走出來，手裡拿著一個小本子，遞給我說：「你自己看。」

不看不要緊，一看我也嚇了一跳，這次新加坡散打比賽一共有一百一十八個國家參加，分十一個級別和一場團體賽，中國代表團囊括了全部金牌，果真如張清說的那樣，一塊銅牌都沒給外國人留，後來因為分區分組的關係，這才「流失」了三塊銀牌和兩塊銅牌。

此事在國際上引起了轟動，一些對散打並不怎麼感興趣的國家也在賽程過半的時候派記者蜂擁向新加坡。

而讓世界震驚的遠不止此：中國這次派來的代表團選手，全都來自一個學校！這個發現一經公佈，外媒立刻實行廿四小時的圍追堵截和抓拍跟蹤，就為了求證這一點。

領隊佟媛輕描淡寫地說：「對，我們就是一個學校的，這有什麼不能說的？」

於是整個世界譁然了，育才以一校之力對抗全世界的散打高手，而且取得完勝，連霍格華茲魔法學校跟我們比起來都黯然失色。

張清把一塊金牌丟在我手裡：「給你拿著留個紀念吧。」

我低頭一眼看見了曹小象——曹沖，正專注地擺弄胸前的一堆不知什麼東西，我一把把他抱起來狠狠親了兩口，鄭重地把那面金牌掛在他脖子上，說：「兒子，爸爸把這個送給你，希望你長大以後還爸爸一面你自己得來的！」

曹小象皺著眉頭說：「爸爸我不要了——」說著從脖子上扯出一大堆金的銀的各種牌牌，「再要就拿不動了。」合著好漢們不管拿了什麼牌，都隨手送給小象當玩具了。

扈三娘朝我一伸手：「你不要給我吧，我正好再湊一個就能打個金手鐲了。」

我：「……」

吳三桂和花木蘭貼上來問我：「你哪來的兒子？」

我看看左右沒有外人，跟他們說了實話，順便介紹：「這就是梁山的好漢們。」吳三桂急忙抱拳：「幸會幸會！」

我又給好漢們介紹：「這是吳三桂，三哥也沒少造反。這是花木蘭。」

扈三娘一把拉住花木蘭的手道：「木蘭姐，你是我偶像呀！」

董平問我：「哎對了，那些在學校裡畫畫寫字的老頭是什麼人？」

還不等我回答，顏景生跑上來說：「蕭主任，有你傳真。」

魏鐵柱驚喜地喊道：「顏老師！」

顏景生看了他一眼馬上認出來了：「喲，鐵柱，你回來啦？」

我這腦子又開始有點混亂，我找到盧俊義和方臘說：「你們走的這段時間，又來了不少新朋友，咱們索性開個會，彼此都認識認識，他們人生地不熟的也沒個照顧。」

吳用用眼角的餘光掃了掃程豐收和段天狼他們說：「那讓他們去不去？」

我低聲說：「就咱們內部人，吳軍師想辦法把他們支開。」

吳用咂著嘴點了點頭。

我拍了拍方鎮江肩膀說：「至於你們家媛媛，你自己想辦法。」

方鎮江道：「想什麼辦法，乾脆都告訴她就完了唄。」

我看了他一眼，笑道：「你說她會信嗎？」方鎮江嘆了一聲，找佟媛去了。

我跟盧俊義說：「咱們五分鐘以後，階梯教室集合。」

然後我開始全校園搜羅客戶，先從大禮堂找著畫畫的吳道子和閻立本，張擇端也在，不過他不畫壁畫，那天來的路上只匆匆一瞥，現代社會的繁華給他留下了深刻的印象，他把十幾張紙編了號，預計再畫一幅長卷。我隨便看了幾張，連連點頭，雖然就一眼，那車水馬龍畫得跟活的似的。

然後我又把校醫室的扁鵲和華佗找著，奇怪的是茶聖陸羽也在這，後來一問才知道陸老頭是來求幾味能祛除水裡雜味的藥，我問：「找到了嗎？」

陸羽把杯子遞給我：「你嘗嘗。」

我喝了一口，茶香裡稍微帶點中藥味，但那股沁人心脾的感覺真不是哪個茶樓的所謂泡茶師傅能炮製出來的，這做成手搖飲料上市賣去，絕不比可口可樂銷路差啊。

我費盡千辛萬苦終於把人歸攏到階梯教室，這才發現李靜水也到了，這小子現在打扮得活脫一個都市小白領的樣子。我和他還有魏鐵柱親熱了一會，說：「咱們先開會，一會我和你們徐校尉也得好好聊聊。」

李靜水悄悄在我耳邊說：「蕭大哥，顏老師不是你的客戶吧……」

我一看，下面第一排裡，顏景生正襟而坐，挨著他的，左邊是吳三桂，右邊是顏真卿，我冷汗出了一層，差點犯了錯誤，顏景生可能以為我要開慶功會什麼的，責任感極強的他自然就跟著來了。

李靜水衝我頑皮地一眨眼：「交給我。」他走過去跟顏景生耳語了幾句，兩個人很快就不知不覺地聊到外面去了。

我擦著汗走上講臺說：「再沒有辛亥革命以後的人了吧？」

方臘和四大天王以及方鎮江和秀秀一起喊道：「有，你就是！」

在眾人一片哄笑聲中，我的第一次大規模客戶會議開始了。

這次會議，雖然因為特殊原因，劉邦、李師師、關羽、李白還有柳下蹠未能到場，但規模已屬空前。至於秦檜，雖然僅與我們半步之隔，但出於對安定和諧的考慮，我就沒敢通知他——徐得龍和他的兩個戰士以標準的軍姿坐在下面。

在會議未開始之前，很多人相互通報了姓名，會場上到處是「喲，原來您就是某某某啊」「呀，我平生最仰慕的就是您了」諸如此類的恭維寒暄。

我清了清嗓子，看著下面一片喧嘩，真不該從哪說起。最後我抓過麥克風喂了兩聲，下面開始漸漸安靜。

對著滿堂的豪傑，我有點尷尬地說：「那個……咱是按朝代說呢，還是按到我這兒的先後順序說？」

張順喊道：「按啥順序呀，就從前排往後說吧，自我介紹完，小強補充。」

人們紛紛附和：「對對對，大家聚在一起也就沒什麼先後了，就從前排開始吧。」

我想想也對，就說：「那就挨個說，這個年代前前後後的，大家都不要計較。」

我往前排第一個一看，不禁哭笑不得——第一個是趙白臉，我指著趙白臉不自在道：「那個……這位是我的鄰居，他不算。下一個，軻子你說吧。」

哪知趙白臉平時渾渾噩噩，這會倒是明白了，只見他慢慢站起，轉過身去儼然地說：「你們叫我小趙就行。」然後款款坐下。

眾人正在莫名其妙的時候，趙白臉忽然嘻嘻而笑，跟荊軻倆人對擊一掌表示慶祝，就像是一對惡作劇的孩子。滿場頓時石化。

我扶著桌子虛弱地說：「軻子，到你了。」

荊軻聽我叫他，急忙示意趙白臉坐好，自己調整了一下表情站起來說道：「我是荊軻。」

全場頓時傳出來低低的「哇——」的一聲。本來看他半憨又傻的，都以為這只是一個穿越來的無名小卒，沒想到是千古第一殺手。二傻坐下以後，和趙白臉對掌慶祝。

顏真卿趴在桌子上，隔山探海地跟荊軻使勁握手：「荊壯士，三生有幸啊！」

王羲之和柳公權看樣子都想跑過來和荊軻聊聊，我急忙說：「注意大會秩序，想私聊的等散會以後。下一位。」

坐在荊軻旁邊的就是項羽，項羽站起身，言簡意賅地報了自己的名字：「項籍，字羽。」認識他的人要多一些，大家一片熱烈的掌聲，表示對霸王的敬意，只有蘇武冷冷地哼了一聲。

下一個是花木蘭，木蘭乾脆俐落地一抱拳，脆聲說：「我叫花木蘭，很高興認識大家。」又是一片熱烈的掌聲，扈三娘和秀秀滿臉的仰慕，拍得格外賣力。

我微笑道：「這位看來大家也都知道，代父從軍，下一位……」

我話音未落，扁鵲不滿地說：「什麼大家都知道，我怎麼就不知道？還有剛才那荊軻和項羽都是幹什麼的？帶父從軍，是帶著父親去參軍嗎？」

扈三娘一聽有人敢對花木蘭不敬，馬上不樂意了：「那老頭誰呀，太討厭了！」

我忙把花木蘭代父從軍的典故詳細地又講了一遍，末了說：「木蘭姐這十二年吃了不少苦，最後胃還落了毛病，一會兒還得請扁神醫給看看。」

扁鵲聽完花木蘭的事顯得非常激動，站起來說：「丫頭，我要醫不好你，再沒臉見人了。」

華佗附和道：「不行還可以做手術嘛。」

安道全忙說：「兩位前輩別怪我冒昧，我久在軍中從醫，對這種病倒還有幾分把握。」

扁鵲沉吟道：「一會咱們三個給丫頭看看再說，總之以把病治好為主。」

這三大名醫給花木蘭的會診計畫就這麼定下來了。

花木蘭嫣然一笑：「謝謝。」

扈三娘往後看了一眼喃喃道：「想不到老頭還是個大夫。」

扁鵲就坐在扈三娘身後，說：「姑娘，你脾氣不好。」

扈三娘道：「我脾氣一直不好，又不是一年兩年了。」

扁鵲道：「我說的是脾、氣，不是脾氣。」

扈三娘：「……」

花木蘭身邊就是嬴胖子，我提高聲調道：「這位，就是咱們中國歷史上的第一代皇帝，秦始皇，嬴哥！」

又是一片低呼，秀秀捂嘴驚道：「秦始皇是個胖子？」

花榮拉了她一把：「小聲點，讓人聽見。」

可是大家已然都聽見了，嬴哥站起來看了看這對小情侶，指著花榮，對秀秀笑呵呵地說：「等他到了餓（我）這個歲數你再看，歪（那）餓當年也絲（是）碎（帥）小夥。」

眾人哄一聲都笑了，秀秀不好意思地把臉別在了花榮懷裡。

顏真卿就坐在秦始皇邊上，他也沒想到這個胖子就是千古一帝，剛才還興沖沖地跟荊軻握手，所以老顏有點尷尬地朝秦始皇笑了笑，贏胖子根本不往心裡去，抓過老顏的手來拉了拉。

然後我接著往下介紹，介紹完顏真卿，接下來就是吳三桂，這下我有點為難，這老頭臭名昭著，而現在的會場不乏熟知歷史的人，我打著馬虎眼說：「這……是咱們三哥，嘿嘿，為了自己心愛的女人，帶著十幾萬兄弟跟一個姓李的死磕了好些日子。」

果然，群情聳動之下，四大天王湊在一起疑惑道：「這說的該不會是吳三桂吧？」

吳三桂騰地站起來，朗聲道：「老夫正是吳三桂，為了陳圓圓投李叛李，後來又降清反清，十幾萬人因我而死，滿人因我而入關。」

王寅白了他一眼道：「我們又沒說你什麼，你喊那麼大聲幹什麼？」

我忙說：「大家都別激動，過去的事就不要再說了，歷史上缺了在座諸位中的誰，也不是現在這個樣子了，也就沒有今天的咱們——我是說二十世紀以後生的這幾位。」

方鎮江點頭道：「就是，佟媛就是滿族人。」

扈三娘聽得悠然神往，扒住前排的椅子背衝吳三桂嚷道：「吳老哥，你真夠酷的呀，我支持你！」吳三桂朝她哈哈一笑。

我有些無語，果然是男人不壞女人不愛啊！只要你對她好，她才不在乎你背叛了誰，做了什麼壞事。

接下來的介紹就順利多了，剩下的人不是大儒就是豪傑，最主要的，是沒什麼敏感人物，不過，會場還是時不時的被大家的驚嘆聲和掌聲打斷。

最後一位作自我介紹的是蘇武，老頭很自覺地坐在最後一排的角落裡，人們都對他的氣節表示了敬佩。

大會斷斷續續地開了已經將近三個小時，最後大家仍意猶未盡，我說：「咱要不派個代表上來再說幾句？」

人們你看看我我看看你，都有點不好意思，最後相互笑嘻嘻地推搡起來，方臘道：「你讓他們說啥呀？」他雖然恢復了前世記憶，可還是以現代人自居。

我說：「說啥都行，最好是說說怎麼和現在的人相處，你們總不能這一年都待在學校裡吧，就算待在學校裡也得跟別人打交道。對了，說到這，我得提醒一下剛從新加坡回來的那些位，從明天開始要加緊給孩子們上課了，咱這畢竟是學校；還有寫字畫畫的老爺子們，也別顧自己忙，教教孩子們，從你們那傳下來的東西現在都快丟光了，再這樣下去，以後也沒人懂得欣賞你們的作品了。」

老頭們聽得冷汗直流，連連點頭。

我往下看了一眼，看見李靜水，我一指他：「李靜水，上來說兩句。」

李靜水愕然：「為什麼是我？」

我說：「你小子穿得比我還時髦呢，不選你選誰？」

李靜水也不多推託，大步走上講臺，經過旁邊的時候我小聲囑咐他：「說點心得體會，得讓新來的覺得有奔頭。」

李靜水站在講臺上俯瞰著下面，目光灼灼，緩緩說：「剛來的時候，我跟你們一樣，感到迷惘、失落、無所適從，滿眼都是光怪陸離，我好像被所有人拋棄了，不是我不明白，是這世界變化太快……」

我聽他這意思一時半會完不了，就坐在台下趁機喝了口水。看著滿坑滿谷我的客戶們，一種滿足感油然而生，皇帝和土匪一起稱兄道弟沒什麼，難的是讓秦始皇和荊軻坐在一起，讓梁山好漢和方臘的四大天王同場開會，更難的是：我還坐第一排……

眾人都被李靜水的演講吸引了，往往一句話就能引起大家會心的微笑，最後李靜水慷慨激昂地說：「……所以，我們絕不應該放棄，絕不能灰心，既然是我們自己選的，就要迎頭趕上再創佳績，我相信——世界會因我們而再次改變，謝謝！」

底下雷鳴般的掌聲，很多人都興奮地站了起來，連項羽也跟我說：「這小夥子講的真不錯。」

我「嗯」了一聲，邊鼓掌邊說：「這小子前段日子八成幹過傳銷。」

李靜水下去以後，我再次走上講臺，有點靦腆地說：

「咱們的會議今天就告一段落，在最後，我還有點私事想請在座的幾位幫忙。」

我掏出顏景生交給我的傳真，說：「再過幾天我就要結婚了，我想了一下，這請柬還得請王顏柳三位老師操心，有您幾位在學校，我要再用機器印的就不合適了。」

眾人聽說我要結婚，再次掀起軒然大波，被我點名的幾個老頭聽我這麼一說，果然都樂陶陶地直捋鬍子。

幾個老頭雖然很樂意幫忙，但考慮到他們對現代字體還不熟悉，我讓蕭讓協助他們工作，好漢們也都嚷嚷著那天要放開了喝，看來那天不用擔心有人灌我酒了。

散會以後，三大名醫給花木蘭進行了會診，在爭論和研究了半個小時以後，終於……破局了，原因是他們都堅持自己才是對的，在某幾味藥上存在很大分歧。最後華佗退出，決定用針灸來幫助木蘭，扁鵲和安道全則說好一人寫一個方子，由患者做最後的評定。

總體上來說，這次會議加深了彼此瞭解，增進了感情，鑒於這次大會的成功，我們決定以後每週進行一次客戶會議，如果有新人來，要召開小型歡迎會，並且逐漸形成了一個慣例。

當我剛給劉邦打完電話，順便轉達他對蘇武的問候之後，鐵匠的兒子登登登推門跑進來，一眼看見我，說：「蕭老師，我爸說你要的槍打好了。」

項羽二話不說大步流星往外就走，好漢們紛紛問我：「你要槍做什麼？」

「羽哥要和二胖決鬥。」我邊說也跟著項羽往鐵匠鋪走去。

「二胖是誰？」張順莫名其妙道。

「呂布！」

好漢們頓時大嘩，邊追在我們後面跑邊嚷嚷道：「他倆有什麼仇？」就連顏真卿吳道子也跟著跑了出來，楚霸王戰呂布，只要知道這倆名字的人，不管文武肯定都不願意錯過。

我們到了鐵匠鋪，一條比人還高的大槍擺在最顯眼的地方，項羽跑上去一把抄起，細細打量，鐵匠顯然對自己的手藝非常自信，坐在那裡笑咪咪地說：「怎麼樣，滿意嗎？」

項羽把大槍平端在胸前，低頭摩挲著槍身，看來他對重量很滿意，但是別的未置可否。這桿大槍，槍頭要比一般的槍頭要長出半個多，上面佈滿麻紋，槍身比口杯稍細，槍頸和槍尾黃金吞口，不要說使，光看著就威風凜凜。

湯隆越眾而出，衝項羽一伸手道：「我看看。」他把槍拿在手裡，讚道：「好分量！」又看看槍頭，詫異道：「這居然是大馬士革鋼，這鋼我們那時候沒有，這可是削鐵如泥的東西呀。」

他再看槍身，又道，「嗯，吞口雖然是鍍金，可也下足血本了。」

我聽他這麼一說，明白鐵匠把那兩千塊錢全下在工本裡頭了。

鐵匠站起身，微微有些激動地說：「行家呀！」

鐵匠的兒子叫道：「那是我們老師。」

湯隆看了半晌還不放手，咂摸著嘴道：「只可惜這槍打仗還是不行。」

鐵匠愕然道：「打仗？現在誰還用這東西打仗？槍頭用好鋼我也就是為了耐磨。」

湯隆一句話好像說到項羽心坎去了，他把手搭在湯隆肩上問：「那你看能改嗎？」

湯隆道：「當然能。」

「得多長時間？」

湯隆邊脫外衣邊說：「就個把時辰的事。」他衝人群裡看熱鬧的好漢們喊道：「來兩個有力氣的！」

項羽道：「我算一個。」

李逵挽著袖子從人群裡出來道：「叫俺幹啥？」

湯隆道：「搖風箱。」

農村鐵匠所用的還是過去那種搖風箱的熔爐，項羽和李逵一左一右坐在兩個風口上，好在這活也不用什麼技術，就甩開膀子拚命拉就行。

湯隆見爐裡的火漸漸哧哧地耀眼起來，忽然抓著槍尾把前半段槍身都放了進去，鐵匠驚道：「你幹什麼？」

湯隆不理他，靜靜地看著那槍身逐漸變紅，然後隨手抓過一把鐵粉捧在嘴邊，把那紅紅的槍身舉出火焰，小心地把手裡的鐵粉吹在上面，那槍身上一陣黑一陣紅，閃爍不定，反覆吹了一會，湯隆把吹過鐵粉的地方在水桶裡淬火，眾人包括鐵匠都不知道他要幹什麼，只有在一邊看著。

前半段淬過火，湯隆又抓住槍頭把後半段如法炮製，等整條槍加工完，槍桿上全是細微的鐵渣子，我摸了摸都感覺到扎手，我問他：「這槍還能用嗎？」

湯隆舉著那槍來到外面的沙地上一扔，然後在沙子裡把那槍滾來滾去磨了一會，拿起來用衣角擦了一遍，再看那些鐵粉，已經變成圓滑的小顆粒，跟槍身融為一體。

縱觀看去，這些鐵粉不是胡亂吹上去的，而是蜿蜒成曲，現在再看，就像是一條烏龍盤在槍上，這樣一來，長長的槍身再也不顯得單調，最重要的，它已經由一件藝術品變成了一件殺氣騰騰的武器。

鐵匠馬上不恥下問道：「這位師傅，你這麼做除了美觀還有什麼用？」

湯隆把槍指給他看說：「這樣一來就可以增加手和槍桿的摩擦力，最重要的是，在冬天，鐵槍身就不會再那麼刺手，而且能防止它著水以後凍在地上。」

鐵匠聽得目瞪口呆，一拍旁邊同樣目瞪口呆的兒子：「以後好好跟著師傅學，聽見沒？」

湯隆微微一笑，在沙輪上仔細地給槍頭開了鋒，鄭重地交給項羽：「項大哥，你看還滿意嗎？」

項羽把槍著實把玩了一會，最後沉聲道：「有此槍在手，胖子只怕要倒楣了。」

說到這裡，項羽隨手把槍往我懷裡一扔，拿出電話撥號，我很快就聽到了二胖的聲音：「喂？」

「我的馬找到了，槍也有了，什麼時候戰？」

二胖想了片刻道：「你說呢？」

項羽哼了一聲道：「揀日不如撞日，我看今天就不錯。」

我：「……」

二胖道：「你稍等一下，我問一下我們老闆的意思。」

我臉紅脖子粗：「……」

過了一會，二胖說：「那好，我們老闆也同意了，兩個小時以後，就在他春空山的那套別墅裡，你能找得到吧？」

我手刨腳蹬：「……」

項羽道：「一言為定。」

他掛了電話，四下看了一眼納悶道：「咦，我的槍呢？」

我奄奄一息：「……」

項羽往地上看了一眼，把壓在我胸口的槍拿起來，笑道：「小強，你躺在地上做什麼？」他見我不起來，俯下身子把耳朵支到我嘴邊上問，「你剛才是不就有話要說，你想說什麼？」

緩過勁來的我老半天才說：「壓……壓死老子了！」

項羽把槍綽在手裡，隨意地舞了幾個槍花，那槍在他手裡就像根塑膠棍兒，我現在開始有點相信萬人敵的說法了，拿著這件變態殺人武器，招法不用多麼玄妙，在人群裡只要掄開了，那就是一台絞肉機。

好漢中，林沖董平張清都是使槍的高手，但是要讓他們使這桿霸王槍，都靈動不起來，由此，他們對項羽這一戰顯得信心滿滿。

老成持重的林沖跟項羽道：「項兄，這槍雖然打好了，可你還沒試試到底順不順手，今天就戰，是不是有點過於匆忙了？」

剛緩過氣來的我也說：「是啊羽哥，是不是急了點？」

項羽沒有說話，背過身去喃喃道：「我時間不多了……」

項羽提著槍，回到校園找著兔子，翻身上馬，衝我們一抱拳道：「各位，項某這便去了。」

方鎮江急道：「別急呀，我們也跟著看看。」

吳三桂也道：「項老弟，大戰在即，你要注意節省馬力呀。」

他這一說，眾人才意識到這個問題，此去春空山也要三十多里，兔子雖然神駿，要載著他和大槍合起來三百多斤，跑完全程也肯定不輕鬆。

項羽愣了一愣，道：「不礙的。」

王寅搶上去拉著兔子的馬韁道：「這樣吧，我開煤車送馬和槍，項大哥，你和小強他們坐車來。」

王寅的大車在去新加坡之前就停在育才，他現在的身分是育才車隊的隊長，開這輛煤車大概也是最後一次了。

項羽想了想，隨即下馬，把槍交給王寅道：「有勞了。」

王寅把槍放在煤車後面，為難地說：「可是馬怎麼上去呀？」

寶金拉著李逵說：「來，我抱前腿你抬後腿，咱倆把馬弄上去。」

時遷從人群裡鑽出來，嘴裡叫道：「我有辦法。」只見他跳到車上，從懷裡掏出顆蘋果，一個勁衝兔子揮舞說：「乖馬兒，上這來。」

合著又是偷雞摸狗那一套，兔子輕蔑地看了他一眼，打個響鼻，噴了時遷一臉唾沫。

項羽微微一笑，把兩根指頭含在嘴裡吹了口哨，大聲道：「小黑，上！」

兔子聽見主人召喚，往後溜達幾步，小跑著奔上來，兩條前腿輕盈地一抬就上了車幫，後蹄在空中一蹬，穩穩地站到了車上，然後和時遷大眼瞪小眼對視了一會，低頭把時遷手裡的蘋果吃了。

眾人大笑，都讚：「好畜生！」我心說：不愧是鑽過火圈啊。

然後我讓魏鐵柱和李靜水把學校的大巴開出兩輛來拉上眾人，我和項羽還有秦始皇他們依舊是原來那幾個人上了麵包車，一路開向春空山。

這回我們車上還多了個小傢伙——曹小象。他除了喜歡包子，接下來就跟秦始皇最親，接下來就是愛膩在項羽身邊，項伯伯雖然從來沒有好臉色，但教給他的東西都新鮮又刺激。

現在小象又喜歡上了吳三桂，老漢奸對別人一副苦大仇深樣，可和曹小象玩得很開心，一老一小不時咯咯歡笑。

吳三桂感慨道：「當初我死……我走的時候，孫兒也像小象這麼大了。」

我心說你哪來的孫子，吳應雄不是被建寧公主給閹了嗎？

我邊開車邊問小象：「你項伯伯要和呂布去打架，你希望誰贏呀？」

曹小象同學毫不含糊地說：「當然希望項伯伯贏，我爹爹說呂布不是好人。」

我笑道：「你爹爹怎麼評價呂布的？」

「我爹爹常跟許褚叔叔他們說，做人不要太呂布！」

滿車人都笑了起來，項羽也笑道：「這小子人緣夠差的。」

我正色道：「羽哥，人緣歸人緣，這呂布可是真有兩下子，千萬不要輕敵。」

項羽止住笑，說：「我只不過有點瞧不上他而已，就算為了阿虞，我也不會輕敵的。」

我沉默了一會說：「你也別抱太大希望，從這到你們那會兒好幾千年，嫂子未必真能和咱們同一個時代，關二哥不就是這樣麼，兄弟三個人，大爺和三爺去了北朝和隋朝……」

項羽點點頭：「我理會得。」

等我們到了別墅，二胖那小子還沒來，這裡自從上次我們來鬧過，大概就一直沒人住了，樓上下一片狼籍。吳三桂假意四處溜達，其實是在觀察四周有沒有埋伏。

我把他喊回來，想知道有沒有埋伏還用那麼麻煩！我轉頭問趙白臉，「小趙，有殺氣沒？」……

這時候跟在我們後面的兩輛大巴開始呼嚕呼嚕地下人，吳道子把畫板支好，一干畫筆都擺在手邊，滿臉興奮之色，項羽戰呂布的盛況，看來連這些文人也不願意錯過，我有點遺憾地說：「真應該拿上相機來著。」

好漢們紛紛掏出手機：「我們的電話就能照相。」然後開始互相討論：「你是多少畫素的？」「我的還剩幾格電……」

王寅為了不讓兔子感到不適，開得特別慢，是最後來的，在他車後面，緩緩跟上來一輛貨櫃車。這車開到草場中間，後門慢慢升上去，從駕駛室快步跑出幾個人來，二話不說開始往後面搭坡橋。

我們都不知道這是怎麼回事，就圍過來一起看熱鬧。

等小橋搭好，司機不知又按了一個什麼按鈕，貨櫃的尾門升起一道小柵欄，我們探頭一看，原來裡面裝的是一匹馬。

這馬看著要比兔子還高一點，全身雪白，一根雜毛都沒有，馬鬃看似沒怎麼修理，但花在那上面的錢肯定不比貝克漢少，順順滑滑的像一片蒸騰的雲霧。

大白馬看著就像是被人伺候慣了的主兒，人們在外面忙活著幫牠搭梯子，牠連看都不看，只是百無聊賴地東張西望，等長長的梯子搭好了，牠這才試著把一隻蹄子擱出來踩了踩，然後搖頭晃腦地下了車，工人們急忙在牠背上披了條薄毛毯，小心翼翼地用細毛刷替牠接風洗塵。

張順往貨櫃裡瞧了一眼，說道：「嘿，空調車。」

兔子站在煤車上看得都傻了，牠當賽馬那會大概也沒享受過這樣的待遇，牠看大白馬，大白馬也在打量牠，牠見兔子寒酸地站在煤車上，稀溜溜叫了一聲，好像是在嘲笑兔子，兔子從鼻子裡噴了口氣，也不知道是羨慕人家還是有點忿忿不平，自己從煤車上蹦下來了。

這仗還沒打，在勢頭上先遜了一籌，眾人都有點不爽，眼看一匹馬都這麼裝腔作勢，還不知道呂布該囂張成什麼樣子。

結果等呂布一來，我們都大跌眼鏡，只見這小子騎了輛破爛的摩托車，方天畫戟用塑膠布裹著豎綁在摩托車上，活像個給人裝鐵窗的。

呂布見工人們還沒忙完，就自己往下解方天畫戟，我掏出根菸來走上去——在別人眼裡他是呂布，在我眼裡他是從小跟我掐架一起長大的二胖，不打聲招呼說不過去。

我把菸遞給他：「來啦？」

二胖看了一會我手裡的菸，有點猶豫地說：「為了這次決戰，我都把菸戒了。」

「戒多長時間了？」

「……今天早上戒的。」

我在他屁股上虛踢一腳，笑罵：「抽吧！一根菸能把你抽死？」

二胖不好意思地點上火，說：「你們早來了？」

我說：「剛來。」

然後我們就又沒什麼話了，本來麼，我們現在屬於敵對陣營。

二胖把方天畫戟拄在手裡等工人們收工，可那幾個人只顧忙活，把大白馬周身上下每一寸地方都小心地刷洗了，最後二胖實在不耐煩了，叫道：「你們有完沒完？那是匹馬又不是輛車，老擦什麼擦，漆皮蹭掉算誰的？」

那幾個工人聽他一喊，急忙加快速度，然後灰溜溜地上車走了。

二胖把戟插在草地上，從摩托車後座上又解下一大堆東西來，打開一看，原來是一件做工精良的皮甲，不過一看就知道是現代手工，應該也是何天竇給投的資。

二胖把皮護胸、皮披肩都穿上，我失笑道：「嘿，聖鬥士呀，還沒打完十二宮吧。」

二胖不自在地笑了笑，把菸頭丟在地上，過去仔細地檢查大白馬的馬肚帶，然後翻身上馬。

項羽見狀，也從煤車裡把霸王槍撈出來上了兔子，兩個就騎在馬上在場子繞起圈來，由小跑到快跑到飛奔，那匹大白馬雖然驕矜，但一跑起來真是沒得說，和兔子齊頭並進在草地上，一白一黑跑得和兩道離弦的箭相仿。

我納悶道：「這是幹什麼呢？」

林沖道：「先遛遛馬，這兩個人動起手來，沒個三五百招肯定分不出結果，馬腳一定要跑開了才行。」

又過了一會兒，好漢跟八大天王都正襟而坐，我就知道要開始了，果然，場上兩人都漸漸放慢了馬速，又盤桓了半圈之後，二胖在左，項羽在右面對面站好，二胖朝項羽一抱拳道：「你在我之前，我稱你聲項兄，你可能都未必知道我名字。」

項羽還了一禮道：「不必客氣，我知道你是三國第一猛將。」

二胖道：「你我交戰，只能說是各為其主，卻並無冤仇，戰場上刀槍無眼，咱們只求盡力就可，不必死戰，項兄意下如何？」

項羽聽二胖說完，微微一笑道：「我也不想要你的命或者把命丟在這裡。」

我長出一口氣，一把搶過秀秀的零食吃了起來，現在，這場決鬥終於可以用輕鬆的心態去看了。

項羽繼續道：「只是我有一個要求。」

二胖道：「請講。」

「如果我贏了，你們答應幫我找到虞姬是吧？」

「是。」

「那好，我的要求就是如果我贏了，你們先不要驚動她，帶我去看她一看，由我決定什麼時候恢復她的記憶。」

二胖道：「這個沒什麼問題，我替我們老闆答應你。」

項羽把槍在馬上一橫：「請！」

二胖把方天畫戟擺平胸前：「請！」

好漢們頓時屏息凝視，全都拿出手機，神情緊張地等著兩人開戰，惟恐一不留神就錯過了精彩片段。吳道子手裡握著筆，看上去倒是滿消閒，可我發現他的眼睛一分多鐘愣是沒眨一下，估計也等著抓拍呢。

再看項呂二人，同時撥馬向對方衝去，兔子畢竟是擁有前世記憶的戰馬，和主人心意相通，項羽微微一弓身，牠已經明白主人要衝鋒，等候施令一發出來，牠早跑在路上了。

項羽一手綽槍，長嘯一聲，待離二胖還有數十步的時候忽然改雙手握槍，劈頭蓋臉向二胖砸了過來，槍馬齊到，這時的二胖才剛剛啟動，眼見槍到，橫舉方天畫戟向上招架，只聽「匡」的一聲巨響，二馬錯鐙，兩人也擦身而過，項羽一扯韁繩，兔子一個漂亮的轉身，虎視眈眈地準備發動第二次衝鋒。

二胖架完那一槍，就莫名其妙地低頭看著大白馬，他試探地牽了牽韁繩，大白馬一動也不動。

其實剛才那一瞬間我們都看得很清楚，項羽那一槍砸下來，大白馬的身子就是一個趔趄，在那之後，牠的腰就好像有點塌了，現在二胖使勁扯牠韁繩，大白馬已經無力做出反應，想不到看上去那麼威風的畜生，居然是個花架子。

於是場上令人抓狂的一幕就出現了：項羽綽著槍等二胖轉過頭來，可二胖卻遲遲沒動靜，人屁股和馬屁股都對著項羽在那使勁。

過了好半天，大白馬總算緩過點勁來開始動了，只見牠前兩條腿內八字，後兩條腿外八字，一搖一擺地慢慢轉了過來，就像小時候坐的搖擺小木馬一樣。兔子見大白馬裝酷終遭雷劈，也稀溜溜笑了一聲。

項羽看看二胖，嘆了一聲道：「等你換了馬再戰吧。」

二胖低著頭也不知道在想什麼，過了一會「嗯」了一聲，然後跳下馬直接騎在摩托車上走了，雲裡霧裡的我喊：「你的馬不要啦？」

二胖的聲音遠遠傳來：「送給你們了。」

然後……這場決鬥就這樣結束了。

古龍大師說得好，高手間的決戰往往就在一兩個回合之間，此言誠不欺我啊！

第六章

世紀暖男

我忽然想起來，道：

「對了羽哥，你剛才跟二胖說什麼？找到嫂子先不要驚動她是什麼意思？」

誰想項羽淡淡道：

「我只是想看她一眼，然後就離開，我沒幾天好活，犯不上再讓阿虞痛苦。」

哇，廿一世紀驚現癡情暖男啊！

二胖走以後，我們都有點無所適從，這場大戰從醞釀到準備工作，牽動了所有人的心，雖然只是兩個人的戰爭，但絕不亞於兩國交戰，因為楚霸王和呂布的名聲，聞之者無不動容，結果前戲做了個十足十，千古第一霸王和三國第一猛將的決戰就這樣草草收場，連我這個怕惹麻煩的人都感到很不滿。

還有一個麻煩就是二胖給我們留下的那匹馬，這畜生今天算搶足了風頭，可惜關鍵時刻掉了鏈子，二胖那小子一拍屁股跑了，把這位爺爺甩給了我們，大白馬緩了一會又站直了。我指著牠說：「誰家缺拉磨的，帶走。」

段景住看了看，說：「沒大事，養好了還能跑，就是打不成仗了。」

大白馬也知道自己丟了人，再沒了那種囂張氣焰，低著腦袋任憑我們發落，項羽終究看不過去，說：「拉回去和小黑一起養著吧。」

兔子見完事了，輕車熟路地蹦上煤車，大白馬見自己的空調車遲遲不來，知道自己被遺棄了，可憐巴巴地看了看兔子，也跳上去了，眾人笑罵：「原來自己會蹦啊。」從此以後大白馬有了新名字：大白兔。

眾人在草地上散了一會步，沒看過癮的方鎮江滿肚子氣沒地方撒，一眼看見邊上那十二面漢白玉屏風了，氣哼哼道：「娘的，這還是老子和老王（原方臘）親手搬的呢，咱也不能白來一趟，拉咱們育才去吧。」我滿意地點點頭，方鎮江這種以育才為家的精神，我很感動。

方鎮江遠遠地衝王寅喊：「你去把車開過來，我往上搬。」

王寅罵道：「你什麼時候能指揮老子了？」嘴裡說著，可還是把車開了過來，跟方鎮江倆人沒用幾分鐘把十二面屏風都堆到車上。

我看著他們笑：「這對冤家。」

花榮和龐萬春坐在地上討論箭法，他倆經常在一起聊天。厲天閏和方臘待在一起，他們背對著梁山的人不知在聊什麼，能把背留給對方，說明他們彼此之間已經沒有什麼敵意了。現在沒解決的就剩寶金和魯智深的了斷了。

我拍拍身邊的寶金說：「你和魯和尚能不能也像這樣相處？」

寶金毅然搖搖頭道：「我和他不行，見面就死磕！」

我深知寶金這種人，平時大大咧咧，可是一根筋，認準了的事兒非得一條道走到黑。這讓我非常頭疼。

這時寶金的電話響了，他接起來沒說兩句，滿臉喜色，大聲道：「真的啊，晚上幾點的車？」

「誰呀？」等他掛了我問。

「我兄弟，一直在外地，今天晚上九點的火車回來，呵呵。」

我說：「用得著這麼高興嗎，我還以為你初戀情人投奔你來了。」

寶金笑道：「這可是我世界上唯一的親人了，我們也好幾年沒見啦。」

我說：「他幹什麼的呀？」

「也是工人——機場的維修工。」寶金邊說邊掏出錢包翻他兄弟的照片，我還是第一次見有人把弟弟的照片裝錢包隨時看的，看來這兄弟倆的感情真是不一般。

寶金邊看邊繼續剛才的話題：「我跟魯智深啊，那不是簡單的恩怨，我們是……」說到這，他突然止住話頭，整張臉像被人拿油墨蓋了一把似的慘然變色。

我忙問：「怎麼了？」

寶金捧著錢包愣愣地不說話。臉色變來變去，眼珠子像要掉出來似的。過了好半天，他才喃喃地說了兩個字：「我靠！」

不管我怎麼問，他就是顛來倒去地那兩個字，我一時火起，掄起巴掌在他禿腦殼上使勁拍了一把。我這一巴掌好像終於把他拍活了，寶金顧不上理我，一把提起身邊的時遷，把錢包杵到他鼻子前大聲說：「你認識他嗎？」

時遷在空中手舞足蹈了半天忽然一呆，尖聲道：「這不是智深哥哥嗎？」

我一時沒反應過來，站在那撓頭不止。

眾梁山好漢一聽時遷叫喊，呼啦一下都圍了過來，就著寶金的手看了眼錢包裡的照片，紛紛像打了雞血一樣大叫：「智深哥哥！」

盧俊義把手放在寶金肩膀上問：「你見過智深？這照片從何而來？」

寶金沒有回答，一屁股坐在地上，自言自語道：「想不到啊想不到，做了三十年兄弟，原來上輩子是仇人……」

眾好漢大嘩：「這就是你弟弟？」

寶金端著錢包苦笑：「魯智深啊，我這段日子是走到哪把你想到哪，可誰能想到是你啊——銀子？」

扈三娘疑惑道：「銀子？」

吳用小聲道：「寶金的兄弟必然叫寶銀。」

我拿過寶金的錢包，看了一眼塑膠層裡那張照片，寶銀也是濃眉大眼，鼻如蒜頭，跟寶金確然有一二分相似，但差別也很大，寶銀明顯比寶金還憨了幾分，目光灼灼，應該也是條直爽漢子。

我小心地跟寶金說：「銀子既然跟以前的魯智深一模一樣，你恢復記憶那天就應該想到是他了呀。」

花木蘭這會也大體明白了其中曲折，說道：「尋仇人當然是從遠想，誰能一下想到朝夕相處的親人身上？更何況兄弟倆是從小一起長大的。」

眾人都點頭，其實他們猛地也想不明白，花木蘭這個局外人一點，才說出了其中的關竅。

我不得不承認花木蘭說的有道理，其實從小一起長大的親人本身就很容易忽略對方的長相，就好像弟弟很難評價姐姐到底是不是美女一樣，不管她是美是醜，好像她天生就應該長成那個樣子。寶金和寶銀分開多年，剛才要不是拿出照片看了一眼，可能還沒意識到自己的弟弟長得像魯和尚。

寶金坐在地上像犯神經一樣念叨：「沒想到，真是沒想到啊——難怪我小時候老不自覺地就要欺負他……」

好漢們又氣又笑，問：「你弟弟現在在哪呢？」

寶金一骨碌爬起來：「他晚上九點的火車到，我得去接他！」

好漢們比他還急：「我們也去！」

寶金愕然道：「你們去幹嘛？那是我兄弟！」

好漢們不樂意了：「我們當兄弟比你早！」

除了四大天王和好漢們，其他人也覺得這事很好玩，項羽他們也非跟著去——於是一同去。

我們先把兩匹馬放回育才，然後重新組隊殺向火車站。

等我們到了那，剛好九點差一刻，一票人呼呼啦啦地擁到出站口，就聽廣播已經在提醒接站的人準備接人了。

眾人都有點興奮，議論紛紛，方鎮江道：「一會兒告訴不告訴魯智深——或者說寶銀實情？」

我說：「我看還是先別說，不管他信不信，畢竟他親哥哥上輩子跟他打過仗，這跟再續前緣可不是一回事。」

我見四大天王和方臘躲在一邊面色凝重地說著什麼，就問：「老王，你們說什麼呢？」

方臘邊擦冷汗邊說：「我們在想親人裡有沒有上輩子的仇家——我有個遠房表弟就長得特像宋江！」

好漢們都問：「真的啊，領來我們見見。」

厲天閏黯然不語，我問：「厲哥，你也想起什麼來了？」

厲天閏良久方道：「你們那都是不確定的，不像我，我家裡真的有一個上輩子的仇人！」

眾人納罕道：「誰？」

「我老婆，我突然想起來她跟我殺過的一個縣令長得一模一樣，難怪她這輩子對我這麼兇！」

眾人都寒了一下——厲天閏他老婆得長成什麼樣啊。

九點十來分的時候，出站口開始大批出人，人們不管認識不認識魯智深的，都踮著腳往對面張望。

過了沒一會兒，從檢票廳裡隨著人群出來一條大漢，濃眉大眼，帶著一股粗豪憨直之氣，也在向外邊的人堆裡探看。只聽好漢們喜道：「來了，果真是智深哥哥！」

寶金這時反而愣在當地，我使勁在他背上一推：「去吧，找你親兄弟去吧。」

寶金如在雲霧中緩緩向前走去，寶銀卻一眼就看見了他，幾個箭步衝出月臺，把包往地上一撇，親熱地捏著寶金肩膀叫道：「哥！」

還不等寶金說話，一干好漢們已經重重把寶銀圍在當中，紛紛叫道：「你還認識我嗎？」

寶銀挨個看看，忽而哈哈笑道：「認識，都認識！」

好漢們大喜：「真的認識啊？」

寶銀跟他們一一握手：「你們不就是跟我哥一起去新加坡打比賽的那群人嗎？」……

好漢們一個個蔫茄子一樣回來了，我問站在外圍的吳用：「軍師，你看那真的是智深哥哥嗎？」

吳用托著下巴觀察良久道：「絕對是，我看他來了這世，個性都沒多大改變，除了上輩子的記憶和功夫，他還是他。」

眾人擁著寶銀出來，寶金反被擠到了最後，寶銀回頭喊：「哥，咱們這是去哪啊？」

我上前一步說：「先吃飯吧，晚上回學校住，你哥現在是育才的老師了。」

寶銀一把握住我的手使勁掂了兩下：「我認識你，全國比賽的時候我看你打過一場。」

那次比賽我也就打過一場，就是把段天狼捶吐血那次，所以寶銀也大概認為我是不世出的高手，腕子上的勁一點也沒保留，把我搖得上下翻飛，這魯智深真是沒白當。

等他放開我，我摸著發酸的胳膊指著車站一棵半人粗的垂楊柳說：「寶銀，你能把那個拔起來嗎？」

寶銀笑道：「開什麼玩笑，我要上輩子是魯智深還差不多。」

出了火車站，寶銀頻頻回頭看寶金，招呼道：「哥，快點，你今天怎麼慢吞吞的？」

方臘摟著寶銀肩膀說：「你得體諒你哥，他正矛盾著呢。」

寶銀奇道：「他矛盾什麼？」

這時寶金好像終於想通了，大步走上前來拉著寶銀的手說：「走，喝酒去。」

寶銀莫名其妙道：「飯還沒吃，喝的哪門子酒？」

寶金朝我們一抱拳道：「各位兄弟，我們哥倆好長時間沒見了，想單獨待會，吃完飯我們就回學校。」

寶銀被寶金拉著邊走邊說：「讓大家一起去唄……」不一會兩人就遠遠的去了。

張清道：「你們說寶金不會趁智深哥哥喝醉了，害他性命吧？」

王寅不屑道：「寶金要想害魯智深還用得著喝酒嗎？」

張清怒道：「你什麼意思，難道說我們梁山好漢不如你們八大天王不成？」

秀秀小聲道：「你們別吵了，哪有哥哥害自己弟弟的？」

王寅忍不住道：「現在的魯智深本來就不如寶金。」

張清道：「有本事不要吃藥試試。」

王寅哼了一聲：「不吃藥我認識你個毛呀。」

方臘呵呵笑著對盧俊義說：「俊義兄，這次若沒有我們，只怕梁山的各位來這一年過得也無聊得很。」

盧俊義也笑道：「那倒是。」

至此，我的最後一樁心事也算了結。

作別眾人，我們原班人馬往當鋪趕。

在車上，項羽忽然說：「其實我挺羨慕寶金的，不管是仇人還是兄弟，至少他總算又見到了朝思暮想的人。」

我忽然想起個事來，忙道：「對了羽哥，你剛才跟二胖說什麼？找到嫂子先不要驚動她是什麼意思？」

誰想項羽淡淡道：「我只是想看她一眼，然後就離開，我沒幾天好活，犯不上再讓阿虞痛苦。」

哇，廿一世紀驚現癡情暖男啊！

我說：「你這是何苦呢，看張冰不是一樣麼，你就當她是嫂子轉世，外表又像。」

項羽慢慢搖了搖頭。

我說：「你也覺得她不是虞姬了？」

項羽苦笑。

晚上包子跟我說：「強子，你說咱是不是該訂飯館了，十月二號結婚，現在都九月底了。」

我點頭。

「還有車隊，起碼還得添置幾件能看得過去的傢俱吧，反正這沙發得換。」

我點頭，我也沒打算讓這三條腿的沙發見證我們喜結連理的全過程。

最後包子還是不放心，說：「乾脆我從明天就請假，和你一起張羅吧。」

我急忙擺手：「不行，我不批。」有她跟著，我一件事也辦不成。

包子笑道：「你又不是我們老闆，你批不批幹什麼？」

我高深笑道：「包子，你最羨慕你們店裡誰的活兒，想當經理嗎？」

包子不以為然道：「當經理幹什麼？才比我多拿不到一千塊錢，累得要死。」

嘖嘖，心真寬，才比她多拿不到一千，她怎麼就不說她的工資一共才不到一千呢？

我說：「那算帳的呢，那活輕鬆。」

包子撇嘴：「太費腦子，還得操心帳目對不對。」

「……那你羨慕誰呀？」看來包子所圖非小，還真有當大掌櫃的天分。

包子把手捧在胸前：「要說啊，我最羨慕我們店裡那個剝蔥的，坐在小板凳上只管剝蔥，又不操心又不累。」

我：「……」

第二天我真開始忙活了，先給各個大飯店打電話，結果，六成以上都滿了，還有幾家倒是有一兩個廳空著，可一聽我這要按五百人的規模上菜，直接就把電話掛了。

碰了一上午的釘子我開始有點急了，這要找不到飯店，我們總不能在街上辦喜宴吧？最後我只得打電話求助金少炎，這些大飯店他總比我熟。

誰知金少炎一聽也挺為難，那幾天正是結婚的高峰期，想找一個能接納五百人的大飯店，除非提前幾個月預定，這當口確實困難。

金少炎忽然靈機一動說：「要不在野外搞成酒會模式，來個西洋式婚禮？」

我說：「就那種『你願意嗎？我願意』的？」

金少炎興奮道：「對呀對呀，你要同意，什麼都不用管，我派專人負責給你搞，絕對讓人一看以為是英國女王就任儀式呢。」

「行了吧！你這主意還不如讓我們在小飯館吃流水席呢。」

金少炎被我一頓數落，無奈說：「好吧，那我可只負責車隊了，地方你得趕緊想了，要不請柬也發不出去。對了，請柬得給我一份，最好讓那幾位大家都寫幾筆——」

我掛了電話還沒等幾分鐘，手機響了，接起一聽，一個鬼鬼祟祟的聲音說：「小強嗎，快接我離開這兒！」

我問：「九五二七？」

「是我。」

「你怎麼了？」

「不多說了，你快來吧！」

等我到了育才才知道出什麼事了，魏鐵柱和李靜水的回歸像是一個信號，短短半天之內，三百戰士又回來五十多個，剩下的大概也在路上了，也就是說，秦檜敢出家門一步，就會被岳飛的死士們發現，就算他待在房子裡不出來，也沒多少安全感——就像籠子裡的老鼠被五十多隻貓圍著是一個意思。所以秦檜要求立刻轉移陣地。

我來到秦檜房間，這小子嚇得把窗簾拉得死死的，臉色蒼白，我往樓下看了看，偶爾會有戰士們的身影走過，現在就算要把秦檜從這裡帶到車上也頗費周折了。

我狠狠瞪了他一眼說：「以前沒幹好事，現在後悔了吧？」

秦檜哆嗦道：「別扯這些沒用的了，快帶我離開這，下輩子我做好人。」

我鄙夷道：「做好人？你以為好人那麼容易做嗎，拾金不昧、坐懷不亂、不欺暗室、這些你都做得到嗎？」

秦檜低著頭不說話，良久抬起頭問：「你能做得到嗎？」

我：「呃……」

秦檜笑呵呵地站起來跟我握了握手：「下輩子咱們一起努力。」

為了裝扮秦檜我可費老勁了，先是把開車時戴的墨鏡給他戴上，又從工地要了頂草帽扣在他腦袋上，最後把他下巴上的長髯都剃了，只把嘴上的鬍子留下並且刮成八字。

我退後一步看了看他，滿意地說：「嗯，現在你才像個漢奸了。」

出門前，我鄭重提醒他：「出去以後要像沒事人一樣，你要鬼鬼祟祟被岳家軍識破，我可不救你！」

我發現我的提醒純屬多餘，這老漢奸在家戰戰兢兢的，可一出了門立刻一副閒庭信步的樣子。

到了車上，秦檜躲在咖啡色的玻璃後面，摘下草帽扇著涼風，那悠閒的樣子讓我恨不得一腳把他踹出去，我忿忿道：「你心理素質不錯呀，怎麼做到的？」

老漢奸悠閒地說：「這有何難，我就當自己是李奧納多，在躲避女粉絲的糾纏。」

我瞪他一眼道：「趕緊想去哪，我還有事呢。」

秦檜道：「還去我以前住的那裡吧。」

我說：「想得美，那是老子的新房，你甭想禍害了。」

老漢奸枕著胳膊說：「那就你看著辦吧，反正我現在去哪都能湊合。」

就這麼個工夫，從校門口又回來兩個風塵僕僕的岳家軍戰士，他們老遠看見我就跑過來衝我打招呼，我沒敢下車，簡單聊了幾句讓他們先去休息了。再回頭，秦檜已經鑽到車座椅底下了。

這地方不能待了！昨天李靜水和魏鐵柱一回來我就感覺有些不對，我邊開車邊說：「岳家軍很可能已經找到岳飛了，你小子就等著挨千刀吧。」

秦檜鑽出來，輕鬆地說：「找到就找到唄，我還巴不得見見岳飛呢。」

「你當初害完岳飛，真的一點也沒後悔？」

秦檜咂摸著嘴道：「我後悔不後悔就不說了，岳家軍想殺我那也正常，可岳飛是明白人，他肯定知道他之所以死，是因為犯了皇上的忌，他要真的想當忠臣那就不該抱怨，人應該怎麼活是自己選的。」

老漢奸的一番話說得我有點發愣，想想也是，一位百戰百勝的元帥，最後死在「莫須有」的罪名之下，他肯定明白是怎麼回事；就算沒有秦檜，當初宋高宗要把一杯毒酒擺在岳飛面前說「你去死吧」，岳飛八成還是會眉頭也不皺地喝下去，這就是命運悲劇。

岳家軍鐵的紀律造成軍隊只知有岳飛，不知有皇帝，在封建社會裡實屬致命的錯誤，這就是所謂的功高蓋主必遭嫉；歷史上，凡是「某家軍」其將領多半不受統治者的待見，從劉邦殺韓信，到趙匡胤「杯酒釋兵權」，再到岳家軍戚家軍受排擠，都說明這一點。

老漢奸的最後一句話「人應該怎麼活都是自己選的」也很有道理，把岳飛和吳三桂易地而處，老吳自然也是眉頭不皺就造了小趙的反，而岳飛多半會一邊匡復大明，一邊死守山海關，照樣不難千古留名。

想到吳三桂，我笑道：「九五二七，給你介紹個朋友，這幾天你就在我那住著，等我結了婚再說。」

「誰呀？」

「先別問，說了你也不知道，你倆肯定有共同語言。」

等到了地方，秦檜下了車嘖嘖地說：「你就住這種破地方呀？」

我邊鎖車邊說：「少廢話，這可是藏龍臥虎——輌子，領著九五二七上樓。」

二傻走過來看了秦檜一眼道：「我認得你。」上次張冰請吃飯的時候見過。

上了樓，花木蘭和吳三桂正在一幅很大的棋坪上下棋，項羽在一旁觀戰，花木蘭和吳三桂一人執白一人執黑，都是手拈棋子，一副高深的樣子，待吳三桂下落一子，花木蘭忽然把白子拍在棋盤上，笑道：「我雙活三，你輸了！」敢情倆人下五子棋呢——肯定是包子教的。

這些人裡，項羽是見過秦檜的，見他上來，微微向他點了點頭，我說：「九五二七，上次沒顧上好好跟你介紹，這位是西楚霸王項羽。」

秦檜卑顏奴膝勁又犯了，拉著項羽的手假笑道：「小弟初來乍到，還請多多關照呀。」

我又跟他介紹花木蘭說：「這位是巾幗英雄，代父從軍的木蘭姐。」

秦檜對無權無勢的人並不感興趣，只跟花木蘭點了下頭。

我一指吳三桂道：「這就是我要給你介紹的朋友了，吳三桂，你以後叫三哥。」

吳三桂聽我這麼說，知道秦檜是自己人，邊下棋邊問：「小強，這位老兄怎麼稱呼？」

秦檜見吳三桂氣勢儼然，陪著笑道：「在下秦檜，在宰相任上也待過那麼幾年。」

吳三桂手裡把玩著棋子「唔」了一聲，顯然是滿腔心思都在怎麼贏花木蘭上。

我指著臥室說：「那個玩遊戲的胖子是秦始皇。」

秦檜「哎呀呀」一聲，小跑著往裡去：「始皇陛下在此，秦某可得好好恭聽聖訓一番。」

他剛跑到臥室門口，吳三桂緩過神來了，猛抬頭道：「你說你是誰？」

秦檜回頭道：「在下秦檜。」

吳三桂放下棋子，問道：「可是南宋時期高宗治下秦檜秦會之？」

秦檜見有人居然知道他的字，喜道：「正是正是……」

這時，我見跟著荊軻一起上樓的趙白臉忽然做了一個很奇怪的動作，他把一本雜誌款款擋在臉前。

在下一秒，吳三桂突然發難，沒來由地抄起裝棋子的罐子甩向秦檜，嘴裡爆叫一聲：「狗漢奸！拿命來！」

屋裡所有的人都猝不及防，眼見兩個人好好的說著話，誰知道就開打了！吳三桂戎馬一生，臂力奇強，丟出去的棋罐子又準又狠，堪堪砸中秦檜的額角，罐子裡的棋子四下繃飛，打得人臉上生疼——我現在才明白趙白臉為什麼那麼做了，棋子濺在他臉前的雜誌上崩吧亂響，卻一點也沒傷到他本人。

秦檜血流滿面，愣了一下，轉身就往樓下跑，吳三桂一個箭步站起，乍開雙臂來擒他，嘴裡依舊罵道：「老賊哪裡走？」

項羽拉住他，奇道：「老吳，怎麼回事？」

我見機不對，忙示意項羽阻住吳三桂，跟著跑下樓去，只見秦檜正使勁扒住車門爹娘亂喊，我急忙開了車門放他進去，然後一踩油門離開當鋪，只聽樓上吳三桂大怒如狂的聲音仍舊左一個「狗漢奸」，右一個「賣國賊」在罵著。

等離了「險地」，秦檜驚魂未定，抽出一堆紙捂在額頭，過了好半天才叫道：「那老瘋子怎麼回事，你不是給我介紹朋友嗎？」

我也挺納悶的：都是漢奸，按說不至於呀——

秦檜又道：「吳三桂……這名字陌生得很，難道是岳飛餘黨？」

我實事求是地說：「在你老後面了，也不是什麼好鳥。」我大略地把吳三桂的事蹟跟他說了一遍。

「那他為什麼打我呀？」秦檜看著眼淚都快掉下來了，被岳飛的子弟兵剮他沒得說，現在居然被一個後輩的漢奸唾棄，禁不住滿腔的委屈。

最後我一拍大腿：「知道了，老吳根本沒當自己是漢奸。」

秦檜叫道：「他怎麼不是漢奸？」

我輕笑了一聲：「你跟人家比不了，人家老吳打起仗來身先士卒，恨他的人巴不得一刀砍掉他的頭，你呢？」

秦檜愕然：「我怎麼了？」

「油條和雞腦就是例子，人們對你不是簡單的恨，這麼說吧，不管你落在誰手裡，誰都不捨得一刀把你殺了——我這麼說你能明白嗎？」

秦檜苦著個臉說：「現在你打算把我送哪去？」

我把車停在路邊也一陣好想，除了育才和當鋪，我現在要想安排一個人其實並不難，老虎的武館或者是古爺的茶樓都可以，可是秦檜畢竟不是蘇武，蘇武人是髒了點，可心乾淨，秦檜這種人輻射性太強，見了有家有業的人就得想法給你禍害了。

秦檜見我為難的樣子，破罐子破摔地說：「你也別想了，直接給我塞一壞蛋成群的地方吧。」

聽他這麼一說，我眼前一亮，還真想到一個地方……

要說壞蛋成群又不怕禍害的，我看除了柳下蹠那裡，也沒別的地方了。

我邊開車邊問秦檜：「柳下惠你熟嗎？」

秦檜驚訝道：「你不是打算把我送他那去吧？」

「想什麼呢，他弟弟。」

「他弟弟是……」老傢伙不愧是熟知道歷史的奸臣：「柳下蹠——盜蹠啊？」

我笑道：「合你脾性吧？」

秦檜搖搖頭道：「不是一個路數的……」

……

到了老地方，那個顯眼的啤酒攤還在，夥計也還是上次那個，周圍環境沒什麼改變，我帶著秦檜坐下，心裡稍微有點發慌。

這時我看見一個熟人——紅毛帶著幾個人從馬路邊上溜達過來，我急忙跟秦檜說：「低頭！」在事情沒搞明白以前，我不想再把這些小混混惹上。

躲得過紅毛卻躲不過啤酒攤的夥計，他走過來剛想問我們要什麼，看了我一眼後叫道：「這不是……強哥嗎？我們老闆經常念叨你呢！」

我樂了：這啤酒攤還真讓柳下蹠給盤下來了。既然是自己人的地盤，我抬起頭慢悠悠地說：「你們老闆呢？」

小夥計招手喊：「紅毛，王老闆呢？」

紅毛也認出了我，急忙跑過來，點頭哈腰地給我上菸，這還是我頭一次體會當老大的感覺，不禁拿腔拿調地說：「老王呢，讓他來見我。」

紅毛陪笑道：「我們老大他……」說到這，紅毛似乎有什麼難言之隱，頓了一頓才撓著頭道：「他……健身去了。」

「健身？」

我正納悶時，就見柳下蹠遠遠地朝這邊過來，背還是直不起來，不過穿得挺闊氣，真絲襯衫，筆挺的西褲，背著手施施然地走著，拎著一個不大不小的袋子，也不知道裡面裝的什麼。

我問紅毛：「你們王老闆『事業』發展得挺順利？」

說到這個，紅毛滿臉欽佩地說：「別提了，不服不行，那天你們一走，我們老大就領著我們去旁邊那家夜總會了。你知道，我們這種人進去只能撈點小便宜，人家看場子的都是道上有頭有臉的人物，我們老大直接就放話了：『以後這裡我獨一家，各位請便吧』，結果你猜怎麼樣？」

秦檜道：「怎麼樣？」

紅毛道：「對方上來就打我們老大。」

我說：「廢話！後來呢？」

秦檜問：「柳……你們老闆一個把他們全打跑了？」

紅毛兩眼放光道：「我們老大根本就沒還手，開始脫褲子，後來你猜怎麼樣？」

我目瞪口呆道：「對方就正好愛這種？」

紅毛瞪了我一眼，繼續說：「我們老大居然當眾撒了一泡尿，不管對方怎麼打他，甚至拿刀砍他，愣是沒攔住，我們老大撒完才沒事人一樣把褲子繫住……」

我拍著心口說：「停！」這也太噁心了！

「從那以後，再也沒人跟我們搶夜總會的生意了。」

我說：「是嗎，這一路上那幾個收費廁所你們也是這麼拿下來的吧？」

紅毛怒視了我一眼，憤然離去。看來柳下蹠現在在他們眼裡儼然天人，是不容褻瀆的。

柳下蹠老遠看見我，滿面帶笑地走過來：「小強來了？」

我好奇地看看他手裡的袋子，問：「聽說你健身去了，拿的什麼？」

柳下蹠不好意思地從袋子裡掏出幾個被人丟掉的瓶瓶罐罐，我見四下無人，低聲說：「老毛病還沒改，你知道你現在是誰嗎？」

柳下蹠道：「剛開始的時候迷迷糊糊的，好幾次差點露了馬腳，後來時間一長也就慢慢明白過來了。」

柳下蹠說著從兜裡掏出一堆紙片，我拿過來一看，見上面寫著：「你是柳下蹠。」還有幾張寫著「你不僅是王垃圾，你更是兇殘的柳下蹠」「王垃圾和柳下蹠是一個人」……

我看了一會笑道：「管用嗎？」

柳下蹠道：「用處不大，王垃圾不怎麼認識字。」

「那後來呢，你不會一會兒說著說著話就不認識我了吧？」

柳下蹠道：「那倒不至於，有一段時間反覆特別厲害，跟感冒突冷突熱一樣，有時候一分鐘之內能來回倒騰好幾次，慢慢地也就習慣了，現在最多就是變成王垃圾以後有點見不得血，可心裡還是清楚的。再有——」

柳下蹠一舉手裡的垃圾袋，「多少年的習慣了，想改也沒那麼容易，索性一有工夫就當健身在周圍溜達溜達，一毛兩毛也是錢嘛。」

話說歷史上各種各樣的ＢＯＳＳ都不缺，有好細腰的，有愛小腳的，有能吟詩作賦的，這愛揀破爛兒的我還是頭一次聽說。

秦檜知道自己以後得在破爛王這得過且過，奉承道：「柳下先生開源節流的法子很特別呀。」

柳下蹠看了一眼秦檜，問我：「這是哪位？」

我忙說：「這是我給你帶來的朋友，在你這住段日子。」

柳下蹠忙探過身跟秦檜握手：「歡迎歡迎，以後這個啤酒攤和那個垃圾回收站歸你負責。」

我在柳下蹠耳朵邊低低地說：「這傢伙腦子夠使，但是他說的話你可不能全聽。」

這紅黃綠三毛雖然也不是什麼好東西，我還真怕秦檜挑唆得他們幾個造了柳下蹠的反，要是因為幾個收費廁所互相傾軋就不好了。

好不容易把老漢奸安頓了，我開車往當鋪走。從柳下蹠那開始，我就發現一輛帕薩特一直跟在我後頭，給他讓了幾回道，他也慢下來龜縮在我屁股後頭。

等我快出公路的時候，這傢伙忽然抄到我前頭，開始有意無意堵我，最後在一片荒灘邊上，這小子使勁把我逼到了路邊。

我急踩剎車，身子幾乎飛出去，等車停穩，我迫不及待地把頭探出去罵道：「王八蛋，你會不會開車啊？」

沒想到對方比我還衝，二話不說跳出車來，車門都顧不上關，指著我喝道：「你下來！」

這人年紀大概比我輕一兩歲，卻留著一把大鬍子，個頭也跟我差不多，可是比我壯了幾分。

這大鬍子上下仔細打量了我幾眼，氣哼哼地問：「你是蕭強嗎？」

對方原來知道我是誰，我心稍稍一提，別是我得罪過的什麼人伺機報復我吧？要真是這樣可就壞了，人家肯定是準備充足呀。可是我看了半天，車上下來的除了大鬍子就再沒別人了，四周是一片荒涼，也不能有什麼埋伏。

大鬍子喝問：「認識我嗎？」

我搖頭。

大鬍子又問：「那你是散打王嗎？」

我點點頭，他既然知道我是散打王，多少該對我客氣點了吧？

哪知道我這一點頭不要緊，大鬍子氣得暴叫起來：「你是狗屁的散打王！」

我一時納悶，只好拿出電話對他使用讀心術，只見上面出現的是武林大會的場景，大鬍子站在領獎臺上，一手捧著個大號喇叭似的獎盃，另一手端著燙金的證書，上寫三個大字：散打王！

我只一愣的工夫就全明白了：散打王的決賽，我跟梁山的人其實都沒有參加，而之前最有力的爭奪者是段天狼，段天狼為了吸引眼球，甚至打出了「打遍天下無敵手」的旗號，最後在團體賽上被我一拳打吐血了，武林大會的精彩部分到那其實就算結束了。

再之後，程豐收帶著紅日武校退出決賽，好漢們遇到四大天王的突襲，最有實力競爭單賽的董平最後一天也沒去，而段景住遇到的則是王寅，隨著四強裡這三個人的退出，散打王的稱號就便宜了董平的對手——即我眼前的大騷子。

所以嚴格意義上講，「散打王」不是我也不是董平，而是大騷子。

但是說實話，後面的比賽有點了無生趣，大家記住的是我那幾秒鐘的出場，一說散打王，人們第一時間想起的就是我。至於大騷子，除了領了一個大號喇叭，幾乎被人們遺忘乾淨了。

這就是整個事情的前因後果，大騷子生氣我可以理解。我撲哧一樂：「對不起呀兄弟，原來你才是真正的散打王。」

大騷子冷冷道：「你記得我啦？」

我忍著笑，說：「記得了記得了，這假李鬼碰上了真李逵，失敬了，改天請你吃飯。」說著我就往車上走。

誰知大騷子並有沒絲毫要讓路的意思，依舊叉著腰怒視著我，我無奈地攤手：「那你想怎麼樣嘛？」

大騷子瞪了我一會，忽然跳著腳叫道：「窩囊死我啦！現在除了我媽，誰還認識我這個散打王？不行，我得跟你打一場，我要輸了，親手把獎盃和證書給你送家去，如果贏了，至少贏個踏實，來吧！」

我趕緊後退幾步，靠在車門上說：「你要真想打，我給你找幾位怎麼樣？」

武林大會裡進了前四的選手，我知道那意味著什麼：面前的大鬍子他可能不是王寅的對手，也可能打不過董平，可重要的是——他收拾我絕對綽綽有餘！

大鬍子逼近一步道：「我就和你打，誰讓你是散打王呢？」

我掏出菸來遞到他眼前：「你先冷靜冷靜，抽根菸。」

大鬍子使勁一推：「今兒你打也得打，不打也得打……」

我不等他說完，把一塊東西遞到他手裡：「吃餅乾。」

大鬍子：「……」

這小子明顯被我的跳躍性思維弄懵了，他把餅乾隨手塞進嘴裡嚼著，繼續說：「就算你報警抓我，我遲早有出來的時候，這輩子我就訛上你了！」

我把另半片子母餅乾慢慢放進嘴裡，陰險地笑了。我知道今天這事非得解決不可，這大鬍子明顯是個武癡，不把他打發了遲早是麻煩，而我把他幹倒唯一的辦法也就只能靠歪門邪道了。

把餅乾剛下肚，我只覺全身骨節嘎巴嘎巴一陣響，跟複製方鎮江那時的感覺差不多，看來這大鬍子功夫也不弱！

大鬍子見我身上有異動，警覺地拉開架勢，眼裡放光，道：「嘿，果然有門道，放馬過來吧。」

我斜倚在車上，下午四五點的太陽照著我，在地上拉出長長的影子，在這絢麗壯美的景色中，我冷峻地嗤笑一聲：「我問最後一個問題。」

「說！」

「……不打行嗎？」

大鬍子衝了上來。

大鬍子可真不是我的對手，因為我們倆用的是同一種功夫，而且擁有同樣的身體素質，本來應該是旗鼓相當的，可我的拳頭就是比他快了那麼一點點，力氣比他大了那麼一點點，所以大鬍子所做的唯一事情，就是用自己的臉狠狠地揍了我的拳頭，把他自己揍得狼狽不堪。

最後大鬍子只好由進攻轉入防守，這樣我就很無奈了，我並不想把他怎麼樣，而且讓我客場進攻，我也有點力不從心，大鬍子只好又殺了上來，他往左一閃，我沒動，我看出那是虛招，他往右一衝，我一拳把他打了回去，他身子剛一動，我一腳就蹬在他膝蓋上，再一動，我沒理他，因為那又是虛招。我看了下表，十分鐘快過了……

又試探了幾次，大鬍子終於頹然地坐到地上：「服了，這回沒什麼可說的，了了一樁心事。」

這時十分鐘剛過，我把大鬍子拉起來，由衷說：「兄弟，好功夫呀。」雖然我不是行家，畢竟和土匪們老在一起，起碼的眼光還是有的，大鬍子這身功夫擱在現代滿夠用，比老虎要強不少。

大鬍子聽我不像是在諷刺他，就著我的手站起來，含羞帶愧地說：「蕭哥，我看出來了，你都沒使全力。」

我也含羞帶愧地說：「我就沒怎麼自己用勁……」

大鬍子當然聽不出其中的差別，拉著我的手說：「蕭哥，以後兄弟要常找你請教了。」

我連連擺手：「不敢不敢。」我餅乾實在不怎麼多了。

大鬍子把一張名片遞給我說：「上面有我電話，十月八號我的店開幕，蕭哥你一定得來！」

我一看名片，頭銜欄上寫著：快活林大酒店總裁。再一看名字：蔣門紳。

我喃喃道：「蔣門紳……蔣門神啊？」（編按：蔣忠，綽號蔣門神，《水滸傳》中最著名的惡棍之一）

蔣門紳不好意思地笑起來：「朋友們都這麼叫，後來叫開了，索性咱就開家『快活林』。」

我又低頭看著名片說：「你這店有多大？」

「三層樓。」

「……接待個五六百人不成問題吧？」

蔣門紳不屑道：「五六百算什麼，咱一層樓兩個廳，一個廳能接待三百人，你自己算。」

我叉住他的肩膀，目光灼灼地說：「也別十月八號了，你幫強哥個忙，十月二號就開業吧！」

蔣門紳一聽我要結婚用，爽快道：「那沒得說，水果和菸酒你自己備，飯菜算我的！」

「那怎麼行，該多少錢就多少錢，你肯幫我，我就領大情了。」

蔣門紳揮手道：「再說就沒意思了。」

我知道他也不在乎這幾個小錢，就沒再爭，自古窮文富武，有閒心思把功夫練到這份上的，家裡肯定不缺錢；看他這樣，大概是金少炎和老虎的結合體：一個好武的紈褲子弟。

沒想到打一架還解決了個大問題，我滿心歡喜，忽然我出了一腦門子冷汗，然後替蔣門紳慶幸：幸虧方鎮江沒覺醒，要不就衝這名兒打死你！

第七章

攻守同盟

我跟李師師說：「表妹，我買小別墅的事，

你嫂子還不知道，所以當鋪那你還得佈置佈置。」

我又轉臉跟花木蘭說：「姐，轎子這事你得替我保密。」

花木蘭：「……行。」

「那咱們可就定了攻守同盟了！」我摸著下巴想。

我回到當鋪，包子已經回來了，項羽他們卻一個也不見了。我隨口問了聲，包子說：「我回來的時候他們就不在了。」

我端起杯水邊喝邊說：「咱們的事定在『快活林』酒樓，你們家那邊你通知吧。」

包子：「在哪？」

我把蔣門紳的名片給她看，包子笑道：「你朋友裡還有總裁呢！開小飯館的吧，能坐下十桌嗎？」

我一揮手：「去了你就知道了。」

「嗯，剛才你爸還打電話問這事呢，還說……」包子坐在凳子上摘著菜，有點不好意思地說：「還說給我封了一個大紅包。」

我喝水，說：「給你就拿著，老爺子有錢著呢。」

包子站起身說：「你把豆角摘了，我去做飯。」一會兒，包子從廚房探出頭來說：「強子……」

「啊？」

包子欲言又止，最後期期艾艾道：「咱倆結了婚，大個兒他們是不是就要走了？」

我心一提：「你希望他們走嗎？」

包子嘆口氣說：「我當然不希望，我覺得咱們像一家人一樣，這樣挺好的。」

她就算再憨，也知道天下沒有不散的宴席，即便我別墅裡有足夠的房間給他們住吧，一年之期滿了也留不住他們。

想到這，我也有點黯然，說：「朋友是一輩子的，以後咱們可以相互走動嘛。」

飯快熟的時候，包子說：「你給大個兒打個電話，怎麼還不回來？」

我摸出手機給項羽打過去，門口車也不在，估計他領著五人組出去溜彎去了。

電話是花木蘭接的，我問他們在哪兒，花木蘭道：「呂布找到馬了，項大哥正要和他決戰呢。」

我騰地一下站起來，迎著包子好奇的目光只能小聲說：「什麼時候開始？」

「我們剛到老地方，項大哥正在遛馬，呂布還沒來呢。」

我急得一跺腳，萬幸決鬥還沒開始，我捂著電話說：「我一會就過去。」

項羽他們越來越不像話了，這麼大的事也不告訴我一聲，包括那個趙白臉，明知道吳三桂要暴走摔棋，只顧自己把臉擋著，也不提醒大家一下，我現在腦門上還有被圍棋子兒打到的紅點呢。

包子往上端菜說：「他們呢？」

我說：「他們外頭吃，別管了。」

包子哦了一聲，奇怪地看著我說：「你站著幹什麼，洗手吃飯。」

我現在是心急如焚，哪有心情吃飯啊？可是再急，這當口我也沒辦法，如果實話告訴包子我要去找項羽他們，那沒理由不帶著她，到時候包子就會看到自己的祖宗騎在馬上正在和一個胖子對砍……

現在熱氣騰騰的飯菜已經擺上了桌，我在椅子上擰來擰去，然後忽然衝進廚房把正在做最後一道菜的包子拉到飯桌上。

包子叫道：「還沒熟呢！」我順手把火關了，把她按在我對面的椅子上，從冰箱裡拿出上次和金少炎喝剩下的半瓶上等紅酒，把兩個高腳杯倒滿。

包子看著我瞎抽風，笑道：「你犯什麼神經呢？」

我舉杯，款款說：「難得我們過個二人世界，乾杯。」

我們一飲而盡，包子放杯淺笑，暈生雙頰。我又倒上酒，拉過包子的一隻手說：「這兩年……辛苦你了。」我握著她的手說：「以後我一定好好待你，努力工作，然後像童話裡那樣：小強和包子從此以後過上混吃等死的幸福生活——」

包子樂，喝酒。

我給她倒酒，說：「對了，送你個小禮物。」

「什麼呀？」包子滿臉柔情。

我拿出手機，先在心裡默想了一會，然後對自己使用了一個讀心術，手機螢幕上頓時出現了一顆撲閃撲閃的紅心。

我把手機捧到包子臉前。包子用手捂住了嘴……

我得意道：「喜歡嗎？」

包子小心地接過手機，端詳著裡面那顆似乎就要撲出來的紅心不言語，我懷疑她下一秒就會哭出來，然後像電影裡那樣撲到我懷裡……

結果包子看了半天最後說：「就你這破手機還能收彩圖呢！」

我：「……」

大家看到這，大概也明白我的用意了：是的，我是想把包子先灌醉，再去看項羽的決戰。

可問題是光靠半瓶紅酒就想把兩個還有些酒量的成年人灌醉是不切實際的，所以後來我只能又開了好幾罐啤酒，就這樣和包子你一杯我一杯地喝了起來。

平時我們兩個出去吃飯也喝點，但是像這樣喝還是第一次，我們好像說了不少平時說不出口的肉麻話。之所以說好像，是因為……我比包子先醉了。

酒喝到最後，我搖搖晃晃，包子站起來，把我扶到床上，把桌上的飯菜收拾了，自己也回屋躺著去了，累了一天加上酒精作用，不一會兒就發出了輕微的鼾聲。

我終究是心裡有事睡不實，聽她睡著了，躡手躡腳地出來，在廚房裡拿個花捲，輕聲下樓。

上了馬路，我隨手攔了輛計程車，醉醺醺地坐進車裡，邊啃花捲邊說：「去……春空山別墅區。」

司機是個精瘦漢子，聽我要去的地方，有點不情願地說：「要不您換輛車？我這快到交車時間了。」

我二話不說往方向盤上丟了兩百塊錢，我知道司機們一般都不愛去這些地方，路遠倒沒什麼，主要是回來的時候肯定得空車走。你要把來回車費都給他，他巴不得你去好望角呢。

果然，漢子見我出手闊綽，一踩油門就走。

我們的車在傍晚的高峰車流裡慢慢徜徉，我看了眼錶，放倒包子──或者說被包子放倒花了我不少時間，恐怕項羽已經開打了。

我跟司機說：「師傅，能快點嗎，我很趕時間。」

漢子攤肩膀：「按個喇叭罰二百，超速一千五，我能快得了嗎？」

我一聽那話裡話外還是想要錢，又往擋風玻璃上拍了五百塊錢。

漢子看了看那些錢，笑道：「得，咱今天也來個《玩命快遞》。」

漢子把車停在路邊，摩拳擦掌躍躍欲試，我好奇地看著他，問：「怎麼，你也要換個方向盤？」

只見漢子把一張卡帶塞進錄音機，我還以為是什麼振奮人心的音樂呢，想不到裡面傳來的是一陣賽車奔馳時的轟鳴，再看漢子，兩眼發光，把雙手掰了掰，就著那陣賽車轟鳴的聲音連超數十輛車，且都能在紅燈將將要亮的時候衝過路口。

我五體投地地說：「師傅是賽車手出身嗎？」

漢子呵呵一笑：「算不上專業，就是業餘愛好而已。」

可就是有一點，除了賽車聲，我老聽見裡面有奇怪的「叮咚」聲，我問漢子：「師傅，這是什麼聲音？」

漢子聽了一下，道：「哦，那是吃金幣呢。」

我愕然：「……跑跑卡丁車呀？」

這位玩心很重的司機跟我說：「想開快車，你就得當自己在遊戲裡。」

我面色慘變，一下車我就吐了。

好漢紛紛回頭看我，但沒人跟我打招呼，又把目光攏回場中，在場上，二胖騎了匹屁股上帶標記的大花馬和項羽已經交上手了。

我晃悠著走到花木蘭跟前，問：「打了多久了？」

花木蘭皺著眉頭，眼睛眨也不眨地看著交戰的兩人，說：「有一陣子了。」

我舉手高呼：「羽哥加油！」結果乏人回應，眾好漢包括方臘和四大天王都面色凝重地關注著場上的局勢。

我察覺到不對勁，一拉吳三桂：「怎麼了這是？」

吳三桂衝對面努努嘴道：「這倆人拼上命了！」

我叫了一聲：「怎麼會？」這倆人上次見面氣氛很好，很和諧呀。

吳三桂道：「高手較量，不出全力就得死，打到這份上，拼不拼命已經不是他們說了算的了。」

我看了一眼趙白臉，只見他盤腿坐在地上，一個手掰著腳丫子，但是滿臉戒懼的樣子，應該是感應到了項羽他們身上的凜冽殺氣。

二胖今天騎的那匹馬大概是久經訓練的軍馬，連那馬的眼神裡都有一股子狠辣勁，雖然看著比大白兔醜多了，但野性十足。

這時正是二馬一錯鐙的工夫，二胖一手抓韁繩，一手綽著方天畫戟，撥轉馬頭間像一隻展翅雄鷹獰視項羽，三國第一猛將的氣勢完全激發出來了。

他今天穿了一身運動服，那套皮甲大概是上次被我挖苦得不好意思帶來了。這匹大花馬載著二胖那膘肥體壯的身子旋即又一個衝鋒，那條大戟被燈光一打閃閃發亮，看著應該不比項羽的霸王槍輕多少。二胖可以說完全變了一個人。

相對呂布，項羽表情沉靜，一回馬，大槍分心便刺，呂布用戟一磕，戟頭順著槍桿滑下來，招法熟極而流，項羽握牢槍身，雙臂一震，那槍像有了生命的靈蛇一樣扭曲起來，「吭」的一聲崩開呂布的方天畫戟。

林沖觀看多時，嘆道：「我一直以為霸王兄之所以百戰百勝是因為力氣過人，想不到招數也精絕如此。」

我緊張地抓住林沖的手問：「哥哥，那你看誰能贏？」

林沖搖頭道：「不過三五百招看不出來，不過二虎相鬥，最終只怕是傷敵一千，自損八百。」

這時項呂二人帶定馬，就在半空中廝殺起來，你一槍我一戟，冷光霍霍襲人臉面，那呂布瞪眼努腮，恨不得一戟把項羽分成兩半，不時發出「哦——」「啊——」的長吟，看來殺得很有快感。

項羽不言不語，可手上也不軟，一百三十斤的大槍被他使得像一面撐開的大雨傘，嗡嗡作響。

我心一沉，上回花榮和龐萬春鬥箭已經夠凶險的了，但那箭只要不射到腦袋上和心臟上，最多留個小洞，這二人都拿的一百來斤的大鐵疙瘩玩命掄，那是擦著就死，挨著就亡啊！

又打一會，那呂布方天畫戟水潑一般攻向項羽，項羽像有點提不起興趣，懶洋洋地抵擋著，十招中只有三四招是進攻的。

便聽人群裡有人道：「項大哥好像有點興奮不起來呀。」

我回頭一看見是寶金，我問他：「魯智深呢？」

寶金道：「我沒讓他來。」

「昨天晚上你們喝的怎麼樣？」

寶金揉著太陽穴道：「他把我背回來的，現在我腦袋還疼呢。」

我笑道：「看來在喝酒上你先輸了一陣啊。」

這時就聽有人驚呼，再看場上，呂布一味的猛攻之下終於露出了破綻，項羽抓住機會直刺他前心，呂布收手不及，清喝一聲，身子平躺在馬背上，那槍尖蹭著呂布的肚子扎了過去。這一槍劃開了他運動服上的拉鎖，呂布裡面穿的襯衣內衣噗的一下都露了出來，好像開膛破肚一樣，望之可怖。

肥胖版呂布雖然沒有受傷，可身子還在馬上，不能就地滾開，項羽就勢一壓槍桿，槍身就完全就擱在了呂布身上，呂布雙手執戟向上就磕，槍戟相交磨，絲啦作響。

忽地，項羽的槍頭被掛進了呂布方天畫戟的一隻耳朵裡，這工夫二馬已經將將錯身，呂布直起腰來，攥著戟尾大喝一聲：「拿來！」項羽同時喊道：「給我！」原來兩人都想趁機把對方兵器奪下，這一較勁，力有萬鈞，再借著馬力，只聽「喀吧」一聲，呂布戟上的耳朵被兩人生生拽斷了，二人虎口同時迸裂，血染袖口。

兩人同時回馬，怒瞪對手，呂布血灌瞳人，項羽怒發戟張，這一下大概也激起了他的鬥志，整個人顯得很亢奮了。

其實我知道項羽為什麼一直打不起精神，這一戰說到底他還是為了虞姬，可是真的要找虞姬談何容易，幾次希望屢屢破滅，項羽內心深處大概也知道這幾乎是不可能完成的任務，他之所以來打，那是因為他在強迫自己為虞姬做點什麼。

可這一較力之下，他那萬人敵的驕傲又被激起來了，據說大個兒生平未遇對手，最後就算兵敗烏江，那也是因為心死如燈滅這才自刎，劉邦幾十萬大軍都幾乎圍他不住，今天乍遇呂布，開始大概還懷著輕敵之意，當他發現對方完全能和他幹個平手以後，興致就來了。項羽思念他的兔子，我看並不是因為感情那麼簡單，在他心底，恐怕仍然渴望能馳騁疆場。

呂布更不用說，三國裡，誰的武力排第二一直有爭議，但二胖是當之無愧的旗桿子，不管他人品怎麼樣，打沒打過敗仗，就單挑而言，未有敗績，這在猛人如雲的三國時代，簡直就是一個神話。今天半個小時的惡戰，二胖徹底忘掉一切顧忌，甚至忘了自己死過，他又成了那個叱吒風雲的呂溫侯。

這兩個人再一交手，立刻比剛才又狠了十倍，隨著項羽的發威，場上打得風生水起，兵鐵相交的聲音震耳欲聾，不少人紛紛後避。

我眼見呂布拿方天畫戟在項羽胸前撩開一道口子，項羽則用霸王槍刺掉呂布一塊頭皮，只能一個勁搓手跺腳，連連問觀戰的眾人：「哥哥們，想想辦法吧，這樣下去非出人命不行。」

花榮操著車把弓，手裡的箭都捏出水來：「這二人身法太快，要想阻止他們只有射馬。」射馬？總不能射兔子吧？如果射了那匹大花馬，那不成了梁山好漢拉偏手了嗎？別說這樣的事花榮不肯幹，就算肯，只怕除了好漢們再也瞧不起我之外，項羽也得跟我翻臉。

兩馬盤桓間，只聽項呂二人又同時喝了一聲，想必都受了不輕的傷，片刻後，只聽呂布哇哇叫道：「項羽匹夫，某呂奉先力敵劉關張，轅門曾射戟，你豈能是我的對手乎？」

林沖愕然：「這人殺得興起，魔怔了。」

項羽也不答話，怒哼了一聲，加重力道向呂布扎去，不一會，在兩匹馬打轉的地上就出現了幾點水跡，也不知是汗還是血，再過片刻，那水跡越來越多，看得人觸目驚心。

我再也受不了，伸手去搶花榮的弓箭：「花兄弟，讓我來射，射中誰那也說不得了，我只求這倆人都平安無事。」

就在這時，一聲悠長的呼喊引起了所有人的注意：

「大王——」

喊話這人從暗處向我們跑來，只見她身形略顯單薄，因為惶急腳步踉蹌，夜風吹起她長長的頭髮，纏綿而悲戚，跑到近處時，眼角的淚痕瑩然可見。

我駭然道：「虞姬？」

這一聲「大王」喊得項羽回眸遠望，他的臉上不自覺地掛上了和煦而滿足的微笑：「是阿虞——」然後他就呆呆地坐在馬上，等著虞姬來撲進他的懷抱。

「呼」的一聲，呂布的長戟扎了過來，深深地刺進了項羽的肩頭，如果不是兔子機靈閃了一下，這一戟已然捅破了項羽的心臟。可項羽恍若不聞，依舊專注地向虞姬跑來的方向張望，肩頭的戟可能讓他感覺像是受了打擾，他輕輕地用手撥開，渾然不在意傷口血流如注。

呂布見一戟得手，敵人卻還坐在馬上，大怒如狂，甩開一隻臂膀，大戟平揮向項羽的脖子，眾好漢齊聲怒喝：「住手！」花榮、龐萬春、張清、歐鵬紛紛出手，有射箭的，有打暗器的，「嗤嗤」連聲都奔呂布而去。呂布手挽方天畫戟，磕崩碰撞，箭石紛飛，絲毫沒有傷著他。

項羽終因失血過多掉下馬去，呂布再看對方馬背已空，忍不住仰天大笑：「我已經天下無敵啦！哈哈哈……哎喲——」

一隻人字拖鞋不偏不倚地砸在他臉上，把呂布也敲下馬去，這呂布戟也丟了，臉也腫了，還是一骨碌爬起來繼續狂笑：「我已經天下無敵啦，我已經天下無敵啦……」

他頭上的槍傷噴血，暗紅滿面，可他不管不顧，翻來覆去地只是喊：我已經天下無敵啦！令人觀之不寒而慄。

好漢和四大天王都是久歷戰場的人，一見他這樣，都悚然道：「不好，殺脫力了！」

林沖道：「得馬上制住他，否則不用片刻就會力竭而死！」

我雙手抱拳，朝眾人深深一揖：「哥哥們……」

盧俊義和方臘一起止住我道：「無需多言。」二人齊回頭招呼手下兄弟，「一起上！」

衝在最前面的是李逵和王寅，這兩個人都是火爆脾氣，衝上來一是為了救人，二也是不滿呂布剛才的行徑。

王寅快了一步，一把攬住呂布肩膀要把他放倒，那呂布一抹腰，拽著王寅的胳膊把他摔出五米多遠，胳膊肘一拐，把李逵頂了個滿臉花。

這二人之後是方鎮江和寶金，呂布和方鎮江對了一掌逼開他，順勢一肩膀撞飛寶金，這傢伙一邊手舞足蹈，一邊兀自大喊大叫，力道奇大不說，招數居然還不亂，呂布之悍，果然可畏。

吳用在一旁叫道：「眾位兄弟，要快，再這麼打下去，人就要不行了！」

好漢們一撥一撥的衝上來，一撥一撥被呂布砸飛踢開，人就像水珠子四濺一樣紛紛敗退。

好漢們在前面進攻，我悄悄繞到呂布身後，慢慢接近他，猛地，我貼在他背上，伸手抓住他肋下那一堆肥肉，大家都喊：「小強危險！」

奇怪的事情發生了，抽風的呂布動作冷不丁慢了下來，他想轉身打我，可力不從心，胳膊剛舉到一半就像麵條一樣軟了下去，然後漸漸委頓。

我抓著他，直到他慢慢躺到地下，闔上眼睛，這才長出了一口氣，擦著頭上汗說：「又搞定一次。」

好漢和四大天王又驚又佩，都問：「小強，你是怎麼做到的？」

嘿嘿，這就不足為外人道了，在別人眼裡，他是勇冠三軍的呂布，可在我眼裡，他就是那個從小跟我掐架的二胖子——你們以為我後來是怎麼打敗他的？那就是因為我發現了二胖這個秘密，不能被人拿住癢癢肉，一拿住，他會立刻癱成一堆泥。

迎著眾人好奇的目光，我忽然仰天大笑：「我已經天下無敵啦——」

扈三娘過來一腳把我踢躺下，把我夾在她胳膊裡，用拳頭擰我腦袋：「你已經天下無敵了，嗯？」

我急忙連聲求饒，然後撿起那隻人字拖，環視周圍喊：「這是誰的？」此鞋的主人能在萬軍之中取上將首級，武力值跟我小強有得一拼啊。

然後只見二傻扶著他形影不離的好朋友跳著拐棒兒來到我近前，趙白臉衝我一伸手：「給我。」

我低頭一看，只見趙白臉一隻腳上穿著的拖鞋，和我手裡的赫然正是一對。

項羽掉下馬來，人卻還清醒著，他癡癡地望著虞姬喊話的方向，等她跑到近前，不禁脫口道：「是你？」看樣子竟有幾分意外。

來人正是張冰！

張冰淚流滿面，跑過來撲通一聲跪在項羽面前，用她纖纖玉手捂著項羽的傷口，然後毫不遲疑地脫下外衣撕扯成條，把項羽的肩膀妥妥貼貼地綁了起來。

項羽望著張冰一動不動任她鼓搗，喃喃道：「阿虞？」

張冰見項羽無恙，又是哭又是笑：「是我，大王。」

項羽把手搭在張冰的肩膀上，眼睛一住不住地看著她，張冰柔情款款地回望著項羽，她確實跟以前那個跳舞的小妞不一樣了，在她的眼神裡，多了一份狂熱和癡纏，項羽朗聲大笑，一把把張冰攬進懷裡。

這時候我剛把二胖抓倒，騰過工夫回頭一看見是張冰，不禁愕然。

眾人圍在項羽二人身邊，紛紛跟張冰打招呼，最替項羽高興的，還是張順和阮家兄弟，那晚在酒吧，項羽對虞姬的一片深情，大家都有切身體會。

張冰跟眾人微微點頭致意，又把腦袋埋進項羽懷裡。我走到項羽近前，在他耳朵邊上悄聲說：「羽哥，你確定這就是嫂子？」

項羽回頭看了我一眼，不等他說話，張冰忽道：「大王，那夜黑虎衝出去了嗎？」

項羽道：「阿虞你糊塗了，黑虎在彭城就戰死了。」

張冰道：「哦是嗎，我忘了。」

我問：「黑虎是誰？」

項羽道：「我手下一個偏將。」

我把臉扭向張冰，故意說：「這人使什麼兵器？」

張冰淡淡一笑：「他使的兵器很少見，是一面流星錘。」

至此，項羽再也不疑有他，忽然翻身上馬，把手伸向張冰道：「來！」

張冰咯咯而笑，抓著項羽的手也躍上馬背，身段俐落之至。

項羽載著張冰就在場子裡繞了兩個大圈，忍不住大叫：「哈哈，我好快活。」

我拉著盧俊義道：「不好了，羽哥也殺脫力了，咱們是不是再幫他一把？」好漢們都知道我跟張冰不太對盤，笑吟吟地看著我。

我又拽住趙白臉：「小趙，給他一拖鞋。」

趙白臉甩開我，用看傻子一樣的表情掃了我一眼：「別鬧！」

我有些無語。真沒想到張冰會是虞姬，透過幾次接觸，我覺得這個女人太過富於心計，即使到了這個時候，我仍然不能接受張冰就是虞姬的事實。

儘管我知道八成假不了了——任何一個女孩子都可以說自己是虞姬，但不是每個女孩子見到血都能那麼從容不迫，而且她能知道項羽當初身邊一位偏將的名字和使用的武器，這就更做不得假了。

還有最重要一個問題：張冰是怎麼想起往事的？又為什麼會突然出現在這裡？這些問題顯然還不是時候問。

項羽帶著張冰，衝眾人揮了揮手，向遠處跑了下去。

我在他身後大喊：「小心交警！」

項羽走後，人們都感慨不已，看了一場驚心動魄的決戰不說，還見證了一次有情人終成眷屬的場面，秀秀眼睛濕濕的，今天不用看韓劇了。

我見事情到此暫時告一段落，環視周圍，問：「那個『天下無敵的』醒了沒？」

安道全道：「剛醒，在那坐著呢。」

我一看，二胖坐在草地上抱著腿，眼神還有點迷茫。我踢他一腳後趕緊跳出三丈外，戒懼地問：「想起自己是誰來沒？」

二胖不好意思地笑了笑，虛弱地說：「謝了，你救我一命。」

我這才挨著他坐下，跟他點了根菸問：「歷史上那個呂布是不是也怕人抓癢癢肉？」

二胖點頭：「嗯，上輩子就怕。」

想當年三英戰呂布打得那麼艱難，怎麼就沒人想著抓他那呢？難怪二胖為自己做了一套皮甲，原來是為了防護住那個死穴。幸好他沒穿。

我見他臉上又是血又是汗，想起他剛才拼命的樣子，問他：「到底為了什麼呀，這麼賣力？」

二胖低著頭說：「何天竇答應過，我要贏了這一仗，我摩托車修理鋪相鄰兩條街上的店都是我的了。」

我忿忿罵道：「你不是說你不為錢嗎？你個鑽進錢眼裡的二五仔！」

二胖正色道：「小強我問你，我算不算有本事？」

我結巴了一下，最後還是說：「算。」

二胖苦笑：「那我就算有本事又能幹什麼，搶銀行去？」

我失笑道：「幹嘛有本事就非要搶銀行呢？我不是也沒去麼——」

二胖瞟了我一眼，忽然語重心長地說：「誰不想過好日子呢？尤其我這拖家帶口的男人，光靠修摩托車是不夠的。你也知道，我上輩子沾酒則亂，遇事則迷，步步陷入不仁不義，我也沒什麼好留戀的，本來這輩子修個摩托車也就算了，誰想現在有了這個機會變成呂布，我為什麼不能憑自己的本事讓家裡人過好一點？」

我不禁點頭：「想不到你還是個顧家的男人。」

很顯然，呂布死的時候沒有強人念，所以這輩子變成了修摩托車的二胖。

二胖又說：「當然，我之所以那麼拼命，也因為我的對手是項羽，不是跟你吹，我上輩子是真沒打過敗仗。」

我在二胖了肋掃了幾眼，嘿嘿冷笑。

二胖下意識地收緊肩膀，把煙頭擰滅，摸著臉說：「對了，剛才誰用拖鞋丟我？」

我一指趙白臉，趙白臉和荊軻倆人正在草地上抓蛐蛐呢，二傻跺腳，趙白臉撅著屁股趴在洞口逮。

二胖看罷多時，臉比趙白臉還白：「想不到我居然是被這麼一個人打下馬的。」

我說：「拖鞋算好的，傻子要是穿跑鞋你就破相了。」

……

二胖又休息了一會，站起身來要走，我跟他說：「你去跟那個姓何的說你贏了，羽哥有了虞姬也不會跟你計較這個，咱們把他那兩條街的店拿到手再說。」

二胖猶豫道：「這合適嗎？」

我說：「沒什麼不合適的，反正也是他先落的馬。」

「可是……我贏得不光彩啊。」

「什麼光彩不光彩的，」我把二胖扶上摩托車：「對了，十月二號那天我結婚，你一定要來，帶上老婆。」

二胖使勁點頭：「一定！」

我在他屁股上一拍：「去吧，咱們以前的發小都你負責通知。」

二胖：「……」

事情終於了結，我揮著手說：「大夥兒都散了吧——又落一匹馬，誰弄走？」

董平跳上馬背道：「你們先走，我騎著慢慢回。」

我召集全了回當鋪的人馬，上車回家。

在半路上，吳三桂看我沉著個臉，問：「小強，情緒不對呀，項兄弟找到了虞姬，你好像有點不高興？」

我這才猛然省悟，我還在為張冰就是虞姬的事彆扭，不禁失笑，項羽都確認無誤了，我幹嘛有意見呀？

花木蘭道：「就可憐小雨那個丫頭了，每次和我在一起，就大哥哥長大哥哥短的，她是真喜歡項大哥啊。」

倪思雨自從見了一次花木蘭以後，就喜歡上了這個姐姐，拿花木蘭當她的偶像，隔三差五就來找花木蘭，當然，很可能也為了順便能看看項羽。

我冷言說：「能讓她死心，大概也是羽哥找到虞姬最大的好處了。」

吳三桂道：「那個叫張冰的小妞到底怎麼惹你了？」

我撓頭，要說惹，張冰並沒怎麼得罪過我，但是見過她的人都有感覺，這個女孩子對人不太真誠。我說：「你問嬴哥就知道了。」

秦始皇想了想道：「餓（我）看外（那）女子確絲（實）有些變咧，眼神毛毛（這個很難解釋，有放電的意思）滴。」

花木蘭笑道：「嬴大哥說的很對，我也發現那女孩子看項大哥的神情很專注，都是女人，喜不喜歡一個人，是可以感覺出來的。」

我嘿嘿一笑：「姐，你還沒談過戀愛吧，我給你找個男朋友怎麼樣？」

花木蘭笑：「好啊，我倒要看看你能給我找個什麼樣的。」

「那還用說？當然是蓋世英雄。」花木蘭才剛來，我就不信這一年再不來幾個英雄啊帝王啊啥的。

花木蘭撇嘴：「我又不喜歡蓋世英雄。」

我一下提起了興趣：「那你喜歡什麼樣的？」

花木蘭眼望車頂，想了一會說：「踏實，善良的。」

也對，花美眉自己就是英雄，再找一個英雄有什麼意思?!

我說：「善良，踏實的，不要蓋世英雄，還有別的要求嗎？」

「沒了。」花木蘭說。

我想了想，摸著下巴總結道：「除了善良踏實外，別的條件我都符合。」

回家以後，包子還在睡覺，我們幾個胡亂吃了口冷飯冷菜，各自回屋睡覺。

睡到半夜，我就覺得一旁好像有人傻樂，一睜眼，見對面有個大塊頭坐在秦始皇床上，也不動，聲音就是從他那發出來的。

我毛骨悚然，下意識地出溜出被窩，往電燈開關處摸去，只聽這大塊頭道：「小強，是我。」

我驚訝道：「羽哥？」

只聽黑暗中「啪」一聲，秦始皇在項羽背上拍了一巴掌，罵道：「你娃把人哈（嚇）死！」原來嬴胖子也早醒了。

我按亮燈，意外地問：「你沒開房去呀？」

項羽坐在秦始皇身邊，臉上兀自帶著笑意，他肩膀上的傷口已經重新上藥包好，這時吳三桂和二傻也聽到動靜跑了過來。

我問項羽：「張冰呢？」

「回學校了。」

我一看錶，凌晨兩點多，又問：「你怎麼回來的？」

項羽道：「騎馬。」

「那兔子呢？」

「我讓牠自己先回學校了。」

眾人：「……」

我說：「確定張冰就是虞姬了？」

項羽點頭：「我們聊了很多以前的事，是阿虞沒錯。」

我盤腿坐在地上問：「她是怎麼想起你來的？」

吳三桂他們一聽問到關鍵處了，忙跟我坐在一起，贏胖子也跳下來跟我們坐成一排，眼巴巴地望著項羽。

項羽失笑道：「你們這是幹什麼，我想大概是何天竇搞的鬼，阿虞也是突然就想起來的，然後就接到了一張寫有我名字和一個地址的紙條。」

我們：「然後呢？」

「然後她就來了。」

我們齊聲：「完啦？」

項羽攤手：「完了。」

我嘆道：「果然夠突然的。」

這時包子起身上廁所，見我們這屋燈亮著，把頭探進來，看我們整齊坐著，莫名其妙道：「你們這是……」

我忙說：「商量咱倆結婚的事呢。」

包子抬頭看看牆上的表，廁所也忘了上，飄著回屋了。第二天一早還跟我說她昨天夢見我們一屋子人不睡覺，在商量我們的婚事……

不過也確實該商量了，地方解決了只是一個問題，而且只是一個小問題，大條的是：我要舉辦一個五百人左右的婚禮，這五百人有多一半是我的客戶，來自各個朝代，光是怎麼坐就夠讓我頭大如斗的了。

所以一大早我就把吳三桂他們叫起來去育才，這婚要不群策群力，還真得結出麻煩來，再說，我也得指著他們幫我張羅呢。

項羽一起來就接張冰去了，看得出楚霸王現在有點幸福過了頭。

結果我們剛一出門，正碰上從外地趕回來的李師師，她坐著一輛車身上還打著《李師師傳奇》劇組的車回來，看見我們出來一幫人，回身吩咐司機：「你回去吧。」

司機客氣地說：「好，王導。」

我笑道：「大明星回來了。」

李師師嗔了我一眼，這小妞一段時間沒見更時尚了，跟周圍的環境有點不搭調，就是看上去瘦了一圈，看來拍戲很不輕鬆。

李師師見我身邊還有倆陌生人，客套地握手：「你好，我是小楠，小強的表妹。」

花木蘭更不知道李師師的身分，只得客氣地說：「我是……小強的表姐。」

這倆，一個我的表姐，一個我的表妹，第一次見不禁面面相覷，都生怕自己的身分被揭穿，小心翼翼地看向我。

我大笑：「什麼表姐表妹——」我給李師師介紹，「這是花木蘭。」

李師師一下抱住花木蘭：「呀，木蘭姐，我從小就喜歡聽你的故事。」

花木蘭這會也反應過來了，笑道：「你就是師師吧，我老聽小強他們說起你呢。」

我摟著吳三桂的肩膀說：「這是三哥，吳三桂。」

李師師矜持地跟吳三桂握了手，小聲問我：「陳圓圓那個吳三桂？」

我和吳三桂異口同聲道：「是吳三桂的陳圓圓！」

我挺驚奇的，如果說李師師知道秦檜，那沒什麼稀奇，難得的是，她居然連後代的人都從書裡瞭解了。

李師師看看秦始皇，嬌笑著撲進他懷裡，親熱地叫：「嬴大哥，想你了。」

秦始皇輕輕拍著她的背，笑道：「呵呵，掛（傻）女子。」

李師師從秦始皇懷裡出來，張開雙臂笑著看荊軻，二傻像個任性的孩子一樣轉過身去：「不跟你抱，抱完你身上老有味……」

我和吳三桂一起小聲說：「真是個傻子！」

在車上，我問李師師：「金少炎呢？」

李師師道：「一回來就幫你聯繫車隊去了，他們家本地分部的車不夠，只能從上海總部再調一些，可能有幾輛加長的。」

很快到了育才，迎面碰上李靜水正在教一個孩子功夫，我衝他喊：「靜水，把人都叫齊，咱開個會。」

李靜水答應一聲就走，馬上又跑回來，小聲問我：「『內部』的還是全體的？」

我頓了頓道：「內部的吧……」

李師師看了一眼四周，嘆道：「這可真不小啊，全國各地的影視城沒一個能比得了。」現在的育才，大型土木工程基本已經竣工，剩下的都是些細活，主建築基本都是復古風，雕樑畫棟小橋流水，儼然就是一處大型復古公園。四個演武場，青龍、白虎、朱雀、玄武的字分別是由王羲之顏真卿他們題寫；主題壁畫當然少不了閻立本和吳道子倆人。

另外新區還設了一個叫「百草園」的地方，供扁鵲華佗他們種些易活的草藥，還能當成校醫室，學生們有個頭疼腦熱就不用去醫院了。新區還開了兩塊地方，一處叫品茗軒，一處叫聆琴閣，就讓陸羽和俞伯牙鼓搗他們的手藝。

李師師看了一會兒，指著一面長長的地基說：「這是什麼？」

我看了一眼，說：「那是柏林圍牆——」然後我低聲跟她解釋了這面牆的用途，按我原來的想法，這裡以後將完全成為「自己人」，也就是我那些客戶們的生活區，教學任務將全部轉到新校區進行，這面牆一旦建起來，只能這邊的人往那邊去，那邊的人不能往這邊來，除了上課，杜絕一切師生間的私下往來，鎮守此處的，是大公無私的蘇武蘇侯爺。

結果李師師聽了我的設想後只說了句：「哦，我簡直想不到比這更糟的辦法了。」

李靜水一說「內部」會議，當然有很多人一聽就明白了，紛紛往階梯教室走去。但是新校區沒正式使用之前，大家都在巴掌大的一塊地上教學，有很多段天狼和程豐收的徒弟們一聽要開會，也不管什麼內部不內部，稀里糊塗地便跟著走了不少。

方鎮江看來是想擺脫佟媛自己去開會，不知道說了什麼，佟媛滿臉不高興地抱怨道：「你們怎麼老鬼鬼祟祟的呀，上次開會就不讓我參加，你比我還後來育才呢！憑什麼你就能去？」

方鎮江抱著肩膀，只能嘿嘿乾笑，然後他看見我，衝我一個勁地招手說：「小強，我受不了了，我可要說了啊……」

佟媛一見我，更來氣了，只見她把眼睛瞇起來，說：「小強，我是不是不算育才的人？」

我一見她瞇眼，急忙一個箭步退到吳三桂身後，道：「怎麼不算，你的戶口不是通過育才的工作關係才轉過來的嗎——其實那個你和鎮江結婚以後再辦也不晚。」

佟媛臉一紅：「那為什麼開個會都要把我們某些人排斥在外？」

段天狼和程豐收也遠遠地看著我，我一跺腳：「沒的事，一起走，開會！」

佟媛這才問方鎮江：「剛才你要說什麼？」

方鎮江：「……沒什麼，走吧。」

等我到了階梯教室一看，好傢伙，今天的人是格外齊啊，因為不到飯點，小六子也領著一幫廚子湊熱鬧來了，蹲在教室兩邊抽菸。

面對一片嘈雜，我使勁摔了兩下粉筆盒，大聲說：「都靜一靜，老子要結婚了！」

這句話一說完，下面果然安靜了。也不知誰帶頭鼓起掌來，也有叫好的，大會現場比廟會都要熱鬧。

我使勁摔黑板擦：「聽我說……」

張清喊道：「上回不是已經說了嗎，請帖都幫你寫好了。」

王羲之他們都把手裡的活揚起來：「是啊，我們都沒偷懶。」

我抓著麥克風喊：「都幫我想想，還應該叫誰，要買什麼東西？」

領導風風火火地召集開會，結果是商量這事，不少人都笑了起來，幾個老師交頭接耳：「這就是人性化管理吧？」

顏景生很快領悟了我的意思，他坐在第一排說：「咱們是不是把相關領導都請一請？」

我點頭，看來開全體大會還是有好處的，這一點我就沒想到，我左右環視道：「誰給做一下現場記錄？」

善解人意的李師師道：「我來吧。」李師師就近從柳公權那拿了桿毛筆，在紙上做記錄。

我說：「在座的誰沒領到請帖的，一會兒自己找王（羲之）老師他們要，我就不另統計名單了。」

方鎮江跟佟媛說：「你去要一張。」

佟媛道：「到時候去不就行了？每天見面要啥請貼呀？」

方鎮江嘿嘿一笑，別具深意道：「還是要一張吧，有紀念價值。」

方臘到底是結過婚的人，說：「四色禮、煙酒、紅紙這些都買了嗎？」

我搓著手道：「對對對，記上——」

杜興道：「酒咱有，五星杜松行嗎？」說著衝方鎮江一眨眼小聲道：「武松哥哥，這酒秘方還是你當年帶回來的呢。」

方鎮江撓頭：「是嗎？」

王寅自從來了育才沒少蹭酒喝，這時咂著嘴道：「那酒好是好，可是度數太低，好像不太適合結婚用。」

杜興得意一笑：「咱有珍藏品，那個度數高。」

王寅眼睛放光，湊到杜興跟前商量：「是不一會先給我嘗點……」

我說：「現在酒解決了，誰認識賣菸的？」

小六忙舉手：「我認識好幾個賣假菸的。」

我丟過去一截粉筆頭：「我好容易結次婚，你就讓客人抽假菸？」

小六委屈地說：「販假菸的未必沒有真貨，再說，我的意思是讓他們幫著識別識別。」

我大手一揮：「那菸就交給你了，回來報帳。」

「還有，」我說：「那天你們誰跟我去迎娶？」

下面亂哄哄地叫道「我去我去」，我眉開眼笑道：「好好，都去，洞穿包子她們家大門的事，就拜託各位了。」

花木蘭坐在人群當中，笑道：「那天我可得當娘家人坐鎮，不能眼睜睜地看你們欺負我包子妹妹。」

華佗正在一邊屏氣凝神地給她腦袋上扎針，我悲憤道：「華神醫，扎她個半身不遂。」

扈三娘揮舞著手站起來大聲道：「包子怎麼說也是我乾姐姐，小強，你要怎麼娶她過門？我告訴你，別指望弄幾輛破車就把人接你家去。」

我鬱悶道：「那你說呢？」

「要我說得八抬大轎抬回去。」

扈三娘這麼一提議，眾人也跟著湊熱鬧，轟然叫好。

我笑眯眯地問：「轎子和馬從哪兒搞？」

眾人笑：「馬有，轎子現買。」

我擦汗：「誰抬？」

眾人笑：「總之不用你抬。」

吳三桂忽然從懷裡掏出一幅地圖放在投影機上，這是他跟花木蘭的遊戲工具，上面被畫得亂七八糟的，秀秀叫道：「怎麼上面全是圈圈叉叉呀？」

吳三桂尷尬地咳嗽兩聲，指著地圖道：「從圖上看，育才離包子家很近，所以我們大隊人馬可以從育才出發，搶上包子後回新房，然後坐車去飯店。」

花木蘭道：「你不會那麼容易得手的，我會在包子家門前築起防線。」

吳三桂沉吟了一會道：「嗯，那在這裡會發生交戰。」說著在包子她們家畫了一個叉……

這會開下來，我雖然不得不騎著馬去娶包子，不過總算解決了很多事情，從水果菸酒到各種小東西都有專人負責。

在回去的路上，我跟李師師說：「表妹，哥還有個事得要你幫忙，我買小別墅的事，你嫂子還不知道，從她們家出來咱還是得先回當鋪，最後我再給她驚喜，所以當鋪那你還得佈置佈置。」

李師師笑道：「明白。」

我又轉臉跟花木蘭說：「姐，你要倒行逆施、助紂為虐幫包子也行，不過轎子這事你得替我保密。」

花木蘭：「……行。」

「那咱們可就定了攻守同盟了！」我摸著下巴想。

第八章

結婚典禮

這時正好包子也換好婚紗出來了，我領著她打開第一間包廂的門，

果然是高朋滿座，為首的是劉秘書，

他旁邊是我們市教育局局長，再旁邊都是相關領導，

我和包子一進來，領導們都笑著站起，雙手交疊鼓掌。

有過結婚經歷的人都深有體會，並不是說你和一個女的看對了眼，領個證再請人吃頓飯就算結了，事實上還得處理很多煩瑣的事。

好在我小強哥朋友多，像紅紙呀蛋糕呀的都有人幫著辦，不過有一件事是別人幫不了的，那就是拍婚紗照。我們選的是一款中等價位的，可就算這樣，還是換了十幾套衣服，還得扮出各種表情，拍到最後，我累得癱倒在椅子裡。

我和包子拍完照，拉著手在街上溜達，我問她：「結了婚想去哪度蜜月？」

包子撇嘴道：「咱還有錢嗎？」

我也撇嘴：「錢是有，就怕到時候沒時間。」

包子再撇嘴：「把自己說得像大人物似的。」

回到家，劉邦和鳳鳳也在，抱來好幾個沉甸甸的大盒子，裡面裝著西服，那是給我和二傻帶來結婚那天穿的。

荊軻已經換了套筆挺的西裝，站在鏡子前顧盼生姿，你別說，二傻那寬肩細腰穿上西服頓時精神百倍，我一直沒發現傻子是個帥哥。

我邊試自己那套，邊悄悄問李師師：「你覺得我穿這套騎著馬去娶親合適嗎？」

李師師笑：「早就給你準備好了。」

我說：「那你嫂子怎麼辦？」

花木蘭笑道：「包子的，我頭天去的時候幫她帶上，不過現在要保密。」

我們一起看包子，見她一副懵然無知的樣子，齊齊聳著肩膀奸笑。

包子莫名其妙道：「你們幹什麼呢？」

我拉著秦始皇道：「嬴哥，那天你還得幫我做招待，特別是咱們『遠方』來的那些客人，你幫我照顧照顧。」

我想胖子當過皇帝不說，人也比較隨和，那些人多少都會賣他個面子，秦始皇笑呵呵地說：「行麼。」

這時項羽也回來了，在他身後跟著張冰。這是自從上次晚宴不歡而散以後，包子李師師他們跟張冰的第二次見面，雖然李師師已經知道張冰的身分，但乍見之下頗為尷尬，誰都沒有先打招呼。

而張冰第一眼看見的卻是劉邦，張冰臉上陰晴不定，遲疑道：「劉……劉……」

劉邦見她這個反應，噌一下躲到二傻身後，項羽微微一笑，跟張冰說：「我和他恩怨已了，叫大哥吧。」

張冰這才淡淡叫了一聲：「劉大哥。」

劉邦慢慢挪出身子，不自在地說：「不敢不敢，叫劉季就行。」

「花姐姐在嗎？」樓下一個脆生生的聲音問了一聲，一個小美女抱著一個大大的盒子有些吃力地爬上樓來，正是倪思雨。

我腦袋一沉，這下可真亂了。

花木蘭對外宣稱自己叫花木麗，倪思雨經常來我這找她玩，有時候項羽也在，兩個人之間話並不多，但是小丫頭能偷偷看她的大哥哥幾眼已經很滿足了。

倪思雨一上樓，第一眼就看見了項羽，笑道：「大哥哥也在啊。」

張冰本來離項羽有四五步的距離，這時迅速貼了上來，把一隻胳膊套進項羽的臂彎，笑著打招呼：「小雨來了？」

雖然只是一個小動作，但在場的都是些什麼人？帝王梟雄漢奸賣盜版的濟濟一堂，誰會看不出她的用意，連包子都能看出張冰在使小伎倆。項羽再深愛虞姬，也覺有些不妥，下意識地往邊上閃了一下。

倪思雨這時才看見張冰，不禁愣了一下。

張冰旁若無事地笑道：「小雨，你大哥哥時常跟我說起你，要我給你物色一個好的男朋友呢。」說完靠在項羽身上咯咯嬌笑。

滿屋人看她那嬌憨的樣子，卻誰也不覺得她可愛，連老漢奸吳三桂都有點看不過去，用手在桌上不輕不重地點了兩下。

「哦，是嗎？」倪思雨滿面沉靜，說了這句話後，忽然轉向我，依舊是一副燦爛的樣子道：「呵呵，小強，聽說你要結婚啦，來送你個禮物。」

我一把搶過她手中的盒子，道：「沒大沒小，打你屁股哦。」

按照默契，她作勢虛揍了我兩下，我發現她借機在我肩窩裡靠了一小會，然後笑道：

「祝你和包子姐白頭到老。」

她直起身後，我感覺到在我的肩窩處有幾點濕潤。

小丫頭給我送完禮，對人們笑笑說：「我還有訓練，要趕著回去，大家再見。」說著轉身下樓。眾人就看著她一瘸一拐地走下去，花木蘭最先反應過來，緊趕幾步道：「我去送她。」

花木蘭走後，我們都把目光轉向項羽，只見項羽滿臉鐵青，也不知道是因為生氣還是失望，他一抖肩膀把張冰甩開，沉聲道：「阿虞，我現在告訴你一次，小雨是個可憐孩子，我希望你能把她當作你親妹妹一樣對待。」

看得出楚霸王已經在極力隱忍，如果不是當著這麼多人的面，還不知道他會說出什麼更嚴厲的話來。

張冰勉強笑道：「我對她不好嗎？」

與此同時，包子納悶道：「阿虞是誰？」

李師師捂嘴笑道：「阿虞只怕是項大哥的舊好，一沒留神叫了出來，張冰你可不要吃醋喲。」

她這分明是在拿話打擊張冰，挑唆項羽，想不到李師師也有如此刻薄的一面，可見她是真的氣極張冰了。

張冰哼了一聲，見所有人的目光都冷冷地掃著她，只得悻悻道：「我還有事，先走了。」

項羽看她走下樓去，衝我們抱了抱拳道：「阿虞和我經歷了太多波折，心性難免改變，大家見諒。」說著，嘆了口氣追了出去。

包子左看右看不得其解，大聲問：「這到底是怎麼回事？」

我把她拉在身邊說：「別管，看小雨給咱們送的什麼。」

我打開盒子，見是一本製作極其精美的相冊，結婚送相冊，寓意深刻，那是要我和包子能白頭到老，最後再來回首往事的意思，回想倪思雨的一片癡情，眾人都是一陣悵然。

光陰似箭日月如梭，轉眼就到了十月一號，包子一大早就被她爸電話叫回去了，她本來還想湊湊熱鬧喝宵夜酒呢，結果被她爸劈頭蓋臉一通罵：「哪有你這樣的閨女，和別人一起商量怎麼娶自己過門？」

所謂宵夜酒，就是第二天去娶親的人在一起吃個飯，合計合計。人家都是晚上才開始吃，結果我們是一直吃到晚上，地點就在育才。

三百到齊後，舊校區的食堂已經不堪重負，我索性叫人在外面擺了十幾桌，結果真的圓了我那個夢想——吃成流水席了。

當地老鄉一聽說我要結婚了，也不管自己孩子在不在育才，紛紛前來道賀，工地上的工人也都被邀請過來，加上那些學生，好漢們才不管什麼禮教，上桌就喝酒，方圓二十里之內，不論大人還是小孩都喝得臉紅撲撲的。

校園裡，明天去迎娶的東西都已經準備好了，鮮紅的八人大轎，二胖帶來的那匹大白兔已經被刷洗一新，大白兔打仗不行，可充門面絕對夠瞧，都說白馬王子，現在王子是醜了點，可馬是夠白了。

酒喝到十二點，我以為接近尾聲了，結果老虎領著一幫人來了，同時帶來十幾輛車，打算給我幫忙用，我安排他們明天去我老爹那兒接客人。司機們可能怕耽誤事，晚上都沒走——被放倒在育才了。

土匪們喝多了酒，渾身躁熱，就在當地練起拳腳，三百和四大天王一起助興，剎那間拳去腳往，打了個不亦樂乎。老虎看得兩眼發直，死死拉著我說：「強哥，我武館不開了，就在這當個掃地的行嗎？」

除了帶課還負責掃地的段天狼的大弟子冷冷道：「那你不是搶我飯碗嗎？」

當初武林大會的擂臺上，老虎就是被這位給打下去的，一見之下，驚道：「你在這掃地？去我武館當教爺吧，月薪一萬交五險。」

大弟子道：「那你呢？」

老虎：「我來這掃地。」

大弟子：「……」

程豐收這時早已喝得滿臉通紅，晃悠著走到段天狼跟前道：「老段，咱倆共事的時間也不短了，還沒找到機會切磋一下呢，怎麼樣，活動活動？」

段天狼喝的酒雖少，可他酒量不行，這會也有點上頭，難得笑道：「好啊，請。」

其實要不是我帶著好漢們橫插一槓，冠亞軍之爭多半是他倆之間的事，陰差陽錯兩個人沒碰上面，在育才這麼長時間都潛心教學，一心要把自己的藝業發揚光大，再加上段天狼這個人平時有點難以接近，所以今天兩人才有機會來一場顛峰對決。

段天豹朝時遷一抱拳，笑道：「遷哥，這段時間我可沒閒著，咱倆再來比比身法怎麼樣？」

時遷拔地而起，飄在一段樹枝上，道聲：「請。」

王寅看得心癢，大聲叫道：「方鎮江！」

方鎮江呼啦一下從旁邊的小樹叢裡冒出頭來。

我一看都是老對手，下意識地往花榮那一桌看去，花大帥哥和龐萬春坐在那淺酌慢飲，他倆屬於戰場上的狙擊手。

秀秀坐在花榮身邊，正在翻一本英文小說，我笑道：「秀秀，有個事託付給你，你得另開個班。」

「什麼班，英語培訓？」

「不是，」我壓低聲音說：「以後咱這再來『新人』，你開個生活常識培訓班，專門負責教他們怎麼玩咱們現代的東西，我想了想，這活還就你最合適。」

秀秀道：「沒問題。」

花榮拉著我道：「我以後幹什麼？哥哥們都有強項，我的強項就是射箭，好像用不大上啊。」

我指著新校區說：「看見沒，那裡以後是一個靶場，你和龐哥就負責教孩子們射箭。注意，要特別留意幾個好苗子，以後奧運會的射箭金牌得主全是咱育才的。」

到了半夜一點多的時候，我實在堅持不住，就隨便找了間屋子睡了，中間尿醒兩次，一看外面還是燈火通明，這幫人硬是喝了一個通宵。

第二天天還沒亮，就有人敲我門，出去一看，二傻穿戴整齊，李師師、吳三桂、秦始皇他們都在，我揉著眼睛道：「不用這麼早吧？」

李師師道：「少廢話，你想帶著黑眼圈去娶嫂子啊？」說完她往旁邊一讓，金少炎笑瞇瞇地跟我握手：「強哥，恭喜啊。」

金少炎一揮手從門外闖進一大幫人來，不由分說把我按在鏡子前化起妝來，領頭那個聽說是金廷的王牌化妝師，給四大天王都化過妝——香港的四大天王。

等化好妝一看，嘿，咱小強哥活脫成了劉德華，然後有專人把新郎倌的紅袍皂靴給我穿上，胸前斜披團花，一幫人簇擁著我往外就走。

操場上一群人見我出來，都笑著圍了上來，大白兔也被打扮得花枝招展，我騎在馬上，徐得龍吩咐一聲：「李靜水，吹起床號！」

李靜水「啪」一個立正：「是！」從一堆樂器裡抄起個大喇叭，嗚啦啦地吹了起來，眾人愕然：「這就是岳家軍的起床號？」

徐得龍撓頭笑道：「換個叫法，入鄉隨俗嘛。」

一時間，好漢們、四大天王、三百戰士和一千文人齊集操場，更有一幫看熱鬧的尾隨，抬著八人大轎，浩浩蕩蕩地出發了。

我左邊是吳三桂，右邊是項羽，後邊是徐得龍和好漢們，眾人都騎馬，馬是金少炎從劇組帶來的，更讓我驚奇的是，這小子居然又搞來十幾輛銅車馬，供女眷和上了年紀的人坐，本來，要是新郎騎馬，後面跟著幾十輛賓士只能顯得不倫不類。現在，我們這支隊伍簡直就像一支遠征軍似的。

嬴胖子平時笑呵呵的，此刻坐在車上顯得有些肅穆，他大概是想起了他當年兵車萬乘時去攻打六國的場面。

我們一出學校頓時引起圍觀，這也很正常，平時誰見過這個呀？而且今天結婚的人特別多，那些打頭的名牌轎車跟我們的儀仗一比，馬上相形見絀。

從育才到包子家並不遠，吳三桂凝神道：「花木蘭這小妮子也不知在前面布下了什麼陰謀陷阱，須得當心。」

項羽笑道：「吳兄莫長他人威風滅自己銳氣，精兵猛將都在咱們這邊，她區區一個女孩子能有什麼花招？」

徐得龍道：「萬萬不可輕敵。」

正說話間，探馬來報：「前方發現大量敵軍在村口處集結。」

項羽道：「能衝過去嗎？」

那個充當斥候的小戰士笑吟吟道：「恐怕不好衝，對方是一群小孩子。」

徐得龍道：「再探再報！」

小戰士神色一緊：「得令！」絕塵而去。

吳三桂悲憤道：「想不到啊，這丫頭片子用心如此險惡，布下這幾十孩童軍，打也打不得，衝也衝不得……」

林沖道：「果然是不能輕敵，對方如果沒有花木蘭，不知我軍深淺，必不至於如此勞師動眾。」

吳三桂掏出圈圈叉叉圖，幾人一商量，都道：「唯今之計，只有多走兩里路，從村子後面繞進去。」

方臘道：「只怕村後另有伏兵。」

吳三桂道：「那也說不得了，兵貴神速，只能走一步說一步。」

兩軍尚未交鋒，我們先輸了一算，不禁士氣低落，正要改道，從銅車裡站起一人，高聲道：「且慢。」

再看此人，面如冠玉，氣度儼然，一手還拿著本學生作業正在批改，很有點羽扇綸巾的味道，正是顏景生。

眾人見不過是一白面書生，都微微皺眉，顏景生吩咐道：「靜水，你去打開彩禮的最後一隻箱子，我備得有秘密武器專治童子軍。」

李靜水把最後一隻箱子搬到近前，打開一看，頓覺香氣撲鼻，原來是滿滿一箱子酒芯巧克力和牛奶糖，眾人一見大喜，項羽拜服道：「顏老師神算。」

顏景生掃了我們一眼，鄙夷道：「就算我讀書讀傻了，也知道娶親得帶點糖打發小孩子。」

眾人大慚。

這時魏鐵柱越眾而出，面目堅毅道：「我欲領一十人敢死隊衝垮敵人的防線！」

徐得龍道：「去吧，記住，此戰只准勝不准敗，否則軍法從事！」

「得令！」魏鐵柱帶了幾名小戰士，每人結結實實地兜了幾斤糖，向前面的敵軍發起衝鋒，直若虎入羊群一般，見人就給。

不多時探馬再報：「敵軍發生大面積潰退。」

眾將領齊揮手道：「兒郎們，趁勝追擊，衝啊！」

我們的轎馬進了村子以後，不一會就順利來到一面矮牆下，這面牆中間有個斷口，剛好能容我們的轎子通過。

我看罷多時，忽然仰天大笑，眾人齊問：「小強何故發笑？」

我手指矮牆道：「素聞花木蘭擅於用兵，今日一看卻也平常，她只需在此設下伏兵幾人，我等豈不要全軍覆沒耳？」

話音未落，突聞牆上殺聲四起，左邊牆頭一將非是別人，正是包子的二叔，手持一掛一萬響的瀏陽鞭炮，右邊一人卻也識得，乃是包子她三舅，手持三千響大地開花，這二人一出來，兩掛長長的鞭炮頓時把路封了。

眾人齊罵我：「烏鴉嘴！」

至此，我們終於遭遇了對方嫡系部隊的正面阻擊，花榮和龐萬春分騎而出，「颼颼」兩箭，鞭炮便被射斷，包子她三舅一愣，她二叔畢竟有項家人身上好勇鬥狠的血統，毫不遲疑地又點上一掛放了起來，一邊囂張道：「你們儘管射，咱炮仗有得是！」

花榮欲再射，我急忙把他攔下，在他和龐萬春箭頭上各插上一個大紅包，箭上牆頭，包子的二叔和三舅取過紅包看了看，都滿意地點點頭，往旁一讓，笑咪咪地道：「過吧。」

再往前走，所有人都摩拳擦掌，終於兵臨城下了，也不知道會發生怎樣的鏖戰。

來到包子家門口，只見大紅喜字貼著，卻是城門緊閉，城牆之上，包子的七姑八姨正在加緊巡邏。

吳三桂以手點指道：「眾將士，於我搭起城梯，準備攻城。」

時遷道：「且莫動手，我有一計可不費一兵一卒賺了他城門，一會兒我先在他後廚放起火來，哥哥們再趁亂而入……」

眾人：「去死！」

一時間雙方劍拔弩張，我眼見就要釀成一場大戰，大喝一聲：「先讓我試試。」

我下了馬，來到門前，拍著門板大聲喊：「爸，開門呀。」

老會計的聲音從裡面悠悠地道：「你叫誰呢？」

我說：「瞧您說的，除了您還能叫誰？」

「哦，那你幹啥來了？」

「我娶包子過門來了。」

我們爺倆這一問一答引得鄰居們都笑，我們的儀仗在村子裡已經弄出了很大動靜，現在全村人幾乎都圍在包子她們家門口，議論紛紛，嘆道：「包子命怎麼那麼好呢？」這個一拍那個：「你還說人家嫁不出去……」那個摸著腦袋道：「我說過麼？」

包子她爹貼在門上問：「我要是就不放你進來呢？」

我本來想說「那我等或者用誠意打動你」之類的屁話，可忽然福至心靈，大聲道：「那就說不得了，我只好把您家的大門扳倒，改天再來謝罪，今天包子我是非娶不可。」

街坊鄰居都笑：「老項，開門吧，最近水泥漲價了。」

我向四周連連拱手：「謝謝各位了，中午都去飯館啊。」

老會計滿足地嘆息了一聲，緩緩打開大門，然後他也愣了，在他面前是紅呢大轎，幾十匹馬，十幾輛馬車以及……好幾百號人。

進門就是客，我們沒有再受到非難，但是一碗生餃子那是必須吃的，吃的時候會有人問：「生不生？」於是新郎說「生」，是取「早生貴子」的吉祥意思。

老會計大概是看我表現良好，偷偷給我換了一碗熟的，別人問我的時候，我為了幫他打掩護，說了句：「超生！」

只聽包子的聲音由那個屋傳來：「超生，還惦記你的足球隊呢？」

然後我們就見她頭上蓋著大紅蓋頭，一身火紅的嫁衣，兩手扶著牆從屋裡出來，像個瞎子一樣摸索著往前來，一邊道：「聽說外邊轎子等我呢？我說麼，怎麼給我穿了這麼一身。」

花木蘭從裡面追出來攙住她，失笑道：「新娘子別說話。」

如果是平時，包子她爹早就該呵斥包子了，這時難得慈愛道：「既然是坐轎子趕路，那就早點出發吧。」

安頓好包子，花木蘭吩咐一聲：「起轎。」隨即對我笑道：「姐姐夠照顧你的吧？」

我撇嘴道：「也不怎麼樣，我們費了不少工夫呢。」

花木蘭瞪我一眼道：「真不知足，原來計畫裡的護城河都沒挖呢。」

我：「……」

我們很順利地吹吹打打上了路，路上走了一個多小時，在接近當鋪的路口上又遭遇了散兵游勇的騷擾，我叫戰士們大把大把撒喜糖，一盒一盒往外丟菸，終於到達了當鋪樓下。

也不知是誰在門口擺了個火盆讓包子跳過去，說這是預示以後日子越過越紅火，包子當然毫不含糊，下得轎來一蹦而過，就要往樓上跑，又被眾人擋住，龐萬春把一張弓遞到我手裡，說還得往包子前心射一箭，這也有說法，要祛祛邪祟。

我拿著弓手有點抖啊，問龐萬春：「這要一箭射個透心涼算誰的？」

龐萬春笑道：「你有那本事嗎，別射偏就萬幸了。」說著，把一個箭頭包了棉布包的箭遞在我手上，我這才放心，拉弓搭箭，結果這一箭──直接射在李逵腿上了，鐵牛正在那拍著巴掌傻樂呢，叫喊道：「你射俺幹什麼？」

沒辦法，只好撿回來再射，這回心口是沒錯，可惜射在盧俊義身上了。箭再回到我手裡的時候，看熱鬧的人都很自覺地退出百步以外──趙白臉早在我拿弓的時候就遠遠跑了。

包子站在當地，不耐煩道：「快點，你到底會射不會射呀？」

人群裡好幾個壞傢伙嘿嘿奸笑起來。

我紅著臉，一箭射在包子腰上，眾人都道：「這就行了，等你射準該過年了。」

這些事情做完，包子一進當鋪，這老婆就算到手了，然後是送入洞房，眾人笑鬧了一會兒都自覺地下樓去了。

人一走，包子就把蓋頭拿在手裡扇著涼四下裡看，我抓狂道：「你怎麼自己就揭下來了，扣上！」

我輕輕撩開包子的蓋頭，只見她臉紅紅的看著自己的鞋子，我說：「行了，你現在可以說話了。」

我坐在她身邊拉著她的手道：「包子，真是幾經波折啊。」

包子嬌羞無限，忽然一撩嫁裙踹我一腳，媚然道：「老娘還是被你用幾件破爛傢俱就騙到手了。」

我扳著她肩頭道：「咱倆現在可是洞房呢，是不是得幹點什麼？」

包子推開我說：「洞個茅房！那麼多人等著咱們呢，該去飯館了吧？」

為了不讓人們誤會，我倆趕緊跑出去。轎子和儀仗的都已經走了，在樓下等我們的是金少炎和老虎的車隊。

我和包子上了頭車，包子看著身後一長溜的車問我：「你訂的飯館聽都沒聽過，這麼多人能坐得下嗎？」

我回頭看了看說：「應該差不多。」

車離飯店還有半里地的時候，我就看見巨大的橫幅：恭祝小強和包子新婚大喜，看筆法應該是出自王羲之。

包子哈哈笑道：「寫得真好。」

我納悶道：「你也能看出字好壞來了？」

包子說：「比寫蕭先生和項小姐看著舒服多了。」

當我們剛剛接近的時候，驀地一聲震天炮響，然後是接二連三的炮聲，只見「快活林」酒店門口擺著十二門黃澄澄的禮炮，我納悶道：「我沒要禮炮呀。」

包子使勁捂著耳朵說：「是不是別人也在這結婚，搞錯了？」

這「快活林」我還是第一次來，雖然只有三層，但是高聳入雲，外面裝飾得金碧輝煌，我沒想到這地方這麼講究，如果是一般人家，同時接待四五組結婚的毫無問題。

我看了一眼門口，已經是車山車海，認識的不認識的，除了幾輛加長賓士剛把我和包子的父母接來，大部分車都沒見過，既不屬於金少炎車隊裡的，也不是老虎帶來的，那很可能是還有別家在這舉行婚禮。

我心下一陣不快，說好我都包了，難道是蔣門紳見有利可圖又許了別人？門口，幫我接待客人的有孫思欣、劉邦和鳳鳳，現在又多了一個秦始皇專門招待我的客戶。

在禮炮聲中，我把孫思欣拉在一邊問：「咱們酒吧的人都來了沒？」

孫思欣笑道：「掌櫃結婚，當夥計的敢不來嗎，都在裡面坐著呢。」

我說：「這禮炮怎麼回事？」

「那你得問蔣總——哎，他來了。」

蔣門紳聽見炮響，從裡面迎了出來，穿著筆挺的西服，頭髮梳得澄光油亮，滿面春風地朝我抱拳道：「強哥，恭喜。」

我道聲謝問：「今兒除了我，還有幾家在你這辦宴席的？」

蔣門紳不滿道：「你這是什麼話，強哥結婚能和別人一塊辦嗎？我這兒今天就你一家，看見這禮炮沒，還有那一排小姐，我把我開業的家什全給你用了。」

我使勁一拍他肩膀：「夠意思！」

就這麼一拖延的工夫，從裡面湧出幾百號人來，笑的叫的把住門不讓上的，我急忙把包子扛在肩上就往裡衝，更衣室在三樓，在好漢們的掩護下，我經過一場廝殺終於上了樓。

整個過程中，幾乎每經過一層樓，我們都會被幾十號甚至上百號的人圍追堵截──我納悶的是：這些人大部分雖然看著臉熟，可就是想不起來在哪見過。這可能跟匆忙中我顧不上仔細看有關係，許多人也確實是我的朋友或者以前的鄰居，可其他人是哪來的呢？

我在更衣室換上西裝，先一步出來，迎面居然碰上了白蓮花──就是賣給我別墅那位白蓮教主，白蓮花見了我笑道：「小強哥，新婚快樂，我們陳總讓我代她祝福你，門口的花籃是她一份心意。」

我笑道：「你們陳總屬花籃的？上回我學校開幕她就送我一堆花籃。」

白蓮花湊近我說：「小強哥，今天你這可來了不少貴客呀。」

我順著她的目光一看，見幾個包廂的門都緊緊關著，顯得高深莫測，我問：「誰呀？」

白蓮花笑：「你去了就知道了，有幾位可不是輕易捧人場的主兒，我看你今天要發啦。」

這時正好包子也換好婚紗出來了，我領著她打開第一間包廂的門，果然是高朋滿座，為首的是劉秘書，武林大會的時候多得他照顧，不過這傢伙也因此得了個區長當。他旁邊是我們市教育局局長，再旁邊都是相關領導，我和包子一進來，領導們都笑著站起，雙手交疊鼓掌。

我現在的身分畢竟不一樣了，所以人們都透著一股親近味道，我忙給各位領導上菸，這些平時在電視上彷彿不食人間煙火的大人物們人手一菸，笑呵呵地彼此聊著，臨走由劉秘書代表政府給我封了一個小紅包。

我帶包子出來，再進第二間包廂，這回屋裡卻只有兩個人，一個老頭，一個老太太，老頭一身皺巴巴的絲綢長衫，正慢條斯理地喝著茶，正是古爺；老太太臉上皺紋縱橫，像位鄉下婆婆，但舉手投足間從容不迫，乃是金少炎的奶奶金老太后。

從我們一進門，這倆老妖精就都盯著包子看，最後一起點頭：「嗯，是個好女人。」我無語，長得醜就是好女人嗎？

古爺直接把一個鼻煙壺丟在我懷裡道：「小子結婚了，以後少抽菸，送你個壺玩。」我一看那鼻煙壺晶瑩玉潤，絕對不是凡品，點頭笑：「謝古爺。」

金老太慈祥地衝包子招招手道：「丫頭，來。」

包子走過去以後，老太太拉著她的手東問西問了半天，最後把一個小盒子塞在包子手裡，我不禁好奇地湊上前去，包子打開一看，卻是一對鑽戒，想不到這老太太居然送了這麼對時興玩意兒。

包子覺得太貴重了，推脫道：「奶奶，這個我們可不能收。」我也說：「結婚戒指我們早就買了。」

老太太擺手道：「拿著吧，你休想隨便買個圈圈就把人家丫頭娶到手，再說，現在的女孩子都講究戴個大鑽石嘛。」

還真別說，我們的結婚戒指真是隨便買了一對圈圈，也就幾百塊錢。

我知道推也推不掉，隨手往兜裡一塞：「謝謝老太太，過年我們給您拜年去。」

金老太道：「去吧，一會兒只管忙你的，我們這屋就不用再惦記著了。」

等我們再出來，包子已經感覺有點不對勁了，拉著我的手說：「那個……」

不等她說完，鳳鳳陪著梁市長來了，這個賣盜版的自然不知道自己的姘頭是皇帝，所以很以能和梁市長搭上話而感到驕傲，一路殷勤地把梁市長請了上來。

梁市長現在已經高升到省裡工作，不過在我們市當了三年市長，基本人人都認識，包子一見之下也驚訝道：「梁市長？」

梁市長笑著說：「好好，新娘子真有福相。」然後拉著我的手說：「說實話工作忙啊，但我就為了這兩個字也得親自來一趟。」說著把手裡的請帖亮給我看，「一會兒能讓我見見寫字的這個人嗎？」

我一看那字，八成是柳公權寫的，我忙答應一會兒介紹他和柳公權認識，鳳鳳引著他去了劉秘書那桌。

他們走了，包子撓著頭，百思不得其解地說：「咱倆結婚你叫梁市長幹什麼？」

我也挺奇怪的，名單大部分都沒經我手，可能是顏景生想起來的，他給劉秘書發了請帖，總得象徵性地給梁市長來一張吧？誰想到這縣太爺還真來了?!

這時，我見孫思欣領著幾個人往上走，裡邊還有一個光頭和尚和一個老道，孫思欣也是，這樣要飯的給倆錢打發就完了，領上來幹什麼？

我剛要說話，一眼就看見個老熟人——武林大會的主席，那和尚和老道不是別人，正是武林大會上另幾位評委。

我急忙迎下去，幾位評委後面跟著一大幫人，亂哄哄地叫：「蕭領隊，還認識我們嗎？」

其中幾個還真認識，那個光頭是和我們第一場打團體賽的什麼精武會館的館長，旁邊那個是東北跆拳道的，再旁邊那個是北京育才的經理，後面的也都是武林大會上和我們有過接觸的，和扈三娘打過一場的方小柔，和那個把阮小二打下擂臺的練醉拳的都在其列。

我頓時失笑，這簡直就是一個小型武林大會呀。跟好漢們的有交情的一來，當日裡新交的那些朋友你叫我我叫他，於是成了現在這個場面，難怪我剛才看著眼熟又叫不上名字。

剛把武林豪傑們安頓好，只聽樓下顏景生的聲音道：「張老師，您來了——」包子風一樣的跑了下去……聽顏景生那恭敬的口氣，她就知道是誰來了。

我隨著她跑到二樓一看，只見老張在李白的攙扶下正在和眾人寒暄，他比以前又瘦了一圈，精神也不如上次，但是圍在他身邊的人都是他久仰的大儒，這使得老張蒼白的臉上出現了兩片紅暈。

他正拉著吳道子的手一個勁地搖，吳道子也驚喜地握著他的手說：「這不是小杜（甫）嗎？」

可以說，沒有老張就沒有育才，是老頭為了孩子們的一顆拳拳之心成就了育才的今天，所以不管是我的客戶們還是在場的其他人，只要聽說過老張事蹟的，都對他肅然起敬，連樓上那些政府官員也跑出來不少。

老頭見了我和包子，又用那種老軍閥似的語調威脅我：「小子，好好對你老婆！」

我陪笑道：「一定一定。」

老頭把我拉在身邊，小聲說：「你打算就這樣瞞她一輩子？」

我在他耳邊說：「我也沒想好，走一步看一步吧。」

老張點點頭，拉住包子說：「小強人是有點混蛋，心還不算壞，你以後要好好跟著他。」

包子感覺到老張有點囑託後事的意思，眼淚巴叉地使勁點頭。

經過這麼一鬧，包子早忘了要問我什麼，只是一個勁跟著我樓上樓下跑。

今天來的客人實在太多了，「快活林」上上下下都是人聲鼎沸，以至於能幫忙的都上手了，二胖也負責起接待我小時候的朋友們，記帳的，我開始只派了吳用和蕭讓，現在不得不把當過小職員的厲天閏和龐萬春也臨時派了出去。

其間郝老闆來露了一小臉，從明天開始，我就不再是他的員工，以後可以當朋友處。

這樣沒頭沒腦地忙到快十二點的時候，充當婚禮主持的宋清通過廣播說：「現在請新郎新娘及雙方家長到一樓大廳舉行儀式……」

我急忙拉著包子往下跑，包子暈乎乎地說：「咱們到底在幾樓辦？」

「先別問了……」我一邊跑一邊喊：「軻子，表妹——」我這才發現伴郎伴娘都不見了。最後在趙白臉身邊找到了二傻，趙白臉也穿了一身新衣服，跟著趙大爺一起來；李師師更誇張，把《李師師傳奇》劇組都帶來了，現在在指揮攝影師一會兒怎麼拍婚禮場面，還特別叮囑：一定要盡力把每一個人都拍進去。

結果等我把人找齊，剛跑到二樓樓梯口，就被一起往大廳裡擠的人堵住了，我抓狂地喊：「讓一讓讓一讓，我是新郎——」

等我好不容易擠到前面，等著我們的是一張嶄新的紅地毯，一直鋪到主席臺，除了紅地毯之外，還有手持禮炮筒滿臉壞笑的人們……

我只好硬著頭皮低聲跟包子還有二傻和李師師說：「一會音樂一響快點走！」

宋清那小子放起音樂，我只好拽著包子在「噹噹噹噹……」的婚禮進行曲中向主席臺快步走去。

離我最近的張清一眼識破了我的詭計，一擰禮炮筒，「砰」的一聲，碎花頓時把我們籠罩了起來——我很慶幸他沒有把那玩意當暗器甩過來。

張清一帶頭，其他人紛紛效仿，一時間，鋪天蓋地的紙花彩帶在我們頭頂炸開，我挽著包子快速滑步，想不到包子暗中狠狠拽了我一把，意思是要我慢點，後來我也理解了，包子穿著三萬多的婚紗，儀態翩翩如公主，誰願意在這關頭像個瘋婆娘一樣跟著我瞎跑啊？那慢就慢點吧，反正一輩子就這麼一次，等我們上了主席臺，腦袋上起碼頂了半斤碎紙。

宋清失笑道：「現在有請二位新人講話，誰先來？」

我拿過麥克風，一時間想不起要說什麼，只好望著下面說：「大家……都吃了嗎？」

眾人大笑：「還沒，等你講話呢。」

我把麥克風遞給包子：「我講完了。」

包子一接過麥克風就問：「你們都是來參加我們婚禮的嗎？」

眾人笑：「都是！」

包子邊把麥克風遞給宋清邊叨咕：「人真多啊——我也說完了。」

眾人：「……」

宋清被我們一番不著調的講話弄得愣了半天，這才反應過來，然後進行下一項：「有請雙方家長，請四位老人家到前面來。」

我老爹一貓腰背起我老娘，噌噌噌幾步便上了主席臺，老會計卻也不慢，抱著包子她媽和我老爹齊頭並進。

時遷和段天豹嘆道：「好輕功！」

宋清笑著說：「兩位老人家真是老當益壯，現在請背上老伴兒一起回答我三個問題。」

宋清問我老爹：「梁山上有多少條好漢？」

我老爹輕鬆道：「地球人都知道啊，一百零八條。」

我捅我爸：「錯了，一百零九！」我還算一條呢！

宋清道：「就算你回答正確吧。」然後問老會計：「他們中有多少天罡，多少地煞？」

老會計道：「二十六天罡七十二地煞——小子我可提醒你啊，不許問人名，一百零八個人我可說不全。」

宋清哈哈一笑：「現在，有請伴郎伴娘講話——」

二傻拿過麥克風有點緊張地說：「那個我就問一下，是不是當完伴郎伴娘也算結婚了？」說著他看了一眼李師師道：「我才不跟她結婚呢，她身上的香味熏得我頭暈。」把李師師氣得直踹他，眾人笑得前仰後合。

麥克風到了李師師手裡，總算有人說了幾句場面話，要不然可就都不著調了，最後李師師嫣然一笑道：「千言萬語說不盡對大家的感謝之情——但是為了兩位老東家，我就只能說到這了。」

倆老頭感激涕零道：「真是好姑娘啊。」

宋清拿過麥克風道：「現在問二老最後一個問題，一定要如實回答。」倆老頭緊張地點點頭。

「昨天晚上睡得好嗎？」

倆老頭：「……好。」

宋清笑道：「好，現在可以把兩位老夫人放下了。」

接下來是新郎新娘改口，我臉皮厚，輕輕鬆鬆叫了兩聲，兩個紅包便入了帳，包子平時大大咧咧，紅著臉怯怯地叫了一聲，二老照舊歡喜無限地把兩個大紅包拍在她手裡。

對今天的場面，四個老人都有點身在雲霧中的感覺，尤其是老會計兩口子，他們跟包子一樣，一直以為這麼多人有很大一部分是從外面跑進來看熱鬧的，後來聽說都是我的朋友，驚得直咋舌。

第九章

秦王陵

費三口點點頭道：

「我這次出差就是去咸陽，那裡周邊的村子發現了幾口墓穴，專家預測這很可能是一個大型墓群——」

費三口忽然壓低聲音道：「很可能是真正的秦王墓！」

我嚇了一跳，看了一眼在旁邊擺弄遊戲機的秦始皇。

儀式一完，宴會正式開始，「快活林」六個大廳座無虛席，也就是說，今天來參加我們婚禮的人大概在兩千左右，本來我開始還為客戶和一般朋友怎麼坐而費腦筋，後來索性不管了，愛怎麼坐怎麼坐吧——管不了啦。

於是顏景生坐在四大天王中間，好漢們被分別拉到了武林大會的桌子上，文人們旁邊可能坐著一個育才家長，我以前那個副經理老潘，就是搞古董鑑定那個，被我特意安排到了嫡親桌上，因為他實在是個危險人物，連給他的請帖都是我親自寫的。

我和包子再換了一套俐落的傳統禮服，開始給各桌敬酒，幾個包廂敬完，我拉著她先進了五人組所在的包廂，原始五人組和後來的吳三桂以及花木蘭齊聚一堂，金少炎、鳳鳳和曹小象也在其列。

曹小象一見我們進來就說：「祝爸爸和包子姐姐新婚快樂。」包子掏個大紅包塞在他小手裡。

我端了杯酒對秦始皇說：「嬴哥，今天最辛苦的就是你了，敬你一杯。」

秦始皇笑道：「自己人就包（不要）社（說）這些兒咧。」

包子這時才想起一件事來，問花木蘭和李師師道：「哎表姐表妹，你們怎麼不在嫡親桌上？」

花木蘭和李師師對視一眼，不知道該怎麼說，我忙道：「管他什麼親不親，怎麼熱鬧怎麼坐唄。」

幸虧包子夠馬虎，要不她就會奇怪我老媽都是第一次見這倆外甥女呢。

這半年多來，我們這些人在一起經歷了無數的快樂，就像一家人一樣，包子在這樣的場合下，居然頗有扭捏之態，端著杯酒道：「……那個，咱們在一起這麼長時間過得很開心，我想……你們可別笑話我啊，我想咱們是不是能以後也不分開——」

在座的除了鳳鳳，可以說都互知底細，愣了一下之後，李師師首先拍手道：「好啊好啊，我們以後也不分開。」

包子笑道：「大明星都同意了，你們呢？」

眾人為了不掃她興，都道：「同意。」

包子兀自暢想道：「我和強子結了婚以後，大家都還在當鋪住著，等以後我們攢夠了錢，買個大房子，你們也一起努力，咱們把房子都買在一起，我們世代一起生活。」

大家見她想得美好，都笑道：「這樣最好。」

包子興奮得不行，喝了一杯酒道：「我先去個廁所……」

劉邦把我拉在一邊小聲說：「小強，你可得好好對包子啊，她可是我夢中情人，結果被你小子給騙了去，我劉某一生，與人搶東西還從未輸得如此慘過。」

項羽端著酒有點失落地對我說：「小強，還是那句話，只有我什麼也給不了你……」

確實，在五人組裡，除了他，都為我的婚禮幫了不少忙，項羽從來的那天起，就一直悶悶不樂，找到虞姬之後，我也只見他在當晚痛快了一會，現在臉上仍有鬱鬱之色，可見人在得失之間是很難說清楚的，張冰跟我們這些人不大能處得來，所以他今天也沒叫她一起。

我和他碰了一下杯道：「羽哥，別這麼說……」

這時可壞了！包子她爹見今天高朋滿座，連市領導都來了好幾位，雖然自己閨女露了臉，但作為娘家人顯然勢頭被壓了一截，那死要面子的勁又犯了，仗著又喝了點酒，搖晃著走到主席臺上，從懷裡掏出張照片道：「……其實小強拿八抬大轎娶我閨女一點也不過，咱怎麼說也是名門之後——」

下面人們跟著起鬨：「什麼名門呀？」

老會計一揚手中照片：「我們老項家乃是西楚霸王項羽的後裔，這照片，就是我爺爺當年把祖傳的扳指捐獻給政府的憑證——那可是楚霸王親自用過的扳指啊！」

我一捂臉，長嘆一聲。

項羽使勁一拍我，先前的低靡一掃而空，「小強，看來你結婚最珍貴的禮物還是我送的呀。」

可不是麼，新娘是他送的。我苦著臉道：「你是我祖宗，你全家都是我祖宗。」

項羽呵呵一笑：「還是叫哥吧。」

包子回來以後，我們還得繼續給別的桌敬酒去，可是人實在太多，我想起那個亙古不變的辦法：拿涼水代替。

這之前親戚和領導們都已經敬過了，按照順序，我領著包子先來到岳家軍和好漢們之間，我給包子和自己倒上酒，一飲而盡，結果包子不知道酒裡我做了手腳，一喝之下，愕然道：「這酒……」幸虧她可沒傻實心兒，知道這是必要措施，於是誇張道：「……真好啊！」

演技太差了！董平楊志一見頓覺有鬼，搶過瓶子一喝，大喊：「新人拿涼水代替酒呢，大家說怎麼辦？」

「罰！」眾人笑著起鬨。

這下左一杯右一杯，包子在這一桌上就壯烈地倒下了。扈三娘和秀秀扶著她去休息，人們也不再過分為難我。

徐得龍見我在一邊坐下，跟著過來，掏出一幅字道：「小強，你新婚大喜，我謹代表岳元帥和全體到此岳家軍送你件禮物。」

我看著那字一怔，隨即明白過來，激動道：「岳元帥寫的？」

徐得龍輕輕點了點頭，這時散坐在各處的三百戰士突然刷地一下集體起立，嚇了旁人一跳。

我鄭重地接過，打開一看，上寫「潔身自好正氣凜然」八個大字，這既是岳飛自身的寫照，也是對後輩的殷殷囑託。看紙和字跡都是現代物品，也就是說：岳家軍已經找到了岳飛！

徐得龍知道我有一肚子話要問，拍拍我的手說：「以後再詳細跟你解釋，現在你還是先忙自己的事吧。」

我點點頭。

新娘子雖然喝倒了，但還是不能失禮，我端著瓶涼水繼續四處招搖撞騙，好漢們也懶得揭穿我。

我見厲天閏愁眉苦臉地坐在一個打扮得體的女人旁邊，酒也不敢喝，只能不停夾菜，兩人中間，坐著一個八九歲的小女孩，大眼睛圓臉蛋，長得十分可愛。

我走過去以後，厲天閏忙給介紹，旁邊那個果然是他老婆，也不像他說的那樣，長得還滿好看的，他女人禮貌地跟我打了招呼，在厲天閏耳朵邊說：「既然新郎來了，准你喝一杯。」

厲天閏如逢大赦，饞溜溜地跟我碰了一杯酒，我看著他的女兒笑著說：「咱攀門婚事怎麼樣，小象那孩子你也見了，多聰明。」

厲天閏鄙夷道：「有譜沒譜，孩子才多大！」

我壓低聲音道：「結了這門親，你可就是曹操的親家了。」

厲天閏：「……」

就這麼個工夫，只聽一樓大廳有人高聲吆喝：「小強包子多歡喜，國慶時節成連理。早生貴子萬事順，嗆的隆咚氣咚嗆！」

只聽最後一句，我就知道是上次武林大會賣大力丸那幾位來了，那時候好漢們只覺得這夫妻很像是張青和孫二娘，並沒多想，現在看來，這夫妻倆多半就是梁山上的菜園子夫婦了。

大亂中，一人在後面悄悄拽了我兩下，我回頭一看，見是費三口，我擦著汗道：「嚇我一跳，你怎麼才來？」

費三口道：「我早就來了啊，剛才還觀的禮。」

「那我怎麼沒看見……哦，明白了，工作需要，時時隱藏於環境之中是吧？」

費三口笑，給我一個打火機道：「結婚送你個小玩意。」

我拿著上下打量道：「這是照相機還是竊聽器？」

費三口鬱悶道：「只是普通打火機，不過能防風防水，無氧燃燒而已。」

我不好意思地說：「謝謝，你什麼時候才送我能把人變成白癡的自動筆啊？」

費三口：「我看不需要了，我懷疑你已經被人拿那種東西按過了。」……

當第一批客人都開始散場時，居然有一個人姍姍來遲，這個小個子男人直接找到我，問：「你就是小強吧？新婚大喜。」

看樣貌，這個男人很普通。我忙道：「你好你好，請入座。」末了我還是問了一聲：「您是？」

這人小聲說：「我是毛遂。」

我撓頭道：「聽著耳熟。」

毛遂提示我：「我是劉老六帶來的。」

我一拍手！我說今天怎麼那麼不踏實，沒見劉老六之前能踏實得了嗎？我就知道這老傢伙不會讓我消停，我結婚人家都送禮，他卻送人！

我問：「他人呢？」

毛遂道：「他說他就不進來了，讓我自己找你。」

客戶既然來了，總不能把人趕出去，我想了想說：「毛遂——是自宮那位？」

毛遂滿頭黑線：「自薦！自薦……」

我不好意思道：「對不起啊，走，我帶你先吃飯，一會兒介紹個人給你認識，她負責照顧你。」

毛遂道：「你忙吧，只要告訴我這人叫什麼就成，我自己去，這是我的強項。」

「……好，你上樓找秀秀就行。」

酒喝到下午三點多，人也走得差不多了，雙方的老人早在一點半就被迫退出了戰場。不斷有人被送進休息室，以至於我找了好幾間屋子才找到剛睡醒一覺的包子。她還有點迷糊，嘴裡叨咕叨咕不知道在說什麼，我拖著她跟人們打了聲招呼，來到酒店外，那裡，一輛加長的勞斯萊斯已經在等著我們了。

包子暈乎乎地說：「不是結婚麼，還要去哪裡啊？」

我把她弄在車裡，自己也滾到另一邊躺下，包子好奇地坐起來，揭開酒櫃看看，又用腿量量我們之間的距離，最後詫異道：「這麼長的車，三環內怎麼掉頭？」

得，還醉著呢。果然，說完這句話，包子倒頭又睡著了。

司機等我們上車以後，緩緩發動了車子，我看著包子睡覺，包子瞇了一會以後，覺得有人在盯著她，猛地睜開眼睛，好像也清醒多了，她揉了揉眼睛說：「回新房嗎？」

我看著她，微笑道：「嗯。」

「哇，加長車耶。」包子興奮地扒著窗戶向外看著，不禁叫了起來，而且發現了問題：「路不對呀，這是去哪兒？」

「新房。」我微笑著告訴她。

在經歷了一整天意外之後，包子好像已經有了一點免疫力，小心地問道：「不是回當鋪嗎？」

我說：「不是。」

車慢慢接近清水家園別墅區，老遠就看到社區門上掛起的橫幅：恭喜蕭先生項小姐新婚快樂並喬遷之喜。

這回可不是王羲之寫的了，事實上我也沒想到在這裡會出現這麼一幅字，看口氣應該是清水家園為業主量身製做的；再想一步，也就是陳可嬌吩咐下來的，我心裡一陣暖和，我和這個女人雖然是業務上的聯繫，但我的事她畢竟上心了。

包子也看到那幅字了，她使勁往外看著，納悶說：「喬遷之喜？我們搬家了嗎，我怎麼不知道？」

勞斯萊斯慢慢駛過草坪，遠處的人工湖在秋色裡波光粼粼，包子忽然使勁抓著我的肩膀說：「這裡有我們的房子嗎？」

「快到了快到了！」女人見到大房子怎麼都這麼興奮？

司機把車停在我的別墅門口，走下來為我們打開車門，溫文爾雅地衝我們施了一禮說：「祝太太和先生新婚快樂。」

「謝謝。」我像個紳士一樣還了一禮，把胳膊支給包子，包子乖巧地挽住我下了車。

司機走後，我開始各個口袋找鑰匙……

包子現在徹底清醒了，眼裡閃爍著無盡的光芒，而且很難得地沒有發問，也沒有繞著房子撒歡跑幾圈，很享受這一刻。

……問題是，鑰匙哪去了？

包子本性暴露，暗中掐了我一把說：「你不會是逗我窮開心的吧？」

這時我終於找到了鑰匙，打開門把包子甩了進去。

包子驚訝地捂住了嘴，在我們對面，是我和她的結婚照，結婚照的旁邊是房產證——我知道這有點破壞美感，但是我想讓包子徹底安心。

果然，包子最先衝向的就是房產證，當她看清楚上面的名字時，歡呼著撲進我的懷裡，我抱著她轉了兩圈，然後把她放下說：「走，我帶你四處看看，你肯定喜歡咱們的家庭電影院和小陽臺。」

「呀？」包子看著一個角落裡的小型兒童樂園，驚訝地叫了一聲。

包子看得有些發傻，我扶著她的肩膀說：「喂，你不會當初只是說說而已吧，其實你不喜歡？人家可不會退貨的。」

包子忽然再一次緊緊抱住我，我很快就感覺到胸前濕了一片，她哭了。

我說：「現在可以你玩，等以後我們有了孩子，你就帶著他玩……」我在包子耳邊輕聲道：「說到孩子，我們是不是應該努力了，我帶你去看看我們的床吧。」

包子使勁捏我腰上的肉，一直靠在我肩膀上，由我帶著她參觀全部房間。

最後我們來到臥室，我別有用心的告訴她：「這間隔音最好！」

包子盤腿坐在床上，說：「現在說吧，這一切是怎麼弄的——我們到底得還多少年貸款？」

我失笑道：「難道你現在還沒看出來嗎，你男人我是個有錢人啦。」我坐在她身邊說：「這都是我給你的驚喜，最大的驚喜是：你老公現在不但沒有欠錢，而且還是個千萬富翁。」

包子睜著眼睛問：「怎麼弄的？」

什麼話嘛，什麼叫怎麼弄的呀？我摟著她說：「故事得從一開始說起……」

可是從哪說起呢？我現在並沒有打算告訴她我接待客戶的事，那麼，我的第一桶金是怎麼來的呢？我理了一下思路告訴她：話說一個人有一隻價值兩百萬的聽風瓶，摔碎以後當垃圾扔了，正好我識貨，於是撿了回來，而我又恰好有一個朋友會瓷器修復，於是我把它修好以後賣了錢，盤了一個酒吧，然後我的另一個朋友正好會一種釀酒方法，於是我把他的酒引進酒吧代賣，就是時下最熱銷的五星杜松酒，最後我把五星杜松送上了生產線，於是乎，一個嶄新的富翁誕生了……

好在我編出來糊弄包子的一番話非常嚴絲合縫，而且其中的細節也說得有聲有色，騙包子這樣智力的女人綽綽有餘。

包子聽得一驚一乍，時而眉飛色舞，最後她終於發現了一個致命的漏洞：「不對呀，你現在富成這個樣子，當初幫過你的那些朋友怎麼一個也沒露臉？」

我只得敷衍道：「他們現在也都有錢了，今天還來了呢，我是沒顧上給你介紹。」

包子半信半疑地看了我一眼，這時，鬧新房的人來了，大家特意留了一段時間給我和包子，現在終於追殺上門。

門鈴響了以後，包子還是呆呆地看著我，我拍了拍她的屁股說：「看什麼呢，去開門呀，你現在是這裡的女主人。」

我們剛走到樓下，就聽方鎮江一個勁喊：「快點開門，幹什麼磨磨蹭蹭的？」

佟媛小聲說：「倆人是不是在親熱呢？」

包子臉紅紅的把門打開，眾人都曖昧地盯著我們看。

佟媛一進來就嘆道：「哇，好漂亮的房子。」然後拉著方鎮江，「什麼時候咱也買一套，不用別墅，有這樣一層大就行。」

我笑道：「快了，在學校外頭正給你們蓋職工樓呢，比這小不了多少，到時候一人分一套。」

佟媛和秀秀驚喜道：「真的呀？」

「當然是真的。」

反正現在我們有的是地，蓋幾棟樓的錢跟育才的建設比起來根本是九牛一毛，好漢們雖然用不著，但留下來的四大天王和方鎮江、花榮可都是國寶級的人物，搞點福利也是應該的。

我把秀秀拉在一邊道：「毛遂呢？」

花榮插口道：「別提了，那人太能扯了，別看剛來什麼也不懂，照樣唬得人一愣一愣的，也不知道被誰拉去喝酒了，總之丟不了。」

吳用擺手道：「他可不是瞎聊，每一句話都能說到重點上，當年憑三言兩語就說得楚王發兵救趙，那是一般胡吹嗎？」吳用說著，讓人提著兩隻大箱子過來，「這是今天收的禮錢，名單都在裡面。」

我見蔣門紳也來了，朝他招招手說：「兄弟，你來。」

「啥事？」

我說：「這回飯錢無論如何也得給你，我沒想到會去那麼多人，可不是故意想把你吃回七〇年代去。」

蔣門紳笑道：「強哥你這麼說就見外了，吃飯才能花幾個錢？」

我說：「別爭了，我知道不是幾個錢的事，兩千多人胡吃海塞，每桌都是高規格，這頓飯沒有幾十萬下不來。」

吳三桂道：「自己人就別說錢的事了，我見拉去的酒還有一半，留到小蔣那兒賣不就行了？」

我問吳用：「咱們今天喝了多少酒？」

吳用道：「拉去十噸，喝了五噸多。」

我：「……」

蔣門紳道：「那就這樣吧，酒我留下，錢別提了。」

我指著那兩個大皮箱說：「我的意思你再拿幾摞走。」

眾人都笑：「小強現在可是財大氣粗了。」

我拉著老虎說：「以後你跟蔣兄弟多親近，他才是真正的『散打王』。」

確實該多親近，一個老虎一個蔣門神，都被武松打過嘛，西門大官人再來了就齊了。

蔣門紳道：「別損我了，早想把獎盃和證書給你送過來，事一忙給忘了。」

包子一直在忙著給大家沏茶倒水，秀秀摟著她說：「包子姐可真幸福，我小強哥文武雙全的。」

眾人齊愕然：「文武雙全？小強？」

我見扈三娘不在，叉著腰得意地笑了一個。呂布也被咱幹倒過，難道我還不雙全嗎？

這時候電話響，我一看是個陌生的外地號碼，接起來一聽，一個寬厚略帶滄桑的聲音說：「小強，新婚大喜啊。」

我怔了一下，驚喜道：「二哥？你怎麼知道我結婚的？」

關羽笑道：「你送我那天告訴過我，我還答應去看你，可惜二哥現在回不去，這可失信於人了。」

我小聲問：「找到周倉了？」

眾人聽我這麼一說，知道是關二爺來電，一個個興奮得直往前湊，只聽對面又一個粗豪的聲音道：「小強，我是周倉，早生貴子啊。」

我躲閃著伸過來的無數手，掙扎著道：「二哥，一大幫人搶著要跟你彙報工作呢！」

關羽笑道：「先不說了，過幾天我就回去看大家。」

二胖忽然越眾而出：「我跟二哥說幾句……」說著，他拿走我的電話，「二哥，是我……我是二……呃，呂布。」

我們納悶，他倆有什麼說的？只見二胖坐在門口，先跟關羽客套了幾句，然後就小聲聊了起來，我們斷斷續續聽到小禪……赤兔的名字，大概是他在問詢當年他死以後發生的事，關羽和呂布雖無大仇，但素有罅隙，不過此時此刻兩個人倒是都保持了平心靜氣的語調，在這個時代，他們這些人想找個能好好聊聊的夥伴不容易，到最後，胖子竟說得傷感起來，就差和二哥互訴衷腸了。

眾人又坐了一會，佟媛道：「春宵一刻值千金，咱們還是別耽誤小強和包子姐了，讓他們早點休息吧。」一人們嘿嘿笑著起身，都道：「說的是，說的是。」

我用老領導的口氣對她說：「好啊，你和鎮江也早點休息。」

佟媛臉一紅，呸了我一聲。

我們把人送在門口，金少炎對李師師說：「明天我來接你回劇組。」

李師師回頭看了一眼道：「今天我們都回劇組。」

包子愕然道：「怎麼你們也要走？」

李師師笑道：「我們還回來呢，但是今天晚上一定要留給你和表哥。」

秦始皇也說：「把地方兒給餓（我）們留哈（下）。」

其實我在買房子的時候，下意識地就把五人組考慮了進去，包子更不用說，剛才一直跟我討論誰誰住哪個房間的問題呢，包子在生活態度上，只要有熱鬧就比什麼都高興，以前沒錢的時候是窮開心，現在有錢了，在她看來更沒有理由讓大家分開。

送走客人，包子做了一個傳統新娘子都會做的事情——她嬌羞無限地……去數禮金了。

吳用送來的兩大箱錢，猛一看就有一兩百萬，一張一張的根本無從數起，好在有名單，我找了個計算機，先不看名字，單加數字，加下來的總數是一百五十萬。

包子呆呆地看著那些錢，喃喃道：「哪來這麼多錢啊，就算兩千人來吃飯，每人包兩百塊的禮那才不到五十萬呀。」

她翻著名單，恍然道：「有些親戚包了不止兩百，不過那也不對呀——哦，老虎一個人就包了五萬，鳳鳳一萬，哇，你們郝老闆包了十萬。」我知道郝老闆這屬於借包禮還人情。

包子翻著翻著忽然奇怪道：「咦？這個……」

我問：「怎麼了？」

包子指著名單上一個名字說：「這個人也包了五萬，可是沒留下名字。」

我笑道：「這還有做好事不留名的呢？」

我拿過名單一看，見金額五萬後面果然沒有具體名姓，只寫了一個「樓上受恩人祝小強新婚快樂」，包子猜道：「樓上的？咱們樓上還有人嗎？」

我想了一會，拍著大腿說：「我知道是誰了，我救過他一命。」

記得有一次我和項羽還有李師師去看望張冰的爺爺，路上遇一哥們要跳樓，是我用讀心術把他勸下來的，當時他給我留了一個電話，不過我沒往心裡去，後來也不知道哪去了，想不到我結婚他居然不聲不響地來了。

包子聽我說完，詫異道：「你還有這樣的英雄事蹟呢。」

包子隨手翻著名單，忽然驚訝地指著一個人名說：「這個何天竇是什麼人，包了二十萬！」

我心一提，搶過名單一看，見上面清清楚楚寫著「何天竇，二十萬」。我忙給吳用打電話，他的回答是：對此並無印象。

今天幫我收禮的四個人都知道這個人的名字，龐萬春和厲天閏甚至還見過他本人，那麼也就是說，何天竇本人大概並沒有露面，禮錢也是趁亂放下的。這點小事對他來講自然不難，可氣的是這個傢伙在我們就快要忘了他的時候來這麼一齣，讓人心裡沒著沒落的。

包子問：「這人跟你什麼關係，為什麼包這麼多？」

我只能隨口說：「生意上的朋友，我以後會還他的！」

包子翻著厚厚的名單說：「我剛想起來，你這些朋友我好像很多以前都沒見過，像一下從天上掉下來似的。」說得太對了！

包子盤腿坐在沙發上，質問我：「除了賣酒，還有什麼我不知道的，都交代了吧。」

我嘿嘿笑：「哪有啊，咱倆不是成天在一起嗎，我能瞞你什麼？」

「真的嗎？」包子盯著我，難得的眼裡閃過一絲敏銳，「再給你一次坦白的機會！」

我心一虛，難道她真的發現了什麼蛛絲馬跡？

包子指著我的鼻子大聲喝問道：「說，這房子裝潢這麼長時間以來，你有沒有帶別的女人來過？那個何天竇到底跟你是什麼關係？他是男是女？」

我索性不說話，一把抱起包子往樓上的臥室走：「帶沒帶過女人，老子讓你看看你老公的『存貨』你就明白了！」

那夜，我們進行了一次非常深入的靈魂與靈魂，身體與身體之間的對話。

第二天，我一睜眼就看見陽光透過窗簾飄灑進來，映得塵埃緩緩移動，我轉頭看包子，只見她閉著眼睛，眼珠子卻隔著眼皮骨碌骨碌的轉，我知道她早就醒了，把腿伸過去輕輕踹她：「你怎麼還不去上班？」

包子仍舊不願意睜開眼睛，嘴角帶著懶懶的笑意：「我男人是個千萬富翁，難道還要我去當接待員？」

看看，由儉入奢易，這人墮落得多快呀?!我故意踢著她說：「不行，今天你必須去。」

包子不滿地回踹：「憑什麼？」

我說：「哪有第一天當老闆就曠自己工的？」

包子猛地睜開眼睛：「你說什麼？」

「你們胡老闆的包子鋪已經被我買下來了，現在你才是那兒的掌櫃，快去吧，你的員工都在等著你呢。」

包子愣愣地看了我一會，當她察覺到我沒有跟她開玩笑之後，立即火速地穿衣，一邊自言自語道：「我就知道你不讓我閒著，我得趕緊去了，要不讓人說我拿架子就不好了。」

包子忽然停住動作，問我，「我怎麼見他們呀，以前都是一起打工的，現在我突然成了老闆，感覺特不是人！」

我無語，當老闆和不是人有聯繫嗎？我只好說：「你可以給他們漲工資。」

包子使勁點頭，旋即哈哈笑道：「幸虧我幹的是接待員，再招一個很容易，我要是拌餡兒的，那還難辦了呢！」

我再次無語。

包子邊穿外衣邊問我：「咱們門口幾路車去包子鋪？」往外面看了一眼，忽然道：「樓下那輛車怎麼回事，怎麼停在咱們門口？」

我躲在窗簾後面扒開條縫兒一看，果然，一輛全新血紅色的雪佛蘭正對著我們門口靜靜停著。

這太不像話了，住這兒的，家家都有自己的車庫，把車堵我們門口算怎麼回事？

包子說：「會不會昨天那幫人誰開來的，忘了開回去了？」

我失笑，要真是那樣的話，這人得比包子糊塗。

這時電話響了，李師師那銀鈴一樣的聲音咯咯笑道：「表哥表嫂睡得怎麼樣？門口有一輛車看見了嗎？」

我又氣又笑：「是你們開來的呀？趕緊來人開回去吧，幸虧碰上我這樣拾金不昧的，要不早給你搬車庫裡了。」

李師師笑道：「那本來就是少炎送給你們的結婚禮物，不過具體是給包子姐的，鑰匙就在樓下茶几上。」

包子聽見了我們的對話，幾步跑下樓去，不一會就出現在草坪上，她來到車旁邊衝我揚了揚手裡的鑰匙，很快就駕車駛出了社區。看那車優雅輕鬆的樣子，絕對是原產，價錢嘛，金少炎買的東西他本人是從不看價錢的，但絕對便宜不了。

包子走後，我又躺了一會，就爬起來開始整理結婚收到的那些小玩意，比較值錢的就是古爺和金老太太送的鼻煙壺和鑽戒，比較特別的是費三口送的打火機，最有紀念意義的就是三百集體從他們元帥那裡為我求的字了，「潔身自好正氣凜然」，這八個字好像怎麼也跟我搭不上，我只好把它小心翼翼地放好了。

關於禮金，我也沒想到能收這麼多，那些有錢的朋友不說，我實在沒想到三百和梁山好漢們居然也包了禮，我之所以這麼想，是因為我一直以為他們根本沒錢，還記得三百走的時候，每人才帶著一千塊，面對他們的是還不完全瞭解的世界和不知道要在外面漂泊多久的流浪生活，現在他們回來我才知道，他們大部分人在各地都有了不錯的工作和生活。

現在岳飛找到了，可看樣子他們絲毫沒有要離開的意思，從他們到齊那天起，戰士們就又成為一個整體，他們除了在校園裡閒逛以外，就是一對一地教孩子們功夫，幾天下來，效果明顯。至於岳飛的具體情況，我還沒來得及問徐得龍。

說到好漢們，這群傢伙現在絕對有錢，新加坡的比賽打下來，光國家的獎勵就有幾百萬，要不怎麼人手一支蘋果手機呢？

整理完東西，我穿著睡衣甩著膀子來到外面的草坪上，本以為偌大的別墅區就我一個人，沒想到我的鄰居也住進來了，清水家園自開盤以來好像只賣出這麼兩套房子。

我的鄰居正在修整草坪，那是一個年過半百的老人，正在用小耙子隨意地鬆著土，他穿了一身幹活時穿的寬鬆衣服，但看他一絲不亂的白髮和紅潤的皮膚，還有那種慢條斯理的舉動，可以感覺到老頭應該是個真正的貴族，而不像我是個半路出家的暴發戶。

他見我在看他，朝我友善地笑了笑。

我也跟老頭傻笑了一個，掏出菸來要扔過去，老頭聳了聳肩，表示自己不抽菸。

我坐在屋子邊的木椅上，瞇著眼睛看太陽，一副頤養天年的模樣，這就是幸福的生活吧。

這時，我就見地平線上出現了幾個身影，一個胖子，胳肢窩裡夾著小型遊戲機，不仔細看還以為是鍵盤呢，他的旁邊是一個黃臉漢子，不停跟身邊的人說著什麼，看那表情就知道在吹牛，不過他身邊那個人根本不怎麼搭理他，而是拿著半導體收音機捂在耳朵上聽著，在他們身後，一個超級大個兒背著手走著，大個兒旁邊是兩個說笑的漂亮姑娘，一個非常酷的披髮老頭望著遠處的湖水有點失神……

是的，我的五人加二組回來了。

七個人見我攤開手腳曬太陽的傻樣，頓時笑得前仰後合起來，贏胖子還指著我說了聲：

「掛皮（傻子）！」

劉邦撒腿就往樓上跑：「搶個好房間。」其他人都嘻嘻哈哈地跟著跑了上去，只有秦始皇一個人慢悠悠地落在最後，我說：「嬴哥，怎麼不上去選個房間？」

嬴胖子道：「搶撒（啥）捏，餓（我）又上不氣（去），餓就住底哈（下）。」

秦始皇抱著遊戲機，扳住電視找了一氣也沒找到插孔，洩氣地坐在沙發上，我笑道：「嬴哥，過幾天我給你買個小電視放你屋裡，你就走著坐著都能玩了。」

這時一輛破舊的老車停在門口，費三口從車上下來，抬頭打量著我的別墅。

我忙迎出去，費三口笑道：「我再來跟你道個喜，順便道別。」

我一邊把他往裡讓一邊詫異道：「道別？」

費三口進了客廳，先讚美了一下我的房子，然後坐在沙發上說：「我最近可能得出去一趟，育才的建設已經到了尾聲，後面的工作我都安排好了，這段時間你有問題，可以找上回咱們見過面的那幾位同志，當然，也可以直接給我打電話。」

因為他的工作性質，我不敢細問，我遞根菸給他，老費掏出一個跟送我的一模一樣的打火機點上火，他見我在看他的打火機，就朝我揚了揚手道：「上面統一發的，幾乎人手好幾個，可以在地下無氧的環境裡燃燒很長時間，還可以檢測一氧化碳的濃度。哦，你當然是不怎麼會用上，不過性能還是要比一般名牌貨好得多。」

我忍不住道：「那你們拿著幹什麼，真的做『地下』工作了？」

想不到費三口居然點了點頭，道：「我這次出差就是去咸陽，那裡發現了幾口墓穴，專家預測這很可能是一個大型墓群——」費三口忽然壓低聲音道：「很可能是真正的秦王墓！」

我嚇了一跳，看了一眼在旁邊擺弄遊戲機的秦始皇，問老費：「再發現什麼也應該是考古工作者的事情吧，叫你們去幹什麼？」

費三口苦笑道：「諷刺的是，最先發現的不是咱們中國人。」

「那是誰？」

「幾個據說是來中國旅遊的外國人，可是這個說法很難讓人相信，來中國旅遊，光挑偏僻地方走，還帶著最先進的勘測儀器——國際刑警通告，一幫國際盜墓分子已經潛入了中國。」

我撓頭道：「既然在咱們地盤上，用得著這麼防嗎？」

費三口嘆氣道：「他們並不是簡單的盜墓分子，而是介乎於恐怖分子和黑手黨的角色，他們的主要生意就是重量級古董，而他們的背後，是一些支持他們行動的國家，所以不可小看。」

我說：「那更簡單了，抓起來唄，然後拿自動筆按他們。」

費三口臉上出現了那種莫可奈何的表情：「不行呀，我們還得靠他們幫咱們找自己的寶貝呢。」

這就有點搞笑了，一幫外國壞蛋用高科技手段在前面刨，咱們跟在後面收，明明恨之入骨，卻又不敢打草驚蛇。

費三口道：「就說這次吧，如果不是有當地農民舉報，真不知道他們已經發展到了什麼程度，所以就算抓他幾個小嘍囉也無濟於事，只要他們賊心不死，我們的國寶就沒有保障！」

我說：「那個……秦王陵不是說已經找到了嗎？」

「你是說驪山墓？」

不等費三口再說什麼，秦始皇忽然在一邊道：「餓（我）早社（說）咧，歪（那）絲（是）假滴──」

費三口看了秦始皇一眼，對我點頭道：「對，那是假的！」

我們的對話，秦始皇大概只聽了個隻言片語，說完那句話他又低頭忙他的去了，他的遊戲機有點不靈，胖子在想辦法修呢。

我瞪了一眼秦始皇，小聲跟費三口說：「你說那胖子死就死了，埋那麼多東西禍害後人幹嘛呀？」

費三口茫然道：「啊？什麼胖子──」

我小心道：「你告訴我的都是機密吧？」

老費道：「也算不上機密，電視上過段日子少不了也要報的，至於我們跟的那幾個人，他們並不是什麼善男信女，人們常說軍火和毒品是暴利，往往會忽略了古董走私，一把AK47在國際市場不過是幾百美金，四大毒品來源地可以提供的貨源非常穩定，只有古董是無價的，而且你要做軍火，需要船，需要車，需要飛機，而一件古董只需要一個舊皮包就夠了，得到的利潤卻一點也不差，所以和古董走私比起來，軍火商和毒品販子簡直就是下三濫的腳色。」

我聽得眉飛色舞。

費三口繼續道：「但是古董是做不出來的，更不能長出來，這就造成了某些國家要面對的額外風險，中國、埃及、印度等等，因為你在美國能刨出來的最歷史悠久的東西也不超過三百年。在各國的走私黑名單上，中國秦朝的東西一直位列榜首，現在，整整一座秦王墓可想而知，它的效應甚至能影響全世界。對此，我們得出這樣一個結論：要不惜一切代價保護秦始皇陵。」

不知道為什麼，我有點毛骨悚然——因為我想起經我手丟的東西裡，既有荊軻劍又有霸王甲，幸好那是何天竇跟我開的一個不太友好的玩笑，不管他是人是神，他至少還是咱中國這邊的，應該不至於做出什麼令人髮指的事情來吧？

我小心地問：「咱們這口墓不是保住了嗎？」

費三口道：「這口是保住了，但說不準這又是一處假墓，對方也絕不會只派出這麼一組人來，現在，我們要做的就是和他們搶時間，但是難度很大，對方有備而來，還有強大的金錢滲透，我們只能被動防守，說到底，有點守株待兔的意思。」

我問：「你說他們拿著先進設備，到底是什麼東西？」

費三口無奈道：「也不見得有多先進，要不十幾年前他們就動手了。」

我愕然：「那幫人已經找了十幾年了？」

費三口點頭：「只怕還不止十幾年，而且不止一撥人，我不是說過了麼，咱們中國這樣的歷史古國都存在這個問題。」

我笑道：「那讓他們繼續找去唄，咱故意放出信去往山路上引，還能幫著山民們修修路什麼的，等找不動那天，給他們頒發愚公移山獎。」

費三口失笑道：「如果有個小偷知道你們家有值錢東西，可就是一時找不到，你願意把他留在家裡繼續找嗎？」

我說：「那趕出去唄。」

費三口一攤手：「那就又回到那個問題上了——在主人也不知道那值錢東西放在哪兒的前提下，萬一被小偷找著呢，也不失為這個主人解決問題的一種選擇嘛。」

我笑了：「看來你們挺矛盾的，所以你們現在要做的就是先一步找到秦王墓，也好死了外人的那份心？」

「可以這麼說吧，已經被發現的，我們沒有必要趕他們回去，他們等於在幫我們一起找，沒發現的你想趕也無從趕起，這就是一個風險的問題，所以歸根結底還是要趁早把秦王墓找到控制起來，這就是所謂的搶時間。」

我不禁又看了一眼秦始皇，看看你給後人惹了多大的麻煩！

費三口跟我聊了一會累了，低頭喝水，我悄悄走到秦始皇身邊，小聲問：「嬴哥，你當初一共給自己造了多少個假墓？」

秦始皇不疑有他，擺弄著遊戲機說：「四拐（個）。」

我一咋舌，這麼說除了驪山墓還有三處墓址，秦始皇說過，他自己最後也不知道自己到底長眠在了哪裡，可我覺得這絲毫沒有關係，我們現在所謂的真假，是指墓裡有沒有秦始皇本人的遺體，可那裡的東西卻都是實實在在的，就算假墓裡的圓方錢都是假的——那也是秦朝的假錢！對於遺體，我本人毫無興趣，活的都天天見，誰還稀罕死的？

我又問嬴胖子：「那這些墓的大概位置你知道吧？」

秦始皇：「知道。」

我問費三口：「你身上有地圖嗎？」

費三口奇道：「什麼？」

我順手從書架上拿過一幅地圖，跟費三口說了聲「不用了」，然後把背對著他，把地圖展給秦始皇看：「嬴哥，把它們的位置標一下。」

秦始皇放下手裡的東西，似笑非笑道：「你想幹撒（啥）捏？讓餓（我）指著你們挖餓墳氣（去）？」

我一下就愣了，這個我倒是沒想到，這墳可不比金鍊子金手鐲，可以隨便送人，胖子之所以勞民傷財做了這麼多墳，就是因為迷信可以到了陰間繼續統治天下的想法，忌諱多著呢，現在要他親自把自己的墳曝光，恐怕不是那麼容易。

我拉了拉秦始皇的袖子道：「嬴哥，想開點，現在不挖，以後遲早有人挖，而且要是咱們自己人挖出來，除了讓它見光以外，裡面的東西不會有絲毫改變，可是萬一要讓外國人挖跑了，你就算有十萬兵馬也不露臉啊，強龍不壓地頭蛇，人家死人可不比咱少，你只能背井離鄉，處處挨打受氣……」

秦始皇笑罵道：「掛皮，歪（那）就是些泥人兒和漂亮家什真能護著你，餓（我）還在你嘴兒（這）瞎法（耍）捏？」

我一拍大腿：「明白人啊！」早知道開始就這麼說了，秦始皇陰間都去過了，明知道他的兵馬就是些擺設，當然不會再有顧忌，反倒是害我胡扯了半天。別看胖子心不在焉的，可我知道他已經猜測出我們要做什麼了，只要他肯幫忙，這件事還不是小菜一碟？

秦始皇看著我找出來的地圖，皺眉道：「這是撒（啥）麼？」看來現代地圖他是有點看不明白。

我又轉頭問費三口：「你能找來秦朝時候的版圖嗎？」

費三口仍在雲霧中：「什麼意思，你幹什麼用？」

我只得擺擺手，在地圖上找到一點跟秦始皇說：「這就是驪山。」

秦始皇搖頭道：「連不上。」

我明白，地圖上兩點成線，現在光有驪山這麼一個地方，在完全陌生的版圖上秦始皇很難指出哪是哪。

我跟費三口說：「現在你只要告訴我，你們剛發現那口墓在這圖上的什麼地方就行了。」

費三口尷尬道：「恐怕這暫時還不方便跟你說。」隨即他又問：「你們到底在做什麼？」

我忙合上地圖：「呵呵，沒有，就是小老百姓無聊瞎玩，說不定還能矇出來呢。」

費三口笑道：「那你們矇出來一定要告訴我，也可以做個參考。」

我們都笑了起來。我知道費三口把我的話全當成了玩笑，如果我跟他說他面前這個其貌不揚的胖子就是秦始皇的話，他肯定會以為我被他的同事拿自動筆按過了……

看來新發現的墓穴還在秘密挖掘中，所以他不能告訴我，那麼這件事也只能到此為止，如果我太深入，那以後我就得跟他解釋這個胖子是誰的問題。

我一時的衝動漸漸冷卻下去，因為我又想到一個新的假設：萬一剩下的三個墓都找到了而裡面沒有秦始皇本人的遺體怎麼辦？難不成讓嬴胖子躺那去？

費三口臨走的時候握著我的手說：「對了，上次秦王鼎的事還沒正式謝你呢。」

我笑著跟他握手，我能感覺得到，這做這一切的初衷是源自於他對這個國家的熱愛，最後我還是沒忍住說：「祝你此行成功，不過你要是實在找不著的話——」

費三口忽然奇怪地盯上了我的眼睛。我心中一怯，打著哈哈說，「那就繼續找。」

第十章

藏龍臥虎

記者從朝三暮四郎鎩羽而歸以後，就變得格外注意和小心，
現在他們深深地理解「藏龍臥虎」這句中國古話，
他們親眼看到空手道冠軍被我們學校一個開大車的揍得滿地找牙，
關於神秘東方的傳說頓時浮現到腦海裡。

我們新家的房子，兩位小姐占了一間，劉邦雖然嘴上喊要搶一間採光好的，不過他沒多少時間回來住，仍然和二傻住了一間；項羽在搶房間的時候跑得倒是夠快，可惜贏胖子扯了他的後腿，剩下樓上的一間房還有吳三桂一個競爭者。

要說敬老，實在不知道該是剛剛而立的項羽敬業已花甲的吳三桂，還是該清朝的老漢奸敬秦末的楚霸王，最後還是項羽發揚風格，既然住樓下，索性又跟秦始皇一個屋。

等於說除了吳三桂獨立，還有我和包子同房，其他人並沒有什麼變化，這些大人物在房間充裕的情況下仍選擇了以往的夥伴。

不過後來我有點看出來了，他們這麼做可不是為了給我省買床錢，他們更願意空出兩個屋子來做書房和棋牌室，比如李師師就可以在前者讀書寫字看劇本，要是我們興致來了，就陪劉邦在後者玩會兒麻將，花木蘭和吳三桂還可以在這裡繼續紙上談兵。

中午，包子回來了，鮮豔的雪佛蘭無聲地停在門口，包子下了車，捏著鑰匙走進來，好像還真有點貴婦的味道。

眾人都笑著看她，問：「當老闆的感覺怎麼樣？」

包子頗為扭捏地說：「也不怎麼樣，以前我站著，他們也站著，現在變成我站著說，他們坐著聽了。」

我嬉皮笑臉道：「大家沒誇你男人有本事？」

包子瞪我一眼道：「沒，他們說男人有錢就變壞，讓我抽出時間來看著你，店裡的事不用我操心。」

我陰下臉道：「誰說這話的統統開除，哪有員工跟老闆這麼推心置腹的，你肯定給他們漲工資了吧？」

包子邊換鞋邊說：「我今天才回過味來，你是什麼時候買的房子，到底瞞了我多長時間？」

我頓時無語，這種問題，一般女人好像應該在洞房花燭夜趁著柔情蜜意就問清楚的吧？真不知道我什麼時候才能完全適應包子這種慢半拍的思維方式。

劉邦道：「走，咱們出去吃一頓慶祝一下。」

包子立刻道：「那怎麼行，新房的第一頓飯一定要自己做。」

我這時才發現她手裡還提著菜，不過檔次也提高了，都是超市裡包裝好的。

劉邦道：「還是出去吃吧，大不了我請。」

包子說：「不是錢的問題，我要進行一個開火儀式。」說著幾步跑進廚房，末了又探出頭來道：「誰也不許進來啊，今天的廚房是我一個人的。」

大家就坐在餐廳裡喝茶等著，項羽用手點著桌子說：「包子真是個好女孩啊。」

要是平時有人這麼說，一定會得到大家的應和，但是此刻我們都看著項羽，誰也不說話，因為我們知道他這麼說是別有用意——包子是他重了不知多少代的孫女，當然這麼說。

項羽見無人喝彩，又挪著杯子自言自語道：「讓我想想，包子能是我和哪個女人的後代……」我們還不理他。

項羽忽而抬起頭，看著我道：「小強，我說句話你別不愛聽啊，在認識阿虞之前，我有兩個侍妾，可哪個也不像包子啊！」

眾人：「……」

李師師笑道：「你們發現沒，包子姐其實不醜，她的五官任意拿出一樣來雖然算不上標緻，可也都不難看，就是臉型稍微圓了一些，老人們都說這是福相呢。」

大家都點頭。

我絕望地說：「那看來整容手術都沒法做了。」

我忽然發現李師師說的很對，包子眼睛不小，鼻子也不塌，眉毛稍微重了一點，可描一描還是很有看頭的，最後我只能這樣形容她：合理的五官出現在一張錯誤的臉上。不過我可沒打算讓她去做抽脂手術，包子沒餡那就剩皮了，再留下十八個褶兒受不了……

花木蘭忽然嘆道：「包子才是真正的女人，哪像我，在一個女人最青春的時候都沒人注意我的美醜。」

李師師也嘆道：「那也總好過只喜歡你的臉蛋。」

秦始皇他們聽兩個女孩子各自提起了往事，回想自身，都默然無語，這些人裡好像並沒有誰是特別快樂的。胖子一輩子跟人甚至是自己的親爹爭權奪勢，項羽丟了江山，邦子老婆娘家人不消停，吳三桂留下千古罵名，二傻讓人忽悠得捨生取義，他們各自有各自的煩惱，而我的情況是：擁有各種各樣煩惱的人現在都跑到我這來了，這格外讓人煩惱。

我乾笑道：「都是有故事的人啊——」

這時包子的第一個菜上來了，隨口問：「誰有故事？」

吳三桂很突然地說：「小強，我們的身分你打算瞞到什麼時候？」

包子奇道：「你們什麼身分？」

吳三桂攏著大背頭說：「包子，其實我的名字叫三桂。」

包子知道他姓吳，如果是一個有一定歷史知識的人，一下就會脫口而出老漢奸的名字，可是包子卻笑道：「那有什麼稀奇，我認識好幾個叫三貴的呢，我爸他們單位才搞笑，倆姓王的，一個叫王七，一個叫王九。」

劉邦叨咕道：「王七他弟，王九他哥——那不都是王八嗎？」

包子拍腿道：「要不怎麼說搞笑呢！」

吳三桂滿頭黑線……

我一指廚房說：「快去吧，菜糊了。」

包子走後我跟吳三桂說：「三哥，何必告訴她呢，糊塗著不是挺好嗎？」

李師師道：「我也不同意現在告訴她。」

吳三桂道：「我就是覺得，一來小強這樣下去不是個事，二來，我吳某行不更名坐不改姓，大家都是朋友，應該讓她知道我是誰。」

我知道吳三桂已經有點輕微的強迫症了，凡是他看好的人，一定得先把他的名字告訴你，免得相交一場，你覺得受了他的騙。說到底，老漢奸還是有點自卑。

我跟吳三桂說：「沒事，一會你直接告訴她你叫吳三桂，看她能把你和金三順（編按：韓劇女主角名）分清楚不。」

吳三桂見自己的提議反應慘澹，就跟坐在他邊上的包子的祖宗說：「項兄弟，你不想享受天倫之樂嗎？包子也算是你小孫女吧？」

項羽道：「我三十她二十七，有這樣的天倫之樂嗎？」

於是這個話題就此打住了。

李師師跟花木蘭說：「木蘭姐，最近有個選美比賽你參加不？」李師師知道花木蘭的遺憾和嚮往，想通過這種方式讓她徹底當一回女人。

花木蘭擺手笑道：「就是露大腿讓人看的那種呀，我可不行。」

李師師表示理解地點點頭，儘管她們來自不同時代，身分也不一樣，可保守的觀念已經根深蒂固。

李師師道：「那你去當個評委吧。」

「我算什麼呀，還當評委？」

李師師笑道：「身分還不是隨便寫，到時候字幕給你打上世界名模，或者服裝設計師。」

這會兒我聽出來了，這個選美比賽多半又是金少炎他們公司搞的，我忙說：「把表哥也弄去吧，身分隨便你編，說我是刑滿釋放人也行，只要讓我當評委。」

到時候我把賓館房門鑰匙就掛在門上，半夜少不了有身高腿長的模特兒會鑽進我的被窩，哇哈哈，想著都美。

李師師瞪我一眼道：「我們只要女評委。」

我說：「那管個屁用，你們不是還有男模特兒嗎？」

花木蘭笑道：「那我就去看看熱鬧。」

我提醒她道：「記住，嘴一定要毒，甭管好壞，上來先一句『你簡直就是在折磨我們的眼睛』，要麼就說：『就你這樣的身材，站在哈哈鏡裡才能勉強算個正常人』。」

人都說結婚以後的男人肩上的壓力會更大，不過我倒是還沒有這樣的感覺，自從搬了新家，我的睡眠就很少有不超過十二個小時的了。

和我相比，其他人都忙了起來，李師師的電影已經進入後期製作階段，花木蘭真的跑去看人家選美，但是和我給她的建議背道而馳，簡直就是個好好先生，見誰都誇，評委每人手上有一個燈，對選手亮一次，表示同意該選手進入下一環節，花木蘭的燈從沒滅過。

項羽自然不用說，天天陪著張冰，有時候他也會帶著她來家裡待一會，不過據我們觀察，兩個人之間並沒有多少激情，更像是一對普通戀人。

不過這也正常，生活就是這樣把人磨平的，尤其是脫離他們原來的生存環境以後，王子和公主結婚以後，王子會漸漸變成禿頂老王，公主會變成善妒的皇后，直到他們無意中得罪了某女性修真者受到了詛咒，然後他們活潑可愛的小公主只能等著別國王子披荊斬棘來把自己親醒，故事就是這麼一直循環下去，西方那些寫手就是靠這樣拖稿來養活自己的。

和我一樣乏善可陳的就是秦始皇了，他保持了原來的生活軌跡，對別人來說，換個環境幹點什麼都挺有意思，可當過皇帝就不一樣了，曾經滄海難為水，而且他和劉邦不一樣，劉邦是拉竿子自己幹起來的，所以劉邦對佔領盜版市場有很大興趣，嬴胖子對這種收買幾個農民起義的事情毫無熱忱。

不過我還是向前邁了一步，那就是把陸羽研製出來的茶飲料上市了，只是發起者我怎麼也沒想到，是剛來沒幾天的毛遂。

毛同學來的當天，就很努力地分析了這個時代的大背景，而且他把自己的身分定位在門客上，當他明白現在已經不需要攻城掠地縱橫捭闔以後，就開始想辦法幫我撈錢。

毛同學總結了自身的經驗教訓，知道出名須趁早，而且現實中也沒有再三年時間讓他脫穎而出，於是他很快就找準時機，把陸羽和華佗一起研製的藥茶推上市場，連車門都不會開的毛遂就那樣跟人到處談判去了。

我們的藥茶上市後反應很好，來錢不比五星杜松慢，畢竟酒再好喝也是有局限性的，飲料就不一樣，在上流水線以前，毛遂研究了某日資控股的礦泉水，建議我也印上「精選優質水源」，可是我覺得這麼做有失厚道，主要是不經查啊；再說，往水裡添加藥材的初衷不就是為了讓自來水的口感變好嗎？所以我直接印成「採用公共供水」。

毛遂說，既然都這麼印了，就別欲蓋彌彰了，索性再加個括弧，裡面寫著：即自來水。這一舉動讓消費者倍感踏實，藥茶銷量日創新高。

這天劉老六找到我，直接把一包口香糖交給我說：「這是你這個月的工資。」

這口香糖跟市面上賣的一模一樣，也是五片裝。有了餅乾的先例，我可不敢隨意往嘴裡塞了，小心翼翼地問：「這是幹什麼用的？」

劉老六道：「當你嚼它的時候，可以把自己的臉變成你想像中的樣子。」

我納悶道：「這……是什麼意思？」

「就是說，在你嚼它之前，先在腦子裡想一個人的容貌，然後你的臉就會變成這個人，比如你想變成我的樣子……」

我忙道：「想變成你的樣子還不容易，以八十邁的速度撞在釘板上就成了。」

劉老六不理會我的挖苦，說：「注意，只有臉變，高低胖瘦還是你現在的樣子，所以提醒你一下，你要想變成項羽，很可能會因為身材不符而被人識破。」

我問：「還有什麼注意事項，只要嚼著就永遠能變臉嗎？」

劉老六道：「當然不是，這東西只有在還有糖味的時候有效，而且我給你的這一包，每片只能變一張臉。我們還有一種檸檬味的，吃了以後可以不停變，比四川的那些變臉大師要厲害多了。」

「那你為什麼不給我拿檸檬味的？」

劉老六道：「你臉皮太厚，一次變一回就行了，變多了容易因為執行緩慢，把五官擠在一起。」

我說：「我靠，臉皮厚還影響網速啊？」

我掂著口香糖，忽然想到一個問題，問劉老六：「那個……我剛想起來，我拿著這玩意兒有啥用啊？」

我發現劉老六給我的東西越來越稀奇古怪了，讀心術還算實用，沒事還可以玩著解悶，餅乾的局限就比較大了，不說數量少吧，就算我有無數那東西，可有什麼用呢？除了極為特殊的情況，我變身其他人算怎麼回事？

這回更好了，直接給我一包變臉工具，這東西除了能讓包子變成林志玲以外，沒有任何實用價值。

劉老六顯得有些為難的樣子，結巴道：「也許……也許你以後用得著，千萬不要浪費了。」

難道他已經看出來我準備拿這個當春藥使？對了，他應該也會讀心術吧，我悄悄拿出手機對著老騙子用了一個，偷眼一看手機螢幕，上寫：您對高級別用戶使用編號為七四七四七四八的技能警告一次，您此次行為將做為污點被記錄在案，我們將保留取消您這項技能的權利以及天庭公訴權和最終解釋權……

我目瞪口呆道：「靠，用不用這樣?!」

劉老六笑道：「哼哼，憑你那點伎倆還想陰我？」

我說：「你們連個使用法則也不給，現在直接告我違規，你們這屬於霸王條款啊。」

劉老六嘿嘿道：「沒事，通常我要不起訴你，他們也懶得過問，改天我請檔案室的人吃頓飯，把污點給你抹了。」

我斜著眼睛看他：「你什麼時候對我這麼好了？是不是又要出什麼么蛾子？」

劉老六難得鄭重地望著天嘆道：「看來，很快就要亂一陣子了。」

「怎麼了？」

「說不明白，這是我的預感。」

我鬱悶道：「你不是神仙嗎，要遭天譴了還是要度劫了？」

劉老六黯然道：「有些事情是神仙也不能控制得了的，這關如果過不去，那將是天劫！」

我說：「天庭股票指數也跌破一千三百點啦？」

劉老六搖頭道：「孫悟空大鬧天宮的時候到過一千五——你一說這個我想起來了，你的五星杜松上市的時候給我弄點原始股份，現在不知根搭底的股票根本不敢買，尤其是食品類的，說不定什麼時候就檢查出毒藥來了。」

我：「……」

劉老六走後，顏景生給我打了一個電話，說中央、省裡和市裡都發了文件，要我們育才準備接待一批國際友人的訪問，包括各國武術和各種形式的競技團體，還有世界各大主流媒體，這次的訪問是在新加坡比賽時埋下的禍根，沒人不想知道到底是一所什麼學校，竟培養出如此變態而且大量的人才。

顏景生問我：「咱們是不是安排一些學生排練個歡迎儀式什麼的？」

我說：「用不著，是他們要來又不是咱們請的，學生那邊你說都不用說，那幫人什麼時候來什麼時候算，咱們這還跟平時一樣。」

「那總得請一些相關領導吧？」

「那個你看著辦吧，對了，把張校長請上。」

顏景生笑道：「這個自然，名譽校長嘛，是一定要請的。」

我說：「把名譽兩個字去了吧，借著熱鬧勁讓老頭高興高興。」

顏景生一愣，隨即有點傷感地說：「我明白。」

今天一早我其實是很想讓包子送我去育才的，原因很簡單，我們這裡出門很不好搭車，而我真的不願意再開著那輛破麵包拋頭露面了。

話說我現在雖然算不上巨富，可怎麼說也是個有錢人了，身家過億是遲早的事，其實在開車方面我並不挑剔，雖然在認識金少炎以後，幾百萬幾千萬乃至上億的名車經常坐，但我對那些什麼安全氣囊和全球定位系統並不感興趣，在城裡開車能上四十邁就萬幸了，撞撞怕啥，再說咱是土生土長的本地人，那GPS能告訴你哪的下水道沒井蓋嗎？所以買一輛新車已經迫在眉睫。

我要求也不高，牌子能看得過去就行，畢竟我現在身分有些特殊，代表著一個學校的顏面，甚至要代表我們國家。

結果計畫落空了，包子一早就不知道瘋到了哪裡，這個女人前些日子辦了一大堆這健身卡那美容卡，看樣子是準備當她的貴婦了，可是沒過幾天就煩了。本來嘛，這兩樣東西都是她用不上的。

後來又去做什麼見鬼的投資，等錢丟進去，對方人卻早跑得沒影兒了，於是女強人也沒當成，我勸她別氣餒，愛迪生不是實驗了上千次才找到合適做燈絲的材料嗎——前兩次的失敗只能說明你不適合當貴婦和女強人而已。

所以我只能又開上破麵包，我的計畫是到了學校門口就把它藏起來，藏得遠遠的那種。

可是我發現我失誤了，離育才的停車場還有五十多米的時候，前面的路就被機場來的十幾輛大巴給堵了，它們正在小六子的指揮下依次進入停車場，我再想往後退，後面的路又被幾輛印著某某電視臺的採訪車給填上了，再後面是一望無際的相關車輛，包括政府安排來的接待人員。

我進退不得，只得悄無聲息地跟著往停車場裡開，心說但願沒人發現我，可是剛進停車場，就見那裡已經站滿了金髮碧眼的老外和扛著攝影機的各國記者。

秀秀作為導遊和翻譯陪在一邊，顏景生和幾個學校的老師正在負責接待，當他們看到我的車時，一起朝這邊指點，我在車裡一個勁衝他們擺手使眼色，可他們還以為我是向他們打招呼呢。

顏景生邊帶頭鼓掌，邊向旁邊的老外們介紹，一大幫記者立即衝上來擋在我四周給我拼命拍照，我注意到有好幾個記者還特意拍了幾張我那車門上的鎖頭。

我下了車，半捂著臉含羞帶愧地跟人們招了招手。

一個頭髮黃得金磚似的大個兒外國人衝過來跟我握手說：「你好，我是美國《時代週刊》的約翰，很高興認識你，蕭校長。」

我笑道：「喲，中文說得真不錯。」

約翰不好意思道：「我除了是個記者以外，還是個狂熱的武術愛好者，曾在中國留了七年學。這次任務是我盡了最大努力爭取來的，我很好奇，是什麼使你們取得了如此驕人的成績。」

還沒等我說話，他旁邊一個個頭也不低的老外不屑道：「如果是自由搏擊比賽，我們一樣能包攬全部金牌。」

約翰向他眨眨眼道：「就算是那樣，那些冠軍可不會全都來自同一所學校。」

他一句話把今天的採訪主題點了出來，約翰笑著給我介紹：「這位是《華盛頓郵報》的吉姆，我們是朋友。」

秀秀小聲跟我說：「這倆可都是世界主流媒體的記者，其他著名雜誌和報紙還有電臺電視臺來的人也不少。」

我背著手不慌不忙說：「那好事啊。」我轉頭問顏景生，「張校長派人去接了嗎？」

顏景生道：「派了——那不是來了麼。」

一輛我們育才的校車緩緩開來，幾個岳家軍戰士和李白攙著老張下了車，老張腳一著地就不易察覺地把身邊的人都甩開，然後再次以經典的老軍閥派頭衝人們揮手致意。

記者們上去又是一通猛拍，秀秀適時地介紹道：「現在，我們育才文武學校的兩位發起人都到齊了，下面開始參觀。」

老張今天的氣色格外好，甚至好過以前任何一次，他欺到我身前，狠狠攥了一下我的手，問：「怎麼安排的？」

我說：「沒安排，孩子們甚至都不知道。」

老張點頭：「你做得對。」

在這些人裡，老張和秀秀是最明白我們學校底細的人，其實他們和我一樣，在猛地面對這樣的情況時，都感到了一絲迷惑，不知道是該刻意隱藏還是該高調宣傳，現在只能順其自然。

我們一行人剛沒走幾步，一個壯實的男人忽然從隊伍後面蛇一樣鑽過來，攔住我用彆扭的中國話說：「聽說蕭校長是你們國內比賽的散打王，這次新加坡的比賽我卻沒有看見你，不知道我有沒有這個榮幸和閣下切磋一下？」

我看了他一眼，皺眉道：「日本人？」

男人衝我一躬身：「在下朝三暮四郎，日本職業空手道三界冠軍，新加坡的比賽我觀看了全程，這次是來向閣下取經的。」

他話雖說的客氣，可三角眼鼓鼓著，分明是在挑釁，就差沒舉塊「東亞病夫」的牌子了。

我在這個日本人肩膀上拍了幾下，和藹道：「小夥子很有闖勁嘛，呵呵，總有機會的，現在咱們先不要耽誤大家的時間，還是先參觀學校吧。」然後我就從他身邊走了過去。

我帶著這幫人從正門的噴泉開始看起，一路迤儷走向東門，我提議大家可以坐在校車裡參觀，但遭到了一致拒絕。

我們穿過了漫長的草坪，前面就是朱雀演武場了，路上，有錯落的小涼亭和假山點綴其間，為配合意境，有石碑闡明此處名稱和建成時間，字體也是時而雋秀時而豪邁。外國人雖然不懂，可咱們國內還來了不少記者呢，都不禁嘖嘖稱奇。

秀秀拿著喇叭走在最前面，自然也不會跟他們解釋得太詳細，很快我們就到了朱雀演武場，每個演武場還有一個室內的演武廳以供年度比武用，這時孩子們在各自老師的帶領下，在操場上三個五個圍坐成一群認真地聽講，不時有教師點名某個孩子當場示範。老外們還是第一次見這樣的學校，看著新鮮，到處喀嚓喀嚓亂拍。

約翰好奇道：「你們平時就是這樣上課的？」

我說：「那你以為呢？」

約翰道：「我以為會有幾千人的大場面，穿著統一的白色勁服，聲震如山呢。」

我說：「我們的文武學校是真正的文武學校，武術這東西可不能吃大灶，再說——穿白衣服你給洗呀？」

我一番胡說八道好像很讓約翰受啟發，急忙掏出個錄音筆來杵到我嘴上，又忙著低頭往紙上寫著什麼，《華盛頓郵報》的吉姆對我們的教學方法嗤之以鼻，只是為了完成任務，四下不停拍照。

朝三暮四郎站在人前，極力關注著場上某幾個人，朱雀場裡，除了程豐收的幾個弟子外，方鎮江和寶金都在這裡，這會兒兩個人為了讓孩子們得到實戰經驗，親自動手戰在一起。

這兩個人都是剛猛的路子，偏又都帶著幾分陰狠，打得拳腳生風，寶金一掌拍向方鎮江的胸口，方鎮江略退半步卸了他的力，就著胸口拿住他的脈門，另一隻手呼的一下直取寶金的哽嗓……

朝三暮四郎看到這裡臉色灰暗道：「這兩個人的功夫用在實戰裡真的是很厲害！」

一個本市的記者小聲問我：「這樣教孩子們合適嗎？」

我看了他一眼說：「如果要比賽，自然有別的老師告訴他們比賽規則和禁忌，可是在剛學的時候自然要按實戰來，等你學成大師，再求好看也不晚。」

這番話其實就是方鎮江本人跟我說的，因為我也問過他那個記者的問題。

出了朱雀場，路過陸羽的「品茗軒」的時候，我們也進去看了。陸羽在研製出藥茶以後並沒有閒著，因為之後又出現了很多新品種，他現在忙於驗證那些後世茶經上所說的泡製方法有沒有把茶葉的優點全部發揮出來，於是在他這屋不缺各種好茶，大杯小杯，而且一種茶泡在各種器皿裡和各不相同溫度的水裡。

朝三暮四郎又出來指摘這樣不合茶道，還說他有個朋友才是茶道大家，一出門我正看見開著校車的王寅，忙喊：「老王，過來。」

王寅探出頭問我：「什麼事啊？」

我說：「交給你個任務——這有個人太討厭了。」

我跟朝三暮四郎說：「你不是想跟我們的人印證功夫嗎，我給你找了一個。」

這時王寅走到我們身邊，問：「啥任務？」

我指著朝三暮四郎跟他說：「你跟這位先生比試比試。」

王寅把外衣甩進車裡，跟朝三暮四郎說：「那你快點，我還歸隊呢。」

朝三暮四郎終於反應過來了，怒道：「你居然找個開車的跟我比武？」

我指著段天狼他大徒弟跟他說：「那要不你跟那個打，那個是掃地的。」

朝三暮四朗喝道：「欺人太甚！」說著也不打招呼，一拳就朝我面門兜過來，王寅見機極快，出手探在他腕子上，一下把他帶了過去。

朝三暮四郎看來真不是蓋的，一跟王寅交上手就搶得先機，又踢又踹的，王寅扒拉了他幾下，一把把他按倒了……

兩個人鬥了一會，王寅都是三拳兩腳就解決問題，不過沒下狠手，不是把對方拉倒就是拽倒，表情還有些無奈，倒像個大哥哥在陪無賴的小弟弟玩耍一樣。

又打了一會，朝三暮四郎沮喪道：「我輸了——但我不相信他真是一個司機。」

王寅朝他擺了擺手，也不多說，上車走了。

我跟朝三暮四郎說：「你認便宜吧，這才是個開車的，我認識個修摩托車的更狠！」

跟著我們的記者從朝三暮四郎鎩羽而歸以後，就變得格外注意和小心，現在他們算是深深地理解了「藏龍臥虎」這句中國古話，他們親眼看到空手道冠軍被我們學校一個開大車的揍得滿地找牙，關於神秘東方的傳說頓時都浮現到腦海裡。

接下來我帶著他們參觀了青龍和玄武兩個演武場，看了林沖的槍，張清的飛石，在靶場的時候，秀秀寫了張紙條給花榮和龐萬春，兩人一個連珠箭一個快箭，在五十步開外的靶子上砰砰射了一氣，最後連起來一看，是「WELCOME-TO-YUCAI」。這一手別說是外國人，連中國記者都嘆為觀止，把全過程拍下來的都如獲至寶。就連一開始不屑一顧的吉姆也興奮得滿臉通紅，把照相機的快門按了又按，忽然一捂肚子痛哼了一聲。

我一看他捂的地方，就知道跟花木蘭一樣他是胃疼，他們這些記者有一頓沒一頓的跟打仗也差不多，我拉住一個過路的學生說：「去，到校醫室告訴幾位大夫，把給花姐姐配的胃藥熬一副等著我們去。」

那孩子衝我們一抱拳：「得令！」說罷健步如飛地去了，大概是三百和戴宗聯合帶出來的學生。

吉姆捂著肚子皺眉道：「你想讓我吃你們的中藥？」

約翰道：「中醫很好的，我們的鄰居托馬森太太生不出孩子，就是中醫幫的忙。」

我忙說：「中藥……中藥，在這把醫和藥混了容易引起誤會。」

等我們到了百草園，扁鵲已經把一碗晾得差不多的藥湯濾出來擺在那裡，我端起來對吉姆說：「我們中國傳統，客人來了要請他喝酒，請吃藥還是第一次，不要介意。」

吉姆躲得遠遠地道：「我聽說你們的中藥都是用草做的。」

我說：「你試試看，跟你們的可口可樂味道差不多。」

吉姆將信將疑地端過來一口喝光，咬著牙道：「比可口可樂刺激多了。」他忽然把手放在胃的位置，不可思議道：「天啊，我感覺到它們喝下去以後在修補我的胃，暖烘烘的很舒服。」

扁鵲給他把過脈，又看了看他的臉色道：「你確實有胃病，此方連服三月可以根治。」說著在紙上刷刷點點寫了一個藥方。

吉姆鄭重地接過來道：「哦我的上帝，這配方能值多少錢？」

扁鵲小聲問我：「上帝是誰？」

我也小聲告訴他：「相當於他們的盤古。」

扁鵲哦了一聲跟我說：「你告訴他，他的四肢脾臟跟我們沒有什麼不同，應該也是女媧造的。」

我忙道：「……這個問題以後再扯吧，會引起信仰糾紛的。」

在百草園稍事休息後，我們參觀了最後的白虎大廳，這座廳裡有全育才最大的室內游泳池，此刻這裡無人，記者就隨便拍了幾張照片，剛準備走，忽然從水裡冒出一個孩子來，他鑽出來以後，抹著滿臉的水嬉笑著踩著水爬上岸。

一個女記者看了看手錶驚訝道：「我們進來的時候這孩子還在水裡，也就是說，他足足在水裡待了將近三分鐘……」

其他人都面面相覷，有幾個老外不可置信地低聲道：「三分鐘，比特種部隊的蛙人還厲害？」

就在這時，忽然從水裡又冒出一個孩子，這孩子也沒看見我們，邊往岸上游邊指著第一個跑出去的孩子大聲道：「喂，憋氣你輸了，記得請我吃巧克力。」

正當人們都面露駭異之色時，第三個孩子冒了上來，他一見這麼多人，害羞道：「呀，這裡真熱鬧，我繼續潛！」說著又不見了。

那個女記者幾乎是尖叫著說：「誰能告訴我水裡還有多少孩子？」

她話音未落，水裡接二連三往上露出孩子的頭來，起碼有四五十個人，他們陸陸續續上來，然後跑了出去。剛才靜可聽針的游泳館頓時熱鬧得像個集市一樣，只留下全體石化的記者們。

那個女記者拉著我的手說：「能讓我見見他們的老師嗎？」

我跟她說：「他們老師沒個半天的不出來，咱們吃了午飯正好過來看他。」

眾人：「……」

四個主場參觀完以後，也就沒什麼重點可介紹的了，這會，已經疲憊不堪的眾人終於接受了我的建議，我們坐車直接回正門，繞了一圈之後，出現在我們面前的是一堵巨大而且綿延無邊的牆，幾個記者同時問我：「蕭校長，這裡是幹什麼的？」

我說：「哦，對面是我們老師的宿舍區，為了防止孩子們騷擾到他們休息，所以建了這堵牆，一般學生是不可以到那邊去的……」

說著說著我就愣了，就見很多孩子坐在牆頭上，有的拿著麵包，有的拿著書本閒翻，這牆簡直就成了他們的玩具木馬，也不知道這麼高都怎麼上去的。

我讓司機停下車，為了不嚇到孩子們，我和顏悅色地說：「小同學你先下來，你們是誰的學生啊？」

牆上幾個孩子一見是我，都喊道：「蕭校長來了，快跑啊——」說著一片腿都跳了下來，我急道：「哎……別摔著。」要知道這牆可有兩米五高，像二樓似的。

誰知這幾個孩子落在地上輕飄飄的毫無動靜，一轉眼就都跑了。

我剛準備上車，令我抓狂的場面出現了：從牆那邊呼啦啦像下餃子一樣往外蹦孩子，邊蹦還邊喊：「快跑啊，讓校長知道我們去了那邊會受處分的——」

蹦過去能有幾十個之後，我終於抓住一個，喝問他：「你們誰的學生？」

孩子嚇得低著頭道：「我們是時老師，剛剛那撥是段老師的班。」

……我早該想到了，時遷和段天豹教出來的！

那孩子小聲道：「蕭校長，我下次不敢了，實在是學校裡沒什麼可以練輕功的東西，高的太高低的太低……」

我摸著他的頭嘆氣道：「你知道你錯在哪兒嗎？」

「……不該跳牆。」

「錯！你們時老師就是這麼教你們的嗎？我告訴你，跳牆可以，但你不應該被我抓住，記住，以後再讓我逮住就處分你！」

小機靈鬼道聲「是」，肩膀一縮脫離了我的手掌，一貓腰從我胯下鑽跑了。我朝一幫目瞪口呆的記者一攤肩膀：「讓大家見笑了。」

一個本國記者道：「蕭校長，我知道這是少林武僧梯雲縱和壁虎遊牆一類的功夫，能請您當眾示範一次嗎，剛才我們都沒來得及拍照。」

我笑道：「這好辦。」說著順手又抓住一個剛跳過來的孩子指著牆命令他，「再跳回去！」

孩子後退幾步，跑著上牆，如履平地一樣踩著牆磚消失在牆那邊。記者們邊閃閃光燈邊鼓掌，最後一起道：「蕭校長親自給我們示範一個吧。」

我擺手笑道：「雕蟲小技，不值得一秀。」一邊心裡暗罵：太他媽擠兌人了，兩米五的牆，就算我能爬上去，怎麼下來啊?!

為了怕他們繼續讓我示範，我急忙把人們都轟到車上繼續走，還沒走五分鐘，約翰和吉姆忽然嘰哩哇啦地叫起來，我趕緊順著他們的目光一看，見在前面這段牆體上，被人用毛筆畫得亂七八糟，汁墨淋漓的，我心一提：這是終於找到陰暗角了啊，用得著興奮成這樣嗎？

車還沒停穩，約翰就衝了下去，對著牆一陣狂拍，我苦著臉道：「約翰，你得理解，畢竟這牆太長了，管理跟不上，孩子們頑皮也是沒辦法的事……」

約翰抓著我的肩膀大喊道：「你知道嗎，這裡將會出多少藝術家？」

吉姆也邊拍邊叫：「是啊，它的意義不比柏林圍牆差，你看孩子們的創造力是多麼豐富。」

我看看牆，再看看這倆人，哦，原來不是想黑化我們啊？合著西方人見到鬼塗亂抹的東西就會想到藝術層面上去。

最後我索性規定：這面牆繼續擔任著阻斷新舊校區的功能，能憑自己本事跳過來的可以既往不咎（也咎不過來）；其二，除了髒話謾罵，學生們可以在牆體上自由創作，牆體一個月清理一次，每週評出的最佳作品可以保留一個月。

於是，這堵由我提議建設的「育才牆」後來成了育才一景和特色。以至於連張擇端都改變了主意，準備把《清明上河圖》全版再現於育才牆上。

最後，我們集合了全體學生在青龍演武場進行了集體武術表演，終於實現了約翰預想中的情景，半途中去休息的老張再次到場，在聲震九天的喊殺聲中，老張欣慰地朝下面招了招手。

一周後，老張闔然長逝，我為他在育才的正門前立了一座紀念碑，上面除了說明他的身分和名字以外，只有一句評語，是李白的《俠客行》裡的一句詩：

縱死俠骨香，不慚世上英。

到了中國，除了看看長城和故宮之外，一定要去育才，如果你現在就在中國，那麼，動身吧。——美國《時代週刊》

育才是個神奇的地方，它彙聚了全中國最頂尖的格鬥大師和藝術大師，我們甚至有理由懷疑它彙聚了中國歷史上最優秀的人才。——英國《泰晤士報》

不要小瞧任何一個從你身邊走過的孩子，不管他是不是以後的冠軍，至少你肯定既跑不過他也跳不過他，如果你能在水裡憋氣三分鐘以上，那倒是可以跟他聊聊。——韓國《東亞日報》

育才的現任校長蕭，是一個具有獨特人格魅力的領袖，東方的保守和西方的幽默齊集一身，好吧，我不得不承認的是：我之所以這麼奉承他，還因為他治好了我的胃。——美國《華盛頓郵報》

不要再問了，我的確被打敗了，可你們為什麼老強調我的對手是一個司機呢？——日本國三屆空手道冠軍朝三暮四郎先生

除非把我們的孩子送到育才，否則以後金牌全失的事情會不斷重現，我們已經不在同一條起跑線了。——新加坡散打主辦方發表在網站上的言論

以上是世界媒體和組織，包括某些人對育才的評語，可以說在他們參觀完育才以後，才真正的被震撼了。

不過對吉姆發表在《華盛頓郵報》上的觀點我挺納悶的，我實在想不出我哪保守了，天日可表，我對金髮碧眼的大波外國妞從不排斥；至於說幽默，很可能是指我那輛掛著鎖的破車而言。

我們學校多次登上世界主流媒體後，很快就成了一個旅遊勝地一樣的地方，每天，各種國籍各種膚色的老外背著包拿著相機川流不息。

我想過要不要學國內某著名大學那樣關閉校門禁止閒雜人等參觀，甚至還想過索性把校門焊死算了，反正育才裡的人大部分都有躥高蹦低的本事。可歷史經驗告訴我們，閉關自守不是辦法，好在遊客雖多，並不用我們負責接待，到了飯點還掏腰包從我們的食堂買飯吃，也算是一種開闢財源的手段。

還有一個好處，就是孩子們可以開闊眼界培養自信，就算是最靦腆的學生，都少不了操著幾句剛學的外語來應付老外的問題，從我們育才畢業的，英語水準都在六級以上。

不久之後，李師師的電影在上海進行了首映，在金少炎的強大號召力下，兩岸三地的明星著實來了不少，我要不是因為脫不開身，真想帶著包子也去湊湊熱鬧，不過五人組的其他成員都去了。

電影時長八十分鐘，但耗資達六千七百萬人民幣，全片沒有動用任何一位明星，男主角甚至沒有露臉，這樣的影片不敢說絕後，但肯定是空前了，只有我心裡明白，這部怪胎之所以能出生，完全是金少炎在背後給予了強大的支持。

從理念到金錢，如果拍片的不是李師師，就算國內能數得上的導演這麼拍，都不會有投資方願意嘗試一部沒有明星沒有大場面卻又耗資巨大的片子。

我雖然不能親臨現場，不過金少炎自然安排了人為我和包子做了現場直播，熱鬧的明星入場和表演之後，影片從一片混亂的婦女臨盆開始，這是一個平凡無奇的開場，那個即將誕生的嬰兒就是李師師。嬰兒後來長成了小女孩，她的父親卻死於冤獄，李師師為妓院老鴇收養……

我是看了片子才知道原來李師師以前真的姓王，整部電影我既沒看得熱血沸騰，也沒哈欠連天，它就是一個很平常的故事，甚至都沒有用特別的視角交代作為妓女的內心酸楚，像是李師師坐在我面前很平靜地在訴說她的過去，影片在金兵之亂中結束，李師師的身影一晃便消失了，那大概是說她最後的生死並不重要，總之是隱沒於這亂世了。

當螢幕上開始滾動出演員表時，包子邊吃爆米花邊擦著眼角的淚痕道：「小楠演得太好了，我幾乎都以為她就是李師師了。」

我反問道：「好嗎？哪好？沒有大場面就不說了，為什麼連吻戲都沒有一個？」我又納悶地問包子，「你哭什麼？」

確實沒啥可傷心的，主角最後也沒得白血病，也沒被車撞死，也沒被凍僵了在愛人的注視下筆直地沉到水底……

包子瞪我一眼道：「李師師多可憐呀！」

我笑道：「哪可憐？光見她吃好的喝好的在大房子裡跳舞了。」

包子道：「一個女人，沒人真正愛她，每天就是這樣活著，還不可憐嗎？」

哇，原來這些就是內心獨白啊？這包子自從成了包子鋪老闆，欣賞力見長啊！不過我可能是太熟悉李師師了，真沒覺得什麼傷感，這部片子給我最大的感覺就是服裝和道具非常特別和精美——那六千多萬就是這麼花出去的。

電影完，亮燈，按說這時候掌聲就該響起來了——哪怕它拍得夠糟，總得給金少一個面子吧，可全場居然連一個鼓掌的也沒有。

如果是一般情況，金少炎在這個節骨眼一定會帶頭鼓掌，可今天例外，這部電影他花的心血並不少，就像是他的作品一樣，所以金少炎也沒有第一個拍手。

李師師眼睛也不眨地看著電影演完，這時她環視了一下四周，朝金少炎露出一絲苦笑，或許這樣的結果她早料到了，只是沒想到大家反應居然如此不堪，李師師的笑裡既有自嘲也有點釋然，不管怎麼樣，她想做的已經做完了。金少炎輕輕拍了拍她的手。

可就在這時，隨著第一聲掌聲的響起，整個劇場連帶掀起了喝彩的巨浪，很多明星起身拍手向這邊微笑，李師師身邊幾位著名導演不顧身分地搶著跟她握手，看得出他們是真的嘆服於面前這個年輕女孩的才華。

而他們在第一時間沒有鼓掌，是因為被這部電影徹底震撼了——連包子這種欣賞水準的觀眾都能看哭了，估計確實是有打動人的地方，至少這部很單純的文藝片做到雅俗共賞了。

這個時候演員表已經播完，很多人都奇怪地問：「為什麼沒有導演的名字？」大多數人並不知道這部電影的主演同時是導演。

話音剛落，一排無比顯眼的大字緩緩填充了整個螢幕——導演：李師師——人們紛紛議論：李師師是哪位導演？是巧合嗎？是為了這部電影特意起的藝名？

李師師根本沒聽見人們在說什麼，她睜大眼睛詫異地看著金少炎，金少炎微笑著注視著她，在她耳邊說：「這是我唯一能送你的禮物了。」

眼淚瞬間迷糊了李師師的眼睛，如果不是顧及形象，她肯定已經撲進金少炎的懷裡。

整部電影雖然說不上顛覆什麼，但是完全改變了人們對於「名妓李師師」的簡單評價，李師師成為一個普通而又略具傳奇色彩的女子，最後再打上導演李師師幾個字，起到了玄妙的連結作用，至少這一層意思，李師師是再明白不過了，從金少炎說「李師師就是一個妓女」之後，兩人嘴上不說，心裡已經有了芥蒂，在這一刻，李師師終於完全原諒了他。

金少炎拉著李師師的手大聲說：「王遠楠小姐就是本片的導演，她的另一個名字叫李師師……」讚嘆聲和掌聲再一次淹沒了劇場。

在那之後，《李師師傳奇》正式改名為《李師師》在全國同步上演，有了各明星導演真真假假的吹捧，票房一路開出紅盤，它是繼《鐵達尼號》之後又一大純情巨著，也成為當年度最受女孩子歡迎的影片。

還有一個奇怪之處就是，這次影評家也不來作梗，居然也跟著說好。

這部電影並入圍了各種國際電影獎項，收穫頗豐，值得一提的是，不管參加什麼電影節，「最佳道具及服裝設計」獎無一旁落，有幾位歷史學家義正詞嚴地說，對片中李師師的塑造不做評價，但它的服裝和佈景確實沒得挑剔。

天氣漸漸冷了，我們一大家人正圍在一起吃火鍋，除了五人組加二，還有鳳鳳、張冰和曹小象，我們經常以這樣奇特的組合在一起會餐。

李師師在一片成名之後立即宣布息影，除了偶爾參加慈善性的活動以外，就待在家裡，《李師師》發售以來的所得，她拿出一部分給育才建了一座校內電影院，其他的都捐了出去，由於金少炎常常往返於香港和上海之間，現在她和金少炎在一起的時候很少，但是我知道，金少炎心裡還是放不下，以前他的身邊從來沒斷過女人，現在秘書都換成男的了，這難道就是傳說中的理智的愛？

說到花木蘭可樂了，她現在的名氣不比李師師差，話說金少炎他們公司辦的選美比賽到了最後一天，八名佳麗競選冠軍，在綜合素質項目中，一名選手抽到的問題是：請說出女英雄花木蘭的事蹟，結果還沒等這位選手回答，底下一個某國的記者站起來大聲抗議道：「你們的問題不對，花木蘭是我們國家的人。」

當時冠軍獎盃就在評委席上，一向溫和的花評委忽然抄起這個獎盃，指著那個記者喝道：「你再說一遍！」

那記者道：「花……」

不等他說完，花美眉一提冠軍獎盃，把這小子砸得頭破血流，繼而憤然離席。

據當場目擊者說，那某國記者當時距離花木蘭有十米左右，冠軍獎盃約三公斤重，所以花木蘭在喝問那記者的時候，這倒楣小子大概以為就算花木蘭真怒了也沒本事砸到自己，這才敢造次，想不到參加選美大賽的評委居然有武林大會評委的身手。

連張清都說，那驚豔一擲連自己都未必有十足把握。

後來這事也就不了了之了，那位記者當然受到了主辦方的嚴正指責。再後來有好事者在網上發了一個帖子，內容是誰是那晚最美麗的人，居心叵測地把花木蘭的名字也加了進去，結果，花木蘭的得票比選手裡得票最多的竟還多出一百多萬，被全網民私下裡稱為全中國最美麗的女人，後來還有廣告商找上門來，為花木蘭量身訂做了一句廣告語：

別以為我只是說說而已喲！

至此，花木蘭的女人不做則已，一做就是全國最美，也算完了一樁心願。

此刻，我們其樂融融地圍在一起，曹小象喝完一杯果汁，探出小胳膊又去拿瓶子，項羽一把搶過扔在一邊，道：「小孩子少喝點果汁。」

我們都沒想到楚霸王居然還有細心的一面，都微笑點頭——項羽端起茅臺給曹小象滿滿倒了一杯：「喝點酒吧。」

昏！我們都無語地看著他，項羽環視我們攤手道：「我像他這麼大的時候都能喝一罈子了。」

曹小象豪氣干雲道：「那我乾了！」說罷一飲而盡，然後在凳子裡揮舞了兩下胳膊，一頭栽進了吳三桂懷裡，我們看得又好氣又好笑。

包子把小象放在臥室蓋好被子，回來的時候順手打開了電視，裡面好像是一片混亂的工地，一個戴著安全帽的記者興奮地對著攝影機說著什麼，包子連換幾個台居然都是這個場面，她剛想把電視關了，我心一動，忙道：「聽聽他說的什麼。」

包子回到座位，把遙控器塞給我，我調大聲音，恰好重播剛才那個場面，只聽那記者大聲道：「特大新聞，在我國咸陽A縣B村發現大型古墓群，有專家預測，這可能是秦時代的墓址，並且有極大可能是秦始皇的真正埋身處……」

除了鳳鳳和包子，所有人都轉臉看秦始皇，嬴胖子看著電視喃喃道：「摸（沒）完摸廖（了）咧？」

我明白，這其實就是費三口前些日子跟我說的那個，看來今天是正式對外報導。

我一時好奇心起，又把咸陽地圖找出來，湊到嬴胖子跟前說：「嬴哥，這回你得給出個大概方位了吧？」

我又找到咸陽的A縣標出來，和驪山連成一條線，秦始皇拿過筆，看也不看地圖，就著那條線畫了一個不等邊梯形，說道：「當年餓（我）選滴四個地方兒就絲（是）這麼拐（個）樣兒——包子，給餓遞哈（下）粉條。」

我連忙把粉條下在鍋裡涮了涮，夾在秦始皇碗裡，忙不迭道：「小強子伺候皇上。」

嬴胖子瞪我一眼道：「摸（沒）有嗖（熟）捏！」

我聽出來了，當年秦始皇選的四個墓在圖上連起來就是一個不等邊梯形，現在有了驪山和A縣的墓址，再甩出幾個點去，應該能把另外兩個墓給找到。光這個資訊賣給盜墓的得值多少錢啊?!

這個時候電話響了，我接起來一聽，一個略顯疲倦又帶著笑意的聲音道：「蕭校長，我回來了，跟你報個到。」

是費三口，看來那個墓一上電視，他們的任務就算完成了。

我笑道：「恭喜啊，功德圓滿了。」

費三口苦笑道：「功德圓滿？應該說困難才剛剛開始。」

「啊，怎麼了？」

費三口嘆道：「不得不佩服咱們祖先的智慧啊，那墓做的根本就無從下手，如果強行炸開，只怕裡面的東西一件也得不到。」

我說：「那別炸啊，你挖出來不就行了麼？」

費三口道：「說的容易，那墓裡有機關，相當於自我毀滅程式，一個不留心挖錯了照樣坍塌。」

我瞪了嬴胖子一眼：你說你給人家找多大麻煩！

「那怎麼辦呢，現在光都曝了，總不能就那麼晾著吧？」

「說的是呢，現在就有好幾個國家提出來要和我們共同挖掘，但是條件很氣人，什麼三七分四六分的，簡直就是趁人之危！」

我問：「那些派咱們這來的間諜是不是就他們幹的？」

費三口道：「不管是不是，總之是動了賊心思了，你想，這麼大塊肥肉，誰不想來咬一口啊？」

我義憤填膺道：「那你可不能答應！」

費三口失笑道：「那還用你說?!不是我不能答應，是咱們國家根本不考慮。」

我捂住電話，跟秦始皇小聲說：「嬴哥，問你一句，你那墳怎麼挖才能挖不壞？」

秦始皇瞟我一眼道：「淨胡社（說），餓（我）好不容易建滴地哈（下）江山不絲（是）為了給別人挖滴。」

他一句話把我說愣了，是啊，胖子當年之所以建那麼多墳，是為了能在陰間繼續做皇帝，可不是為後人著想，給他們留下豐富的遺產什麼的，自然要不遺餘力地防止生人發現和挖掘，所以布下的機關都是些個陰損的東西，也就是費三口所說的自我毀滅程式。那其它的兩個墓找得到找不到先不說，就說眼下這口，如果不得其法，一切都是空談。

我索性掛了電話，拉著秦始皇說：「你也見了，這墓不挖出來誰都不能死心，你到底有沒有訣竅？」

秦始皇聽我這麼說，也停下筷子，從盤子裡撈起幾塊凍豆腐搭成一個小方面體，比比劃劃地跟我說起來。

古代沒有電，一切自己發動的機關靠的都是細沙，沙子受震流動，騰出的空間使機械做功，秦始皇的墓作為一個整體，在它的墓壁上全是這種機關，有人一旦驚擾了墓室的安寧，細沙抽走，巨大的墓頂就會壓下來毀滅一切，為了防止沙子因為年久結塊，秦始皇墓裡用的都是——金沙！

看著嬴胖子用凍豆腐搭起來的小方塊，大家顯得一籌莫展，要說金沙經過千年到底會不會結塊，這是個問題，但這個險是冒不起的。

包子用筷子敲著火鍋道：「快吃，肉都煮老了，你們幹什麼呢？」

秦始皇把最上面一塊豆腐放進鍋裡，我隨之眼睛一亮道：「如果我們把這個頂子也去掉，裡面的東西不就安全了嗎？」

項羽難得謙虛地說：「怎麼去？這可不是靠幾個力拔千斤的大力士就能做到的，一個墓方圓幾里，它的頂得有多重？」

我見秦始皇始終笑笑的不說話，陪著小心道：「嬴哥，你是不是有辦法？」

嬴胖子笑道：「餓還摸（沒）有想過。」

李師師不愧是研究過《中國建築史》的人，伸出手來指點道：「其實只要利用現在的定向爆破技術，把支撐墓穴的四面牆，每一面都炸出兩個支點來，然後再馬上用鋼筋水泥支住，穴頂就不會掉下來了，到時候管它金沙銀沙，流走就流走，我們可以再繼續慢慢挖。」

吳三桂道：「四面牆需要八個支點，而且必須得同時炸出來再換以別的東西支住，這只是一個精確問題倒並不難，難就難在做這件事的，必須得是一個對墓穴內部瞭若指掌的人，否則只要有一點誤差，頂子還會掉下來，可是這樣的人哪裡去找？」

李師師笑道：「這樣的人以前沒有，以後也不會有，可現在我們面前就恰好坐著一位。」

秦始皇微笑著不說話。我為難地看了他一眼道：「嬴哥……」

秦始皇道：「好咧好咧，餓就氣（去）挖一回自己滴墳，反正現在不挖，人們還絲（是）要惦記著。」

其實這件事一開始我就是為好玩隨便問問，但沒想到秦始皇能這麼開通，答應去挖自己的寶貝，可現在就算他同意了，我還得衡量衡量，國家派出多少專家都束手無策，我這隨便找一個胖子用幾塊凍豆腐就解決了？我怎麼跟人解釋？鬧不好讓費三口懷疑我就是潛伏多年的間諜。

我正胡思亂想著，電視螢幕一閃，挖掘現場一個頭戴安全帽的老頭自信滿滿地站在攝影機前，下面打出字幕，中國某某大學考古專家某某某。

老頭豪情萬丈地對記者說：「經過我和幾位地質學家的研究，現在第一套方案已經出爐了，我們準備在墓穴壁上鑽一個僅容一人通過的小孔，先觀察清楚裡面的構造再說。」

電視機前的我們都愕然：這就是他所謂的方案？

項羽嗤道：「這專家怎麼淨說外行話呢？」

李師師道：「善泳者溺於水，自古以來壞了大事的，都是自命不凡的行家高手。」

電視裡，記者問專家：「請問您準備什麼時候開始？」

「現在在做準備工作，大概明天吧。」

記者也是滿臉興奮的樣子，轉向攝影機說：

「觀眾朋友們，這次挖掘很可能將是我國有史以來最大的一次發現和挖掘行動，我們會一直進行追蹤報導，屆時為您帶來現場直播……」

吳三桂忽然叫道：「不好，不能讓他們動手，這一鑽就算沙子凝固了，也得給他們鑽鬆了。」

花木蘭一推我道：「小強，快想辦法啊，發什麼呆呢？」

我苦著臉道：「你讓我怎麼和人家說？」

花木蘭道：「事分輕重，先阻止了他們再說。」

我拿著電話想了一會，最後還是決定把電話打給費三口，這事畢竟挺敏感的，他應該能起到作用。

「老費，讓你們的專家先別動手。」我開門見山，有點劫刑場刀下留人的感覺。

費三口應該是已經休息了，有點含糊道：「什麼？」

我說：「你沒看剛才的直播嗎？有個老頭要鑽墓了。」

費三口「啊」了一聲：「有人要偷墓嗎？」

我言簡意賅道：「這麼跟你說吧，我給你找了一個挖墳專家，這次挖掘秦王墓的行動如果由他來指揮，我保證你們可以得到完整的寶藏。」

費三口笑了一聲道：「你在開什麼玩笑？多少專家會診都拿不出一個萬全之策，再說，挖掘的事就不歸我們管了。」

我聽老費有要掛電話的意思，忙道：「你忘了秦王鼎的事了嗎？你們的專家誰知道鼎下面有一條裂痕？」

費三口一個激靈，我把秦始皇的話跟他說了一遍，又把我們的方案跟他提了提，費三口不可置信地說：「這可真是異想天開啊，幾千年的墓用炸藥炸？」

其實要不是秦始皇的說明，我也覺得那專家的辦法最好，起碼看上去安全係數更高——那用炸藥也不是我想出來的啊。

費三口此刻再無睡意，跟我說：「你等著，我這就去你那兒。」

我忙道：「等等，你最好再拿一幅秦朝時期的版圖，我有用。」

這回老費沒再多說什麼，答應了一聲就掛了電話。

沒過二十分鐘，老費帶著幾個人，開了一台電子指揮車來了，他自己敲門進來，這時我們已經吃完飯了，我只能再用菸盒給他示範了一遍墓穴的內部構造。

他明白這些事不可能是隨意編造出來的，驚訝地看著秦始皇道：「這位是……」

我說：「他一直就在研究這些東西，只不過沒有用武之地。」

費三口小聲說：「秦王鼎的事也是他告訴你的？」

我點頭。

「他是怎麼做到的？」

我馬上意識到自己失言了，有些事情好像不是你用心去研究就能研究出來的……

我在老費耳朵邊上說：「都是祖傳的。」

費三口駭然道：「你是說……這些秘密都是一輩一輩流傳下來的？」

我只好點頭。

費三口一把拉住秦始皇的手道：「我代表國家和人民感謝你。」

我說：「讓你帶的版圖帶來了麼？」

費三口從懷裡拿出一卷紙邊展開邊說：「這可是國家博物館裡秦朝版圖的影本，絕對沒有誤差，還有這幾千年來的地形和地名演變圖。」

當他把第一幅圖攤在桌上的時候，秦始皇眼睛就是一亮，看來這真的是他當年用過的地圖，他在圖上準確地指出了四個墓址，根據演變圖把這四個地方標在地圖上。

然後我跟他說：

「除了驪山和A縣，另外兩個地方是另外兩個秦王墓。」

費三口張大了嘴，雖然他可能受過泰山崩於頂而色不變的訓練，但他還是誇張地叫道：

「玩笑開大了吧？」

他這麼說著，卻忍不住用顫抖的手去指另外兩個地方，他用筆圈住其中一個點，道：

「嗯，這是B縣。」

當他的手落在最後一個點上時，老費有點發呆道：「咸陽機場？」

我探頭一看，果然見秦始皇的最後一點推演到今天正好覆蓋在咸陽機場上，那B縣還好說，挖了也就挖了，可要是把這咸陽機場扒開了，什麼也沒有怎麼辦？就算秦始皇的點沒有標錯，可這麼多年滄海桑田地殼運動，值不值得為八字沒一撇的事大動干戈？

我拍了拍老費的肩膀道：「另外兩個墓址先不用去想，把A縣地下的寶貝都好好挖出來再說。」

費三口想了想，鄭重點了點頭，取過打火機把我們畫過的地圖全燒了。

我說：「那個……咸陽機場我就不說了，你最好找人把B縣周邊也控制起來，我怕我忍不住拿把鐵鍬就去盜墓去。」

最後，費三口莊重地跟秦始皇握了握手道：「嬴同志，全靠你了，方便的話，咱們這就走吧。」

秦始皇回到自己屋裡，把遊戲機往胳肢窩裡一夾，也沒驚動別人，只拍了我一把道：「餓（我）走咧。」末了又跟我說，「你告訴小象，餓回來以後，遊戲機還絲（是）他滴。」

我有點傷感地說：「沒事，小象已經玩PSP了。」

我特意囑咐費三口：「嬴哥血糖偏高，別給他吃太多甜的，最重要的一點你記住，年前不管完事不完事，一定要讓他回來跟我們團聚。」

五人組等過了二月的年，就真的沒幾天了，我可不想就此跟胖子訣別。

費三口笑道：「如果事情順利的話，嬴同志會被載入史冊，到時候你們有的是時間聚。」

我淡淡道：「嬴同志對載入史冊已經不感興趣了。」

請續看《史上第一混亂》卷七 前世因果

史上第一混亂 卷六 世紀暖男

作者：張小花
發行人：陳曉林
出版所：風雲時代出版股份有限公司
地址：10576台北市民生東路五段178號7樓之3
電話：(02) 2756-0949
傳真：(02) 2765-3799
執行主編：朱墨菲
美術設計：吳宗潔
行銷企劃：林安莉
業務總監：張瑋鳳

初版日期：2019年8月
版權授權：閱文集團
ISBN：978-986-352-711-4
風雲書網：http://www.eastbooks.com.tw
官方部落格：http://eastbooks.pixnet.net/blog
Facebook：http://www.facebook.com/h7560949
E-mail：h7560949@ms15.hinet.net
劃撥帳號：12043291
戶名：風雲時代出版股份有限公司

風雲發行所：33373桃園市龜山區公西村2鄰復興街304巷96號
電話：(03) 318-1378
傳真：(03) 318-1378
法律顧問：永然法律事務所 李永然律師
北辰著作權事務所 蕭雄淋律師

行政院新聞局局版台業字第3595號 營利事業統一編號22759935

定價：270元

國家圖書館出版品預行編目資料

史上第一混亂 / 張小花著. -- 初版. -- 臺北市：風雲時代, 2019.03-　冊；　公分

ISBN 978-986-352-711-4（第6冊：平裝）--

857.7　108002518